“深扎”文丛

RANSHAO DE HEISHITOU

燃烧的黑石头

秦湄毳 著

河南大学出版社
HENAN UNIVERSITY PRESS
·郑州·

图书在版编目(CIP)数据

燃烧的黑石头/秦湄毳著. —郑州:河南大学出版社,2018.9

("深扎"文丛)

ISBN 978-7-5649-3417-0

Ⅰ.①燃… Ⅱ.①秦… Ⅲ.①散文集—中国—当代 Ⅳ.①I267

中国版本图书馆 CIP 数据核字(2018)第 214206 号

总 策 划 侯若愚
责任编辑 苗 卉 郑林萍
责任校对 马元珍
封面设计 侯一言
出版发行 河南大学出版社
地址:郑州市郑东新区商务外环中华大厦 2401 号 邮编:450046
电话:0371-86059701(营销部) 网址:www.hupress.com
印 刷 河南瑞之光印刷股份有限公司
版 次 2018 年 11 月第 1 版 **印 次** 2018 年 11 月第 1 次印刷
开 本 889mm×1194mm 1/32 **印 张** 8.5
字 数 236 千字 **定 价** 42.00 元

目　录

第一辑　跟亲爱的矿工们一起吃碗面

跟亲爱的矿工们一起吃碗面

生活的小城有驰名全国的大煤矿，虽然是在这里长大，却并不了解煤矿和工人们。

上大学的时候，当有人问起“你们那儿分多少个矿？”我不知道，答不上来；甚至有一个高年级学长曾经来小城参加过社会实践活动，他说起的企业，我也一脸迷惘，反倒是他给我讲我所生活的小城，企业里是什么样；工作后外出公差，在江南，在南都，居然曾有人定定地看着我问：“你们那儿不是煤城吗？你怎么这么干净？”我讶然，不解地回望对方：“煤城都要穿得跟煤一样吗？”也不由感到有趣。也有年轻的男孩子会跟我聊起：“你们那里号称‘小香港’——我认识一个你们那里的女孩，时尚得很……”他无非是说这里是煤矿，这里遍地捡到钱。有一段时间，这里的小煤窑大煤窑，地面和地下，连续出现事故，临海的面江的山巅的京城的友人就有担忧又想不通地问了：“煤城到底是个什么情况，为什么总是爆炸？”其实哪里敢是“总是”，一起两起的挨一起出现，就震惊大河上下了——其实，我也真的不明白如何造成事故的。

但是我生活在小城，真的跟这里的煤矿息息相关。

父亲从部队转业来矿上，母亲作为家属带了儿女来落户，我的小学读的是“矿一小”，中学读的是“矿一中”，这都是省重点学校，里面的老师和同学们，都是矿工家属和子弟。

还记得初中一年级的时候，有个矿上发生事故，班里最美丽的女孩子丽丽先就哭了，她长长的睫毛湿漉漉的样子，我至今还记得——她的爸爸是矿上的生产矿长，她的哥哥和姐姐都在矿上工作，大哥事发时就在矿井里；小城的北区有一个矿工英雄纪念碑，上面刻着“向李二银学习”——李二银是个英勇的矿工，上高中的时候，我的语文老师还在一次课堂上讲起“塌方了，他用两只手紧紧地扶住柱子，不让它倒，那怎么可能扶得住呢，就这样，被闷在煤堆里。”老师讲着，唏嘘又感叹，而这位英雄楷模，他的儿女在读小学的时候，跟我们一起穿梭在同一个校园里，相距不远的时候，我和同学们会一起静静地拉直视线，看那个年纪略长我们一些的女孩儿，看她跑跳，看她白白净净的容颜……

大街小巷里，跟我日日相伴，天天擦肩而过的，都是矿上的工人们——不是戴着矿灯和安全帽的样子，不是满脸煤灰一口白牙齿的样子，我见到的当然都是他们升井后，干干净净的爽爽利利的模样！谁的脸上也没有写着谁是矿工、谁在挖煤，他们安详，他们快乐，他们充满活力！阳光下，树叶都是一样的青翠一片，我们一起穿梭在街巷，我们一起在一个商场逛，我们一起在一个公园游，我们一起生活在小城，在这个刮风会扬起煤尘，在这个平时很少能看到远山的有雾的蒙蒙的城，当然，我知道他们也会跟我一样，在雨水冲刷过后，喜悦地看——这时候才能看得到的远山和山顶，相信他们跟我一样，盼望天天都能雨水清洁过的城和天和山，还有心上的喜悦，都一尘不染，如那青黛的远山的阳光，纯净的如婴儿的眼眸。

我真的一直都和矿工在一起，衣食住行，密不可分。我早就跟他们坐在一起吃饭，拉面、米线、烧饼、油条、豆浆、南瓜粥……在这个馆子，那个饭店，这个早餐摊，那个路边店……高声大嗓地吃、猜掌划拳地吃、默默不语地吃、喜悦安然地吃、匆匆忙忙地吃、徐徐缓缓地吃……我与他们同行同坐同吃饭，我其实就是他们其中之一。

有些东西是用心看，才能看得到的。我想，无心的我，更多的时候是用眼睛看，看养育我的小城和城里人们。我看着他们，其实离他们很远，包括我教书，都教着这些跟我一样的矿工们的子弟，我的迟钝和麻木，令我并不了解他们，如同不了解那个有名的哲学命题“认识自己”。直到有一天，一个孩子的作文，写着——他要珍惜和爸爸在一起的每一分钟每一秒钟，爸爸的工作是在井下挖煤，具有危险性。爸爸上班的时候，他总在担心，所以只要爸爸回到家,他就特别享受特别珍惜跟爸爸在一起的时光……这段话触动了我,我开始关注班上还有谁,是这样忐忑这样懂事,望着他们的目光,多了一层光芒……

是太阳石的光芒,一直在照亮这个小城,这里的世界——我的生活,大家的生活……

太阳石,太阳城,我用一种新的目光关注。煤、矿、小城,在我眼里、心上,有刮不尽的风,飘不完的云——一样的思索和领悟,如太阳,如太阳石的光芒,照耀着。

沿着光芒,我在申报"深入基层,扎根人民"创作项目的时候,没有犹豫,报了与我朝夕与共,而我却不曾深入了解的煤矿;来到与我休戚相关,我却不曾切实贴近的工人们中间。《生命册》的作者李佩甫老师说"每当看到坐在马路边端着碗吃饭的民工兄弟们,心就会痛"。

我在平煤神马集团六矿蹲点,常常会跟亲爱的工人师傅们一起吃一碗鸡蛋面,看着他们工作服上的煤尘与油灰,看着他们买饭时的选择与犹豫,看着大口吃面大口吞饼的模样——有一种痛,天地间是相同的,有一种感动,天地之间也是相同的——我是一个小写手,也感受到大作家的那种"痛";我是一个新作者,也感受到老作者的那种"痛"。一样的情感,一样的情怀。

曾经很多次,我和我们都被教育,要坐有坐相,站有站相,吃饭不要狼吞虎咽,最好是小口小口慢慢咀嚼!这样还有助于消化!不要发出声音!吃的时候注意不要在嘴角留下残留物!等嘴里的东西吃完再说话,尽量吃东西时不要说话!——但是,亲爱的工人们,他们不是这样的。

我喜欢他们吃饭的样子:衣衫不整的,赤了膊光着脊背的,大嚼出声的,喝汤淌汁的,吃着说着抬杠侃大山的……豪爽,坦城,他们的恣意,那般自然,流淌。

曾经读到这样的话:"吃饭能反应一个人及其家族的文化。""饮食习惯、饮食风格、饮食方式是能够反映出一个人极其家族的文化背景的。"也曾经悄没声息地与文友一起观察人物,从个人进食方式观察，以小人之心度君子之腹地推想用餐者的性格特征，以为轻松地窥得此人的个性，当成一件很有趣的游戏！面对食物，分辨“来者不拒型——这类人对食物不选择，代表个性随和，不拘小节，生命力旺盛，多才多艺，可以同时应付多种工作”，“挑肥拣瘦型——这类人对食物挑剔，其为人处事……”有一天，我发现自己也是一个围着自助餐转来转去的人，不禁赧然。

走进矿上的公共食堂，热腾腾的暖与热扑面而来。食堂里，连排的矮桌椅上，碗碟纷呈，工人们的工装与面孔密密匝匝，涌得眼花缭乱，细细看来，每人面前多是一碗面，或馒头小菜挤在一个碟里，也有加了一瓶可乐或蛋白奶或水果饮品的。

在各个窗口转一圈，我也跟大多数工人一样，点一碗鸡蛋面。点了面，有的工人去别的窗口要了一个矿上有名的特产“大麻花”，也有去旁边小卖部要一瓶饮料，找一个座位坐下等面出锅；也有端了面，坐下扒拉两口，又站起来去买喝的；碗很大，量很足，我打量自己吃不完，不敢贪多，但是看到大多数工人有饮料，我也凑到小卖部窗口：“有酸奶吗？”“没有。”居然是一个小孩子在做销售员，小学高年级的孩子，边写作业边服务，却也应付自如。想着他家的大人，可能是去忙家里的饭菜去了，留个孩子顶班？

“没有酸奶。”我心里讪笑地想着，可见这里的工人不是“文艺胃”，“工人胃”和小知识分子的“文艺胃”不同，工人师傅得讲实惠，他们得吃顶事的，他们得吃能长力的，他们得干活，得挖煤，况且大学生采煤班的研究生班长告诉过我，有些工人都有糖尿病，他们哪里能喝酸奶呢？是啊，在哪里的校园，在很多出差开会的地方，似乎都有酸奶可售，而且各城市各地市，还都有各自的特色酸奶，一向是我走到哪儿喝到哪儿的首选饮料——酸奶，这里是没有的。当然，工人们的饮食习惯不同——手抓饼、粉皮、凉皮、酸奶……这些小吃小喝都太“文艺”了吧，大碗的鸡蛋面、烩面、捞面……是给力气的实在饭啊！

看着炊事员把一根筷子放进正煮着的面里，蘸一蘸，放进她的嘴巴里，替我尝咸淡；又蘸一蘸，再尝一下；然后加一点盐，再蘸一蘸，再尝一下，这一回可以了！盛进大海碗，放在我面前，给我说：

“好了，端走！”我说“谢谢！”她有些奇怪地看我，眼神好像在问，谢什么？唉，我笑了，冲她点点头。

选一个周边没有人赤膊光膀子吃饭的座位，坐下，开吃，像我对面的工人师傅一样，开吃，大口往嘴里扒拉！发现边上坐着的老师傅还是有点不自在了，拘谨地捂住夹了菜的火烧，往嘴边送——边儿上坐一个陌生女性吃饭，他们不习惯吧，因为除我之外，再没见到有女人来食堂里吃饭！女工不下井，不用赶点吃饭；女工通常是家属，都回家做饭吃去了；即便有中午不回家的女工，她们通常也不在矿上食堂吃饭，她们通常去矿门口小饭店吃自己熟悉和喜欢的！

我快快地吃完面，离开食堂，不用回头，也能想到工人师傅们最自然的吃相！

以后再去食堂吃饭，我通常会跟“大学生采煤班”值班大学生一起去，好让我显得不那么像一个异物，好更自在地跟大家一起吃饭，久了，他们也习惯了，习惯我坐在他们身边的座位上，一起吃，一起喝，他们聊他们的大天，互相调侃，说笑话，也有工人会给我说一句："俺们工人都这样，别见笑！"其实，我跟工人们一起开心地笑，当他们对着一块鸡翅，把筷子杵断了的时候，当他们添了小宝宝吃喜面的时候，当他们推让喜酒相持不下开始比赛钻桌子的时候……

我跟他们一起吃饭，一起开心笑，一起开班前会，一起上班——只是不能总下井，因为井下没有女工，女性身份的我，下井，是给他们增添麻烦。

和亲爱的工人们一起吃饭，一碗面，一份菜，一碟豆，一杯水……饭吃得越来越开胃口，越来越长精神，面筋道、菜清鲜、豆味醇厚……

我久久不能忘，我跟他们一样，都是自食其力的人，心里坦荡荡的，饿来吃饭，取其充腹，管什么吃相！

人生贵在适意，在能放肆的时候放肆，一切顺其自然——所有的自然之态，是太阳下最美好的“吃相”。这样的吃相，在人世间，真实而可爱！

给猪戴花的女人

阳光灿烂的春日午后，一堆斑斓的花朵奔跑着，冲进矿上职工食堂里。

打饭的服务员举着汤勺拎着菜铲子愣住了，那些赶晚升井的煤矿工人们，正站着、坐着在大嚼特嚼，比力气似的呼呼噜噜喝粥。一两声异样的"哼——哼——"袭来，吃饭的人，都停了吃喝，午后的空气忘了燥热，凝住了，只有顶棚上旋转着的大吊扇在滋滋旋转——所有的眼睛一眨不眨，全都盯在那只肆无忌惮地奔进食堂来的——那团滚动的花朵——一头浑身缠满迎春花的猪！看，头、颈、背、肚、四蹄，甚至小尾巴上也甩着一串金黄色的迎春花。

猪——哇——哈哈——所有的空气澎湃起来，人们哄堂大笑，谁还笑喷了，汤和菜洒落的哪儿都是——

"嗨，又是喂猪那娘们作精哩！"

"娘的，男人死了都不知道心疼……"

"过的啥日子，还有心这样作呗……"

这时，一个满身同样花哨的女人吆喝着，挥着一根柳树枝子，跟孙悟空追赶白骨精似的冲进来——"哟，嗬！爬回圈里去！快滚——"

她撵着轰着，两团分不清哪是猪，哪是花，哪是肉团，哪是花苞，这样两个"花皮球"，一高一低在食堂里热闹非凡地表演。笑的，骂的，吆喝的，食堂里的人像是看戏耍。

终于，矮的那堆"花花"，叽里咕噜滚着，蹿向食堂门上的门帘子，那团高胖的"花花绿绿"转脸看一眼盯着她的眼珠子，柳枝挑着帘子，歪身出去，一蹭，头上戴的那一圈花红柳绿的，还差点脱落，女人咧一下大嘴巴抬手扶住，冲着食堂里哈一下腰，追撵着出去了……

哄——哗——她身后又乐翻了天！

她是谁呢？唉，就是矿上猪场喂猪那女的呗。

这个给猪挂花挂草的女人如今已经退休了，可人们还是习惯地称她为养猪的女人，或者称她是“给猪戴花那女的”“猪场那个神经女人”“喂猪那娘儿们”，也有街坊邻里的女人会对着孩子说话“给猪戴花那个婶”——几十年了，鲜有人知道她的姓名，而她也早就习惯了这乱七八糟的议论与称呼。

她的男人曾是矿上的挖煤工，几十年前出事故死了。那时，她二十出头，拖着高高低低的三个孩子来到矿上，接受事故科的后事处理。形貌拙笨，男人死了还不知道哭，打量她粗憨的模样，事故科的人议论：“这女人来了能干啥，除非去喂猪。”这有伤自尊的话，人家当着她的面说，她都跟没听见一样，照样跟她的孩子们嗯嗯哦哦的。有人就笑了，这女人的心，压根儿就不是肉长的。

就这样，她拖着三个年幼的孩子，转户口来到煤矿，顶替了死去男人的班。矿领导还真安排她去了矿上的猪场喂猪，因为喂猪的没有其他女人，只她一个，称她“那个喂猪的女人”是百分之百分得清认得出的。这便是她的号，她便在这号下摇摇晃晃地生存下来。她格外卖力气地养猪圈里那一栏一栏的猪。冬天的雪、秋天的雨、夏天的蚊蝇，她都耐受，抗得住腥臭，抵得了寒暑，她还龇着大嘴巴嚷，城里比乡下总是舒坦，这活再苦再累，也没有乡下农活损耗人！她的快乐像她喂养的猪们，吃饱喝好，舒服舒心——不想那死鬼，他都不管俺娘儿几个了，不想他，喂猪，喂孩子，喂自己，过日子！

春天来了，猪场周围疯长着成滩成片的草，草堆里生出枝枝串串的花儿，各色的都有。她看着，看着春风里，那一会倒下，一会起来，一会低头，一会仰脸的花儿，迷痴痴地，不知是晕了眼，还是晕了心，醉了一般，摇摆着短粗的腿，奔了去，腾云驾雾似的，糊糊涂涂，迷迷瞪瞪，一把，一把，又一把，粉的，红的，黄的，蓝的，白的，紫莹莹的，水灵灵的，清嫩嫩的，新鲜鲜的，美呀美——她真格是晕了，她从来没有见过这么多的花，还全都围绕着她，听凭她的支配，任她扯，任她拽，她痛快——痛快——痛快——她用不完她的力气，畅心畅肺地，浑身长满了手指头，打着滚，撒着欢地扯——扯来，串成串，编成环，给猪们戴脖里，系尾巴上，扎大耳朵上，她顾自在春风里笑，对着猪们笑，猪也快乐地冲她乱拱齐哼哼，花、猪、人，都在春里，花花的，香香的，鲜艳着，热闹起来，猪场里的光线，也瞬时芳香起来，明亮起来了。

有人说，养猪那女人疯了吧？也有人撇嘴，喂猪那娘们儿，作精呢！

她不管，她兴奋起来了，又唱又跳，又笑又哭的，还会仰面八叉地躺花丛里，望着满天的白云，看它们在天上飞，她有时候搂着一只小白猪，嘴里咕嘟地诉说——说的啥，谁也不知道，听见也不懂……

"养猪"的女人，只管养猪；"给猪戴花"的女人，只管给猪们采花戴，有时候也给自己弄一身花花草草，一套一套的装备，武装得浑身上下全是花儿，头上、颈里、腰间，手腕、脚脖、头发髻上……

她男人的那场事故，矿上的人都知道，而她这些花花绿绿的活法——惊世骇俗地打扮她的猪，挂花挂草地折腾，弄得她跟她喂的那些猪，都惊世骇俗起来，在这个巴掌大的煤矿上出了名。神经，出鬼，作精，说的都是她了。

这个作精的女人，她的三个孩子，大的是个女儿，先天癫痫，她的两个儿子，一个患气管炎，吸到凉气就喘，一个是小儿麻痹症，走路跛着。日子一天天过，俗世的尘越落越多，在她心上，心是不是肉长的，她自己知道——有时候听了什么刺破耳朵茧子的啥人言鬼语，或者受了不知什么人的呵斥，实在心里没地儿搁下，她便嚎两嗓子，对着她养的那群猪们，号哭一场，数说一通她的"命咋就这么赖"，然后，一转脸还照样给猪们喂了猪食就戴花。在她的心上，她喂的那些猪们，跟她贴心贴肺贴肠子，她的猪，是她的知己——因为她的猪，了解她爬坡爬得多难多累，一群花花猪哼哼着，给她的也是一双双木讷的眼神，呆呆地看着她，暖暖地不伤她。不给风吹不给雨淋不扎不刺，就是对她的爱——她总要打扮她的猪，然后，擦了眼泪，再回家给孩子们做吃食，她做得饭菜自然不细腻，孩子们还是吃得打劲，却长得孱弱。有一段时间，猪场的猪们也不断地死，就有人吐口水："瞧这女人，自己倒肥实，孩子孩子个个那个干柴样儿，猪喂得快光圈了，弄啥中！还整天价出鬼作怪的！"

她听到了，也辩解几句，也就几句。谁也懒得听她，她也只管继续去职工食堂拉来剩饭剩菜剩汤水，只管喂她的猪，只管给她的猪戴花，只管给自己也戴花，哪管别人还议论什么，也不看什么猪以外的眼神，更不管拉车的绳索勒红了脖颈，还是磨烂了皮肉。

喂猪的女人，夏天热得红头酱脸，冬天冷得手皴足裂，不知蚊虫叮咬，不视苍蝇横飞，不嗅恶臭冲天，不看风，不瞧雨，她闷头闷脸，舍了身舍了魂，冰砸她，雹淋她，烂了朽了，呆了，木了，就是她，都是她。她有时也在阳光下，拔着草，掐着花，自己叨唠——只要不死，就得活，只要不死，就要受。她一遍一遍地说，说上一百遍，一千遍，说上一上午，一天，一年，太阳圆了，月亮落了，花开了，草黄了，风里、雨里，地又绿了，蝴蝶又飞得满天香……

一茬茬的猪长大，她的孩子们也成长，女儿安排在矿上做了宿舍管理员，她感到有了希望，有了帮手，女儿能为她分担了，家务事、家政事，她的心里裂开一道缝隙，可以进阳光进清风了，她给猪们戴花戴得更起劲，自己也可着劲儿地戴啊，那些猪圈周围的花花草草，一年一年，因了猪肥料的滋养也益发生长得旺势。

女儿不似她的模样，长相随她死去的爸，越长大越好看，出落得花儿一样，高挑挑的，细致白净，有了对象，不嫌她的病，喜喜乐乐结了婚，她的心里觉得有了一份踏实，喂起猪来，会对猪们高喊一句："猪八戒，你们的嫦娥奶奶来喂你们啦！""哗啦——"挖满一缸缸猪食，看着猪八戒们"哈吞哈吞"，她看到曙色照得猪圈有了光彩。她欢喜的，胖墩墩的身子想尥蹶子。

女儿疼她，体谅她，她很知足；两个儿子虽不高壮，却也慢慢懂事些，她拉猪食更卖力地躬身蹬地，想着也要给儿子们娶媳妇，感觉好像已经当上了奶奶，看见汗珠子掉在地上摔成个瓣瓣，她笑了，笑成一朵朵希望，灿烂得一群猪更加花花艳艳。

这时，她的女儿怀孕了，她的心似一片叶，喜颤颤地，有点怕。她担心女儿的癫痫，唯恐她犯病，不舍昼夜地，女婿只要不在家，就让大儿子跟了去："看好你姐，她睡觉，你坐一边看着她！"

腆了大肚的女儿，也买了楼房，特意选在她的对面，从阳台上她可以看到女儿的家。女儿说："这样方便，可以照顾妈妈。"因为买房，女儿很仔细，虽怀孕，也不舍得花这买那的，却抠出一点余钱贴补给妈妈。她心疼这孝顺的孩子，只怕她有个闪失，天一亮就打电话，天黑了就把电话放枕头边上，她几回都惊醒来，因了幻觉，骇得心头肉都碎裂。她向猪们诉说心事，祈求"猪八戒在天有灵，保佑俺这养猪女人的女儿幸福平安！"一双双猪眼忽忽有神，她给人说："猪通人性，知道俺对它们好，听懂了！"

不可饶恕地，不能接受地，她的女儿，怀着八个月的胎儿，在一个深夜走了。走的前一晚，给她说："妈，我明天一早去帮你喂猪去。"

那天一早，她等对面的女儿家亮灯，怎么还不亮，电话打过去没人接，又叫大儿子过去看，大儿子说："我四点才从姐家回来，现在五点半，能有啥事，不去。"

她又追问细节，大儿子说："守了一夜，姐说，天快亮了，六点多你姐夫就下夜班了，你也困了，去睡吧。"大儿子瞌睡得睁不开眼，"姐使劲撵我，我就回来了，再说姐夫知道提前回来的。"嘟嘟囔囔里，她却越发恐慌。

腿都软了，她亲自去看女儿，正赶上女婿回来，说："妈，没事！"掏钥匙开门，她来到女儿床前，唤着，一伸手，她哇就坐地上了。女儿手冰凉了。

她痛啊痛啊，最痛苦的表现就是逢人就称女儿是"孽障"，"孽障走了，孽障啊！"

她不哭，没心没肺的女人，她一天也没歇，去养她的猪。女儿是春天走的，猪场周围一派春花烂漫，她对猪说："猪八戒啊，你咋不保佑俺闺女啊，你把我的孽障接走了，又掏一回俺的心啊，空了啊空了啊，是个稻草人啊，俺的命咋就恁苦哩。”絮叨着，就还伸手掐花来，绕成环，给她的猪八戒们戴上，戴上，自己个儿也戴上，戴上，戴上……

她的苦谁知道，她喂的猪也不再知道，猪戴着花，好看地待在猪圈里，她站在自家阳台上，冰箱一样的阳台上，望对面女婿家阳台上，那火焰山一样的阳台上，抬眼就是她的“孽障”，抬头还是她的“孽障”。“孽障啊，孽障……”她疼成一个稻草人，她给两个儿子说：“你姐这个孽障走了，妈我以后就长猪心猪肺了，不然就没法活。”

没法活，还得活，只要不死，就得受。没有几个人听到她说没法活，人们只看到她继续活着，她说：“活受，活着就要受，遇着啥天过啥天的日子。”

她养猪领下工资存起钱，给跛足的小儿子娶了媳妇，有了孙儿，张罗着让大儿子给人家当保姆，侍候一个老爷子。

春天里，一季一季的花啊，草哦，疯了一样地长，她说，她不能疯，她得好好活。可她管不住自己似的，一层一层，一圈一圈，往自己身上套花环，套草环，看得人，笑她，相熟不相熟的人，都说，这老娘们，真个疯了！疯就疯吧，她说，她可好好活，活着，跟猪一起戴花，陪着她的病残的两个儿子，也过成一家人家。“我要也不活了，我孩子就没娘了，那才是疯了。”她的两个孩子不管她，给她说：“妈，你想咋做就咋做，只要你心里头舒坦。”

如今，她退休了，她不再操心小儿子，小儿子有房有小手艺，够吃喝糊口了。她只想着把大儿子的工钱都给他存下，攒下退休金再给大儿子买套楼房，等他老了，计划让他出租楼房，租间小房子一个人住，也不娶了，用房租养老。她说，这样这辈子的心也就操够了，闭了眼也心安了。

她交代大儿子：“咱是人家的下人，要抢着吃剩菜剩饭，新鲜好吃的饭菜水果不要吃，人家让也不要吃，少说话，多干活，别嫌累。”

主家的老爷子很喜欢这大儿子，主家也就满意，张罗着要再给长工资，她给孩子说：“不要再涨了，管吃管住了，逢年过节，人家还给咱们恁些粮米面油哩，人不能没够。”

这没心没肺的养猪女人啊，这拙手拙脚的养猪女人啊，这笨头笨脸的养猪女人啊，她活着，也在打算，哪怕打算总被雨淋。雨淋着，她走着，没有停下来。

一到春天，她的猪们还是花枝招展，她的猪们总是天天有花戴，她也把自己打扮得跟朵肥大臃肿的花树一样，看上去杂乱又茂盛的样子。

春风里，好多人都知道了，这个喂猪的女人整天作精给猪们戴花，整天作精给自己戴花；有的人还想亲眼瞧一瞧，这作精的女人，还有她的猪，戴了花的猪会是什么样，猪的肉是不是更好吃？她是喜欢猪才给猪戴花的，还是喜欢花才给猪戴花的？

不知道谁那么有才，又给她起个号，叫“猪戴花”——说，她戴上花，跟她养的猪戴上花一样好看！说的人，听的人，都是笑哈哈。她知道了，也跟人家一起哈哈笑。

她所在的小城，有一种面，特别筋道，用很大的海碗盛着，看上去，又憨又笨的，能让人吃得傻饱傻饱的。渐渐地，有人说，养猪的那个娘们儿就是那面，筋道得很，要不咋会天天给猪都戴花哩。也有人叹：“那个给猪戴花的女人哪……”退休以后，她不喂猪了，也不扯花草戴了，有一天，她站在大街上高音喇叭一样地见谁给谁说——俺孙女造的句子“奶奶一年四季都穿得花园似的，哈哈哈！”她放声笑，卖菜的小贩全都抬头看她笑，笑着看她——笑得跟花园似的。

着花衣花裤，大团的花，大把的朵，穿在身上，黏着阳光，摇摇晃晃地走，走哪儿都闪眼，她走着，在大街上，隔了人群，有人唤她：“给猪戴花的婶，给猪戴花的婶！”她钝钝的身子扭着，给人说：“我去听讲座，北京来的教授，讲老年保健。”她前行，声音和人都淹没人群里，只那一身硕大的花朵，明艳地蹿动着……

披着晚霞的爬山虎

青青蔓蔓的枝叶，待爬山虎爬满半壁楼面的时候，年年的夏，就会有一个修伞人在小区那片青翠蔓绿的阴凉下，乒乒乓乓地修理伞具。

站在高高阳台上，我喜欢看着那一片爬山虎的海洋，看那绿绿的海下面，聚精会神修伞的老人。老人是附近煤矿上的一位退休工人，说是闲来无事，挣点碎银子补贴生活。

爬山虎萌枯人来去，年年如是，修伞老人，冬去春来，每到夏至，他也至，来到这片浓绿的爬山虎下，来到我的视野里。

看着他给人家修理伞，听着人家跟他砍价，他总是笑眯眯地，一副不疾不徐的样子，说："不能少了，这是最低价。"然后，呵呵地笑，一副挑不出毛病的老好人神态。

久之，这小区里的人，来来往往，拿来拿去找他修伞的人们，没有谁跟他讨价。

再久，来修伞的人，也不再向他问价。该付几元已成默契，递上五元、十元，该找找，该退退，随意随心，至此，老人的伞摊在我们小区再无波澜。

年年的夏，老人平淡地来，平淡地去。

一日，耐不住，我要问他："既然是为补贴生活，您怎么也不去别处走走，多揽一些生意，也好多挣钱。"

他笑了，满面的皱纹展开来，又折起来，似乎是合辙押韵的一首诗。"挣不完的钱哩，闺女。够花就行！"然后，他又自问自答似的说："多少钱才够花哩？人心没个够，知足就够了。知足常乐呵，跟这爬山虎一样哩。"

我奇怪了，问着："怎么就跟爬山虎一样呢？"

他那一脸的皱纹，又笑得抖着："爬山虎爬多高，才算高呢，可是它，一年比一年爬得高呢！"

我也笑了，莞尔间明白，这老人也像爬山虎一般，不求多高，年年爬，一年比一年绿荫多，没人在意，它自己也不以为意，但它还是一年比一年多一些碧绿，给这楼上楼下的人们。

我被眼前的大片碧绿迷住，痴痴地举起手机镜头。

修伞的老人，看我冲爬山虎拍照，赶紧，挪动板凳躲闪。我微笑了，邀请他："能不能，让我拍一张您和爬山虎的合影啊？"

爬山虎在我的手机里蔓延，一年一年，一夏一夏，爬山虎量力而爬，不觉间，绿荫越来越多；一年一年，一夏一夏，这修伞的老人，尽心尽力修理伞具，不苛刻，不勉强，尽心力，顺自然，一把二把三把伞……越来越多的清凉和晴朗在老人手下延伸，也越来越多的凉爽举在人们手上，晴朗撑在人们心头……如同爬山虎一般，率性自然，本真知足。老人说，以前下井的时候，长年见不到阳光，现如今能在阳光下坐着，全是赚到的光阴！

老人和爬山虎的合影存在我的手机里，凡尘俗事多得掀不动的时候，我只管翻着手机来看，看茂盛的爬山虎旁，老人"多少才是多"的笑纹和"知足就是够"的神情。

日子淡然前行，爬山虎年年爬绿，如老人夏夏一伞一伞修补荫凉和晴朗，不计少多。

有一次，读到一首诗，写的是爬山虎——

你的生命虽非姹紫嫣红/却有着永恒的绿色/你的身边虽无蜂飞蝶绕/却有着独特的魅力/你不浮躁不会哗众取宠/默默无闻脚步扎扎实实/待到落英缤纷随风舞/你却披上炫目的彩虹

——读着读着，这些诗行如此眼熟，想了一想，它和修伞老人脸膛上的皱纹，何其相像……

晚霞里，那一墙爬山虎，那一抹绿，金灿灿，滋润了夏，清爽着红尘；岁月里，默默流淌——你的平凡，你的坚守。

爸爸的胳膊长

第一次在婆婆家吃饭，长方形的餐桌，婆婆把公公的餐具放老远，说，你爸胳膊长，远一点也不妨事。

我不禁笑了，想起来，自己的爸爸也是胳膊长呢——

小时候，一家人团团围坐，长方形的餐桌旁，爸爸总是坐在最远的地方，什么样的美味佳肴，都搁置在我们兄妹的眼皮底下脸跟前。

我们吧唧吧唧吃得香甜，从没意识到有什么不妥，有什么不爽快。

直到有一天，哥哥读了大学，那一年他第一次从省外回家，带了爸爸爱喝的金骏眉回来，他沏好茶，一圈圈的烟雾飘飘，飘向坐在餐桌角落里的爸爸，爸爸欣慰地笑，哥哥说，爸，你坐中间来吧，这会儿可不用体现你的优势了。

爸爸依然跟平时一样，叨唠一句，爸的胳膊长，坐在那里不移动。妈妈在一旁看了，推推他，你这老头子，总是仗势胳膊长咋的?! 快，往前凑凑。

从此以后，只要大哥在家，必然要跟爸爸争抢那最遥远的餐位，哥的理由充分，我个儿比爸高，当然胳膊也比爸长，爸的宝座让我也沾沾。哥哥是不由分说地样子，爸爸也不再争夺，幸福着他被挤坐在中间的位置。想是胳膊总是长，一时缩起来不适应，我们发现爸爸夹菜总是伸长手臂的样子，不禁笑他，爸爸，菜够得到了，不用总是伸胳膊了。爸爸不好意思地笑，习惯了，你们还是把我的宝座还给我吧!

其实也就是哥上大学那几年，爸爸总被哥哥挤着坐在中间，等后来，哥哥带了女朋友回来——不用说，连我这个小妹也得往边靠，妈妈在摆放碗筷的时候，依然把爸爸的位置安排得最远，荤的素的香的甜的什么样的好吃好喝，妈妈总是堆在哥哥和他的女朋友眼前头，直到嫂子进了门，爸爸依然是因为“胳膊长”而坐得离菜们汤们远远的。

等到我也带了男朋友回家，那时又有了小侄儿，爸爸的胳膊变得更长，坐在最远的角落里，任凭谁劝，他也不换地方。有时干脆妈妈就给他专门拿个菜碟，各样菜夹一些，“独享”的时候，他时常停下来笑眯眯地看看这个，看看那个，“新人”总是不好意思，要跟爸爸交换场地，不等爸爸答话，妈妈总是抢先道：“你爸胳膊长！”爸爸总是笑，点着头，直到有一天，我也听到他在厨房跟正在洗碗的妈妈抱怨：“我的胳膊咋就那么长呢！你总是说我胳膊长——”妈妈数落他：“你这老头子，你胳膊不长，还想让谁的胳膊长？”看到我进去，他们不争论了，我说：“爸爸，你的胳膊原来是妈妈给你说长的哦！”爸爸像个孩子，竖起他的食指：“嘘——”他制止我，然后学着小品里那个保安的样子，一边走出厨房，一边神气地喊：“爸爸胳膊长，爸爸骄傲！”

看着爸爸的样子，我悄悄给妈妈商量，要给侄儿们做个榜样，不能总是因为爸爸胳膊长，就总让他坐边上。妈妈说，你爸自己也不会乐意。

果然，后来爸爸比妈妈先离休了，天天上早市采购各样食材，烹调各道美味，香喷喷的饭菜上桌来，功臣一般，神厨自居的爸爸，更是每每让在一边，坐着偏席，看着儿孙们饕餮美餐，他花白的眉毛里扬洒着喜悦：“幸福的人都是胳膊长，爸这辈子都胳膊长哩！”

唉，亲爱的老爸，哪里是您的胳膊长，分明是您和妈妈对我们的爱无边呢！

如今，小儿都十岁了，婆婆还是在说公公的胳膊长；侄儿侄女都读高中了，妈妈也没改变地说爸爸的胳膊长。是不是天底下的公公和爸爸，他们的胳膊都长呢——天下的父母，一样的心呀！

母爱是一滴桃花水

初春的桃花水，如同美女的眼神，清澈而美丽，用它抹洗脸庞，可以使皮肤美丽而白皙——在我出生的矿区有这样的习俗。

奶奶是矿区的接生婆，她为别人家的媳妇接生，也为她自己的媳妇——我的妈妈接生，所以，我是奶奶接到这个世界上来的。

奶奶当时正在捅着煤炉子做晚饭，想是她没顾上洗手就接了我出来，她手上的煤灰沾在了我的小脸上，沾得我小脸黑黢黢的。又或者我是傍晚来的，那苍灰的颜色抹在了我的身体上，妈妈第一眼看到全身黝黑的我，不禁哭泣了起来。

小黑妮——是全家人对我一致的评议和称呼。

爸爸并不黑，妈妈很白净，虽然我出生的地方到处都生产煤，可是谁家孩子也不是像煤那样的黑啊，只有我，长得跟矿上的煤一样颜色——看着小黑炭似的、小小的我，他们直叹气。

奶奶什么也不说，她跪地叩首，请求天兵天将、玉皇大帝、王母娘娘、七仙女、美嫦娥能让她的孙女长得白净一些。奶奶的祷告如同唱歌，襁褓里的我竟然听得嘎嘎笑——这是在我长大以后，奶奶讲给我听的。

我的笑声让妈妈更心痛，她流着眼泪对爸爸说，这么机灵的小丫头，长大了一定是个敏感的孩子，不知道该多伤心自己是个黑妞呢！

桃花打苞的时候，妈妈就开始上山找泉源。按照当地的习俗，三月三太阳未升起之前，用清澈的桃花水沐浴，女儿就会出落得桃花一般美丽，清水一般灵秀。不管是否真是如此，妈妈都决计要试一试。

夜幕时分，妈妈就起床挎着木桶进山，去寻找人迹罕至的桃花源。矿区后面有一座桃花山，山上桃树遍野，桃花满天，泉水很多，但源头却在山顶的一座古寺里。每年三月三这一天，去找桃花水的女子极多，要想取得头水更是不容易的事。

妈妈在寺院的门前守了一夜，在鸡叫头遍的时候，寺院开门，妈妈随众人一起往里奔跑。人流中有抢烧头香的，有争桃花泉头水的，妈妈总是奋勇当先，舀取桃花水。

我似乎感受到了妈妈是怎样的英勇，因为奶奶说，邻居小英是个跛儿，她妈妈也是年年争候着烧头香，希望借头香的灵验与吉祥为小英祈福，让她的腿好起来。可是，她妈妈总是失望地说，去得很早，排在最前面，可在开寺门的时候，没能奔跑在最先，以至于总是和头香失之交臂。有一年，她甚至跟我妈妈一同贴着跑，也遗憾地只烧了第二道香祈福。

连续六年，妈妈冲在最前面，取得三月三桃花源的头水，回来给我洗脸沐浴。不知道真是桃花水的功效，还是女大十八变，我想更多的也许是妈妈的心意感动了天仙与花神吧——在我入小学的时候，没有谁还看得出，我曾经是一个黑炭一般的女婴。妈妈很欣慰，但她依然习惯在每年的三月三排队上山，担那一担桃花水给家人洗脸。她说，洗一洗，脸会漂亮，心会清明，日子会更吉祥。

直到我的两个哥哥带外省的新嫂子进门，妈妈还让我陪她上山担桃花水给嫂子们用。这时的我读中学了，嫂子们说我“正是花骨朵的年纪”。此时，妈妈的鬓发已经苍白，担水的身姿也不再矫健，但妈妈的笑容美好依然，她的心清如水，从未改变。

嫂子们似乎很虔诚，尤其是听家里人讲了我的故事，她们笑了：“母爱是一滴桃花水，洗一洗，就会跟三妹一样年轻秀美。”我害羞地捂起脸庞，在指缝中看到，嫂子们在哗啦啦的桃花水里，洗手，洗脸，洗心窝——她们说，洗一洗，千里万里之外，都能闻得见家乡的桃花香，睡梦中都有漫山桃子甜。哥哥们却说：“这是妈妈把勤劳朴实的家风传给媳妇们了！”

岁月深处，年年桃花开。多年后远离家乡求学和工作的我，跟哥哥嫂嫂们天各一方，妈妈经常跟着我们这里住住那里住住。无论在哪里，白发的妈妈总是以她浩荡的慈爱，给我们兄妹如家乡桃花山水般的担当和滋养。春风是爱，春水是甜，桃花是我们一家人依偎的温暖与美好。

年年三月三，桃花开满天。一滴一滴桃花水，牵着我的思念走回到童年，童年的春天里，一树一树桃花开……

百花深处的石头房

有句英文这样说:“Now sleeps the crimson petal, now the white”,意即“绯红的花瓣和雪白的花瓣如今都睡着了”。我喜欢这句话,是因为这意象像极了爹爹为我们建造的石头房子的门廊——我永远都记得每到春天来临,门廊上无数的鲜妍花朵,在微风中安卧,仿佛我们兄妹睡熟的童年。

我的家乡在豫北农村,山清水秀却也贫穷落后。附近有煤有矿,村里的人都去矿上打工,但是我们的生活依然贫穷。那时候,家里的房子是土坯墙,茅草的屋檐,下雨的时候,外面大下,屋内小下,娘叹一口气,爹爹的眉头锁得更紧了。

哥哥要上学,我也要上学,家里不可能有多的钱盖砖瓦房,可是,爹娘供我们上学的念头从来没有动摇过,他俩说,啥时候你们自己说不学了,读不动了,你们就回来跟爹和娘一起做农活,只要愿意读书,砸锅卖铁,也供你们!爹的话掷地有声,娘的目光坚定如炬。

我和哥哥不说话,暗下决心,把书读好,读出名堂。我和哥哥在暑假一起去打猪草的时候商量过,长大了,要让爹和娘住上王乡长家里那样的两层的洋楼。其实,现在想来,那是多么简陋的“楼”啊,跟现在的楼相比,那只是个房茬子,但那是当时方圆百里最好的房,最高最气派。我甚至把给爹娘住的房子想象着画在课本的扉页上,不时看一眼,想一下,心头甜蜜蜜的,充满憧憬。

不知道从哪一天起,我和哥哥发现,爹爹总是往家里搬石头,石头越来越多,小院子里堆满满的,小山一样。一个冬日黄昏,我从乡里的小学校放学回家,走过家门前那道坡时,发现爹爹在抱着石头往上走,原来,这么寒冷的天,爹爹又下河里挖了一车石头,上坡的时候,怎么也拉不上去,就把小点的石头都抱下架子车,把大石头先拉上坡,又返回来,再把一块一块小石头抱到上了坡的架子车上面。月亮已经亮晶晶的挂在天上了,我和爹爹一起抱起最后两块小石头放车上,爹在前边拉,我在后边推,就这样回到月光如水的家院里。娘做好了晚饭,等着在县高中读书的哥哥回来开饭。

爹爹抽一支“黄金叶”的香烟,咂咂嘴巴,香甜的样子,他满足地看着满院落的大石头小石头,白石头红石头,歪着头看看这里,侧着身瞅瞅那里,“春上就可以开工了。”他自言自语。我纳闷地问:“爹,要开什么工啊?”爹爹笑了,抹抹胡茬:“到时候你就知道喽!”他很自足的样子。让我感受到他故作的神秘和溢满胸腔的幸福。

我跟哥哥咬着耳朵推测爹爹葫芦里卖的什么药,两个人还打起赌来,私下里去问娘,到底还是哥哥猜对了——爹爹在矿上挖煤挣下的钱差不多够给大家发工钱的了,开春就要给家里起房子,钱不够烧砖买瓦,他下河里挖了两年的石头,在默默地打算给我们和娘盖一座石头房子。我们知道了答案,想起爹爹酷暑寒冬在河里的身影,心情复杂,再不愿意多说话,哥哥说困了,我也说瞌睡了,可是我分明感觉到,哥哥跟我一样辗转反侧,想着爹和娘的不易,我们不知不觉睡着了。

我们期盼着春天,期盼着爹爹的石头房子在春天里开工,盖起来!

过了正月十五,我和哥哥就开学了,我们各自上课去,一周之后,两周之后,三周了,过了二月二,龙抬头了,村上好几家起砖瓦房的,我们家的石头房还没有影儿,我不敢问,也不能问,怕爹爹有压力,也不知道出了什么问题,只看到爹爹的眉头拧得比麻花还紧,娘也在叹气。

终于,我从村里同学的口风里知道,爹爹在挨批斗,有人说,他给村里干活不下劲,又去矿上挖煤挣外快,又把力气都省下来,用在下工后给自己家挖石头去了!一个村干部说是坚决要把那些石头全充公!

我欲哭无泪，回到家，问，是不是这样？哥哥知道了更是怒不可遏，要找那个村干部理论去。哥哥有一个同学朱福，朱福的姐夫是县里干部，他打抱不平，拎来两瓶子汽油，说是要趁天黑把那村干部家给点了，他好汉做事好汉当，不连累哥哥和我们家，就为治治那“恶人”。爹爹劝下朱福，呵斥哥哥，不许胡来！爹爹说：“我老了，他们愿意怎么处理都中；你们还年轻，要奔前程！”后来还是朱福把他姐夫的话捎回来：“石头那么大那么多，看村子里哪个老少爷们会去动手搬那些血汗的石头！不用担心，石头早晚都是你们家的！”果然，那个村干部不可能一个人去搬石头，村里也没人肯给他搬。

有一天，我们家的院落外边谁用红纸条写了一句“谁家的石头就是谁家的！！！”看着那三个感叹号，爹爹的眼里湿湿的，朱福请他的姐夫为爹爹的石头房奠基，于是爹爹的石头房子开工了。

石头房子收工的那一晚，爹爹和娘借了五十元钱给村里放了一场电影。后来的每年春天，我都会看到，爹总是坐在房廊下，吸一根“黄金叶”的香烟，看看天，看看廊上廊下那五颜六色的花朵，此时的花朵，在风中安眠，一如百花深处，爹爹那颗沧桑的心——为儿为女，为你们的娘，我要筑一个窝，天底下最温暖的就是它了，它是爹要给你们的——家！

长大之后，哥哥在旧金山有了别墅，我也住进了“阳光花苑”复式房，但在我们心上，人生里最温暖的依然是爹娘给我们的那座石头房，走向天涯海角的脚丫，它是我们走不出的暖与爱。

石头房上爹娘那无数朵“绯红的花瓣和雪白的花瓣如今都睡着了”，而我和哥哥的记忆永远醒着——在那百花深处！

橘 子 糖

他最怀念小时候的橘子糖,那是天底下的美味。

他是一个淘气的小男孩,但是喜欢吃橘子糖。不爱学习,不听话,逃课、打架是常有的事,每次被老师请过家长之后,在煤矿上当矿工的爸爸都会从口袋里摸出一粒他最爱的橘子糖,给他吃。

那时候,家里穷,姐姐哥哥还有他,三个孩子上学,妈妈长年生病没有工作,家里只有爸爸一个人下井挖煤,养活全家。

他不懂事,不知道争气,也不知道爸爸的辛苦,还一味地想今天要一角钱,明天要两角钱,而那时候爸爸的工资也只有四十元钱,这一点钱供全家,吃喝拉撒,上学的,吃药的,穿衣戴帽的,人情往来的,经济的拮据是显而易见的。为此,爸爸从不少下一个井,下井又总是谨慎又谨慎,因为背负着一家人命运的爸爸输不起,不能有一点闪失,不能出一点工伤,他伤不起,因为他的工资一降一家人就会揭不开锅。——可是,爸爸的这些苦与难,他全不知晓,全不懂得。他只管任性如小野马。

每次班里请家长的都有他。每次爸爸也都会在带他回家的路上,给他一粒橘子糖。所有的老师都把他当垃圾的时候,他的爸爸还能给他甜甜的橘子糖——他塌着的小腰板,渐渐挺起来。他不再哈着腰走路,他想,我总归是好的,不然爸爸怎么这样爱我,把舍不得给哥哥姐姐吃的橘子糖,全给我吃,妈妈吃药那么苦,爸爸也没有给过妈妈——想到这,他想不下去了,他把含进口里那粒橘子糖给吐了出来,在手心里,迎着阳光看了好一阵子,拿出收藏在口袋里的透明糖纸,轻轻给裹了起来,他要拿给妈妈,让她吃完了中药沾沾嘴巴,让妈妈也尝一下甜蜜的滋味——

他撇下爸爸,飞快地跑回家,把橘子糖放进妈妈的手心里,说,妈妈，你吃吧，这样药就不苦了——妈妈看着他，呆呆地，抚着他的乱蓬蓬的头发说，孩子，你什么时候能别再请家长，妈妈的心里会比吃橘子糖还要甜！他一愣怔，脸红了——他感觉到耳朵和脸都热，这是从来没有过的……

天空那么蓝，云朵一寸一寸漫漫铺卷在它的怀抱，越来越多，越来越磅礴，如山如花，如山茶花开遍山谷，溢上山冈来，满了天空，天空满当当——是他的一泡泪水，晶莹莹……

再去上学的时候，他一听见上课铃声，就会一激灵，想起爸爸给他的橘子糖，想起妈妈给他说的话——打一激灵，拔腿他就会往教室跑，他终于不再逃课，那上课的铃声，也是为他而设的了。上课渐渐能听懂，他也就不胡跑乱折腾了，会按时完成作业了——他又被请家长了！

这一次，是老师当着全班同学给他戴上一朵大红花，原来，史无前例地，他考了区里的第一名！在台上，他看到，眼皮底下还沾着一层煤灰的爸爸，在用他粗糙的大手拭一下眼睛，他的心和眼睛也热了，一股咸咸的东西从喉咙里涌出来——他吞咽下去，却有一种橘子糖的甜蜜，因为他看到爸爸布满皱纹的脸，如同菊花绽开花瓣……

回家的路上，爸爸又从口袋里摸出他爱吃的橘子糖，他却推说自己在换里面的大牙，科学老师说不能吃糖，要保护牙齿。然后，他把剥开的橘子糖，放进爸爸的嘴巴里——爸爸又高兴又激动，呜啦啦说不出话来，只有糖果在嘴巴里化开来，一心一脸的喜悦。

那一晚爸爸是夜班，矿井下出现塌方，同班的八个人都没能再升井——太阳又出来的时候，井口哭声一片，他搀扶着跌坐在地的妈妈，他的悲恸淹没在姐姐哥哥和妈妈痛哭流涕的呼喊里，只有一粒橘子糖和那一朵大红花上爸爸的笑脸，在他眼前耀来耀去……

多少年后，他长到父亲的年纪，理解到父亲的艰辛与不易，他也在矿上，做管理工作，每每下井的时候，走在黑暗的巷道里，他常常会想起父亲，想起，爸爸当年曾经给过他的那些橘子糖，一粒，一粒……他感觉到自己这一生做得最正确的一件事，就是在爸爸出事故之前，给了一直辛苦劳碌的爸爸一粒橘子糖。

那一粒橘子糖，成了作为人子的他，行走人世的一粒小小安慰，微不足道，却是自己心上回味不已的甜与爱——父爱的宽容令他成长。

在矿井深处，他与当年的父亲相遇，手掌里握着一颗橘子糖——想象着，他的心上满了甜和痛……

小小少年

小小的少年十一岁，课余喜欢玩数学。

他参加比赛，不经意里，一年一年奖项往前进一挡。春天里，他又去报名参赛，20个题，抄在小纸条上的他的答案，与参考答案相对照，他说他对了18道。

他说，妈，这次我想报一下复赛的辅导班，可以吗？

妈妈知道小小男孩的心思，他想把去年拿的奖牌再往前换一挡。

妈妈笑了，看着他淘气的可爱模样。心想，这么不靠谱的数学学着都会有些什么意义，但是既然喜欢，不妨成全。小小少年的小小心意，成全就成全吧。妈妈打算用这个月家里仅有的一点余款给他报个班。

爸爸妈妈都在煤矿上班，目前效益不好，爸爸转岗了，不知道前景如何；妈妈所在的后勤服务队施行轮岗，每月只开410元生活费。孩子比较懂事，乱花钱的时候不多，这次想报个学习班，妈妈想着，把春天里自己打算买春装的钱挪给孩子用吧，衣服旧一点，照样能穿。

妈妈送了孩子去学校，就去菜市场转悠，看到收底的菜，就便宜买下来。

春天的早市，晨光一照，金灿灿的，要不是矿上效益不好了，也不是总有功夫这么尽心地转悠。妈妈转着，想着，欣赏着这春光里的早市，看着一个鱼摊只剩下两只鱼头了，她凑上前，想讲价，因为孩子最喜欢喝鱼脑了——

“道道妈——”有人叫她，“你家道道这回没参加比赛吗？”

“哦，小博的妈！”她抬起头来，忘记了去讲那俩鱼头的价钱。

“俺家小博对答案，说是对了11道，进入复赛了，你家道道对几题，应该更好吧？”

她说：“我不知道，我没上班，班上有网，家里没有网，不知道出成绩了。”

小博的妈伸出手机来：“我再给你看看吧，昨天看的时候，没注意找，还以为你家道道没参加。肯定能进！”小博的妈妈说着，点开手机上网搜。她看了一遍，又看一遍：“道道妈妈，你自己看看，我咋找不到呢？”

“就是，咋没有呢？得不得奖，进复赛应该是准的。”她自己看，横看看，没有孩子的名字，竖着，又一行一行地看，还是没有看到。

小博的妈妈于是打电话问当地的主办方，对方在电话里回答：“我们再核查一下吧，对这个名字，我们也有印象，成绩是挺好的。”

道道妈妈把小博妈妈的手机又细细看一遍，还了回去。“看来就是没有进入复赛。”她喃喃地说，“都是人干的活，出点差错也是难免的。”她说着，与小博的妈妈告别。

怎么就落在孩子的头上呢？这样的错误，偏偏疏漏在自己宝宝身上。她不介意这样的比赛，民间组办的，本来就有更多一些的不靠谱因素。

但是孩子在心上向往着呢！这想着，有些心疼孩子了，孩子做得这么好，对复赛充满了希望——小孩子的心啊，知道真相会多难过哩！

妈妈想着，在阳光下走着，感觉不到春天的优美了，只感觉怎么这样累人呢？

转眼就到接孩子的时间了，她骑了电动车带着孩子去书店，孩子要买一本辅导书，她本来有点嫌多余，这时却主动说去给他买了，孩子说：“妈妈，你真好！我好爱你！”孩子在她的后车座上调皮地对着电动车的后视镜，给妈妈开玩笑，“我爱我的老丑妈，太可爱了！”

她问孩子饿不饿，要不要吃一碗面再去买书。儿子懂事地说：“不饿，买书吧，然后回家做饭吃。”自从工资开始降，他们就没有在外面餐馆吃过饭了。有时候，他们夫妻不想委屈孩子，孩子也会说："省一点吧，房贷不是还没还完吗？"

她骑着电动车，决定给孩子说明，因为自己不说，下午上学校，同学们也会互相问吧，小博他们是一班的。

妈妈转过头，给他说——

孩子你知道有这样的事吗？儿子随口问，什么事。

"世界上没有绝对公平，只有相对公平，有时候，真的是不公平的。"她接着说——就像一个人，很努力地种庄稼，浇水、施肥，种得植物长得也很好，丰收了，庄稼也收割好了，装在仓斗里，满满的一斗，比如是金灿灿的一仓斗谷子，正要端回家里去，突然下大雨了，瓢泼大雨，一下子，把金灿灿的这一斗谷粒打湿了，糟蹋了——

你说社会上是不是会有这样的事？

妈妈，这样的事，肯定有，并且还很多。

孩子居然说，还很多。妈妈的心一颤。

那好，妈妈再给你说——有时候，我们需要为别人的错误买单。这也是不公平，但是世界真的没有绝对的公平，只有相对的公平。妈妈还在强调，干脆直接用了真实的数据来想比。比如，有一个孩子学习很努力，成绩也好，20 个题做对 18 道，但是也有可能进不了考试的复赛，可能就像那谷子一样，被雨淋了——被监考的人忘记装订进去了，或者被改卷的老师改完之后忘记登记了，也许是被老师当成样卷比照着改，却忘记放回去登记分数——这个孩子即使全对了，他也进不了复赛。这样的事，你认为会有吗？要是有，是你，你能接受吗？

哦。哦。能。

后座上的孩子应着。神情有点僵硬。

那，妈妈现在给你说！

——说这一句话的时候，妈妈的眼睛一下湿了。不为成绩，只为小小少年遭受的不公平和委屈。

母子俩正说着，碰见下班的在教育局工作的一个妈妈的同学，停下电动车，在路边聊两句，说回来约。告别时候，同学似乎看出妈妈眼眶有点湿。

妈妈接着给道道说,刚才妈妈说的那种情况你能理解吗?如果落在你身上,你能接受吗?

——妈妈,我知道了!我比赛没有进复赛。

——没进就没进呗,多大事呀。妈妈,我不认为这有多不好。没进算了,以后想参加再参加。这有什么呀,比赛是一种玩,知道我能做对就行了。

孩子连着说的话,让妈妈的心一下子飞起来,看着孩子依然笑逐颜开的样子,妈妈的心开成春天里的一朵花。

孩子,你真的很棒!妈妈由衷地笑了,先前的沉重与纠结一扫而光,顿时心情轻松的像一朵云。

——可是,妈妈,我才不愿意让别人为我的错误买单。那太坑了!

半天,云朵里落下孩子的又一句话。宛如一滴水,垂在天地间。

飘香的风

带着孩子学琴，他坚持要吃完煎饼果子再上学，我依了他。

这个煎饼果子摊是我熟悉的，四十刚出头的煎饼果子师傅看上去像五十多岁。他常说："以前在煤矿挖煤，干体力活的，显老相。"

这一天的寒风里，寻不到他的影子，我便对孩儿说，要个烧饼吧，孩子不乐意，说是煎饼果子更好吃。"喏，他在那里。"是卖煎饼果子的。我们看到，他躲在一角旮旯里，依然围满等待的吃客。

终于手上正做的这个是我们的了。旁边有夫妻样的中年人在吵，声如裂帛。路过的人、等待煎饼果子的人都转了脸看过去，全是沉默。只有这摊煎饼果子的师傅冲着吵架的人："人生苦短，不要吵了。""你不要乱说话，你又不知道人家为啥生气。"他的媳妇低声阻止。他还是说："人生苦短，吵什么吵啊。"然后，他讨好地冲媳妇："是吧，媳妇！"他媳妇笑笑。我了解这两口子。他们是附近的农民，男的以前在矿上挖煤，跟媳妇结婚后，说啥媳妇也不让他去矿上打工了，宁愿在街头卖煎饼果子，天天喝稀饭，也不让他去矿上当轮换工"挣大钱"，媳妇说，她不信钱能让人幸福，她就信一家人平平安安，别担惊受怕的就好，她还说，她男人一下井她的心就跟了去，男人不回来她睡觉就睡不着——所以，男人就依了她，不当轮换工了，来当个体户！经济虽拮据，但两口子天天都笑呵呵的，一家人乐融融。

有一天，我看到他两口子同吃一截甘蔗，你一口我一口，轮着啃。对面的小贩看到他俩这样，不禁说："你俩还怪浪漫哩！"女的只是笑着，咀嚼她的甘蔗，男的说："甘蔗好甜，要不你也来尝尝。"对面的说："我哪有你那样的心，我老婆天天埋怨她没件像样冬衣，不如人哪!”啐一口甘蔗,男的答:“你老婆要是穿我当家的这样,还不要哭死,她这棉袄还是结婚时候买的呢。”女的点头,含着甘蔗,一脸笑:“照样暖和!”

我听得乐了,心里想,煎饼果子里都冒着乐呵的热乎气儿,这样的俩人啥时都过得甜。

真的呢,我也看到过他们没有生意的时候猫在小街的角落里。冷风阵阵,两口子脸都吹皴了,但眼神却依然舒展,笑吟吟地相望。风儿打着哨从耳边飞过,他们听听风,仰脸看白云:“当家的,看那云多白,像不像那年结婚时候的样子?”

我笑着打断他们:“来张煎饼果子,不要光顾谈情说爱喽!”男的笑嘻嘻说:“今天是我们结婚十五年哩,让俺当家的跟我受屈哩。”女当家不依:“说啥呢? 埋汰人不是,我啥时候嫌了,你要不过意,一会儿摊个煎饼果子犒劳俺吧!”女的说着冲我和路人笑,男的乐得一劲儿点头。

我拿着煎饼果子走开,想起美国诗人勃莱说“贫穷而听着风声也是好的”,况且,他们的风声如此美好。

“赶紧,我给你摊个煎饼果子庆祝咱们结婚十五年。”煎饼果子的香裹了他们的说笑,从身后飘向风声里。

谁比谁更深情

矿区家属院的楼下车库里，住着一群车，也住着一个老太和一只狗狗。

晨起，我去上班，电动车载着孩子，会看到他们也起来，在晨曦里，晃晃地走；晚归，彩霞满天，我的电动车载着孩子，也载着一包一包青的绿的白的红的菜色，回家来，夕阳西下的余晖里，老人佝偻的背影，背影的前方是那一只小黄狗，沟沟坎坎的地方，小黄狗叫着撕扯主人，此时我发现，老太的眼睛眯着，一脸雾蒙蒙的样子，哦，她的视力模糊，她时而会蹲下身抚一下那只狗，像抚摸一个孩子，脸上的慈祥与爱怜，在晚霞里流溢着，熠熠发出耀眼的光芒。

孩子逗着小狗时常追到他们的"家"里，我撵着孩子，也看到一眼他们的家——车库里没有暖，没有汽，光也没有，我看到简陋的一张板床，一条小几，一只小矮凳，旧旧的，破破的，几上有碟也有碗，有残饭，有只暖瓶，是新的，瓶子没有塞，瓶塞落在几的一条腿边。我弯腰去捡塞子，塞进瓶子，瓶子没有一丝热气，老人颤悠悠的嗓音说，谢谢你闺女！老了，不中用，眼神也不好，找半天也找不到……

我很想问老太，哪方人士，为何借居在此？

先生回来了，呼唤小儿，拎着大包小包一起上楼去。晚饭的时候，问起来，先生说，是楼上的阿婆，可能是腿脚不好，上不得楼，所以住在下面。

匆忙上班，匆忙下班，匆忙里，我能看到老人的孤寂。每每看到，除了她，还是她，除了小黄狗，还是小黄狗……

一天的餐桌上，儿子在给先生讲小动物的"特异功能"，孩子说，狗狗会给人捡石子。先生问什么意思？孩子说，他看到楼下的小黄狗跟在前面，把挡在老奶奶脚前的小石头捡走，扔在草丛里。先生不大信，我也不大信，但是孩子说，是真的！早上我先下楼等妈妈的时候看到的……我与先生相视无语，我想象着小黄狗会是怎么关爱老人，还知道把石头捡走吗？

孩子奇怪地问一句，为什么总不见那个奶奶家的人呢？她没有儿女吗？

先生赶紧制止，小孩子，别乱讲，人家儿孙满堂——可能是都忙。

你不是也很忙吗？还天天去看爷爷奶奶；妈妈也很忙，也总去看姥姥姥爷呀？你看对门的王奶奶，不还是小王叔叔跟他住一起的吗？那么人不是都忙吗，都不管老人？小孩子稚气的声音朗朗地说。

我给孩子分析，咱们天天早出晚归的，除了睡觉在这里，能了解什么情况呢？很可能老奶奶的孩子照看她的时候，我们没有看到，要不然老奶奶也不可能一直活着呀，总是有人给她吃的吧？

孩子想想不语了，然后他又问，妈妈你不是说了吗，老人不是光吃饱饭就幸福的？每次我作业多，周末不能回去看爷爷奶奶，你总这样教育我？再说了，你看现在冬天了，多冷啊，那个奶奶住的车库里也没有暖气……

孩子絮絮地讲，天真又可爱，小小少年的他已经开始有自己的"思想"，他写了一篇作文，题目叫《陪伴》，写小黄狗对老奶奶的陪伴，也写老奶奶的儿孙们对她的不"陪伴"，结尾被老师用红色波浪线圈了起来"老人的儿女和小黄狗比，谁更深情呢？"

漫天飘雪的一个黄昏，因为路滑，没有骑电动车，我牵着儿子的手往家走，在小区的门口，碰见嘀嘀叫着的"120"救护车疾驶而去，我惊悸地想，是谁怎么了呢？车轮溅起雪尘，漫天的雪模糊了天地，"汪——汪——"我看到了紧撵在车后面的小黄狗，它的四肢飞起来，也是撵不上，它绝望地蹲在小区门口的雪路里"呜——呜——"，像是在哭泣——

春天来了，我再也没有见到老奶奶，有一天偶然听到门卫师傅说，她在车库里逝去，不知何时，是小黄狗汪汪叫，小区的清洁工发现情况不对，叫了她的家人，才打了“120”的电话……

春花开了，夏荫浓了，秋风起了，冬雪又飘，谁也再没有提起过老太，只有小黄狗，它永远蹲在家属院门口，张望着老太离去的方向，晨曦里，晚霞中，风来，雨去，它都在，等待着，守候着，成一只金黄色的雕塑狗，淹没在人来人往的长河……

专心开一朵花

院子里的腊梅花，在夏日里疯长着枝条，冬日里却只是零落地散挂着几朵花。

那么多的枝上，空空的不着一物，看得人眼空，心也空。

又一年，还是这样，枝条兀自烈烈地长，花朵也还是那样零零的花，浅浅的香，淡淡地飘浮在空气里，空气也显得无奈，看这一树葱茏，就是不努力长花朵。

我坐在书房的窗下写字，写一堆散散的字，漫天地飞着发表，只是发表在报纸的副刊——报屁股，我的字稿也就被称为“口水文”，我写字，便被称为“YUE”——唉，就是“呕吐”的意思。

有一天，我去省里的文学院签约，师友们都是大家范、文学腕，他们建议我写大些，不要总是吐口水。

一天，妹妹在院子里抡着砍刀无情地“嘭嘭嘭”地砍，我闻声出去，“你干嘛呢，好好的树都砍砍？”她回答我的惊讶，不慌不忙继续砍，一枝一枝那些青翠碧绿，被砍下来，跌在地上，她却答：“删繁就简，冬天会开出更多的腊梅花！”

她早说过单位的腊梅花总是盛开得成串成嘟噜的，她一直说要问问园艺师，这一天果然咨询清楚，回来就开始修枝打杈。

看妹妹在阳光下左一枝右一枝聚精会神地修树，我凝神发呆。她却念叨：“你也修修枝吧，专心开一朵花，跟这蜡梅树一样。”

知我莫如妹呀，她说，你看你，编报纸、教书、写稿子、做公益，如今又写小稿写得不安分，还想写大稿，你只一树的精力，却想开几样的花，还不是哪一样也开不精致——专心开一种花吧，别乱掺和了……妹妹絮絮叨叨地说，如同那些枝条，没用的，占在树干上旁逸斜出消耗养分的统统落地——妹妹的话，却落进我心里。

随性的我，东一镐头西一棒槌，没目标，没计划，脚踩西瓜皮溜哪是哪，是分神耗气力，是随喜了，却也荒芜了什么——学腊梅树吧，收束一下自己旁逸斜出的事务，剪裁杂货铺一般的行为。

冬天里，蜡梅树开得满满，饱胀着芳香，一颗一颗贴在枝条上，有些花苞仄歪着，似乎立不下，快被挤下来——而我，收了心性，不再乱开花，专心地写我的小稿子，稿单如雪花，跟着蜡梅花一起开，小稿子也抒大情怀，蚌壳里，也可做道场，生如蚁，而美如神……

冬日里，雪飘漫天白，满眼雪花，满心芬芳。

牵着爸爸的手指长大

小时候，牵着爸爸的手过马路，牵着爸爸的手走路——大手握小手，小手太小，握不住，大手太大，抓不住，于是，爸爸就给我一根手指，让我抓，我有时抓爸爸的大拇指，有时候握他的小手指，有时握他的无名指。多少年之后，温暖的记忆里，总有爸爸温暖的手指，那么暖，给我慈爱，给我安详，让我幸福成长。

那是人生的春天，也是季节的春天，杨柳依依，鸟语花香，跟着爸爸同行，他上班我上学，他下班我下学，走过两条街道，走过三个巷口，穿过一条马路。

我挎着我的小书包，牵着爸爸的大拇哥，爸爸向我问我在学校里有什么高兴的事，有什么不高兴的事，有什么好玩，有什么好笑……

我给爸爸讲怎么学了“a，o，e”；怎么跟同桌合伙画美术老师教的画，同桌画一只拳头，我画拳头底下那四个小人儿；也给爸爸讲班里谁的辫子那么长那么卷；也给爸爸说，玩抓人的游戏了，我跑得摔一个大马趴；还给爸爸说过，班里同学很淘气，把邢老师鼻子都气歪了；还沮丧地给爸爸说过，下雨天去蹚水，把袜子冲走一只……

我像一只小鸟，冲着爸爸这只老鸟，一路走来，一路喳喳，不记得爸爸批评过什么，只记得爸爸安慰我，不要紧，不要紧……以至于我长大了，也不知道什么是要紧的，妈妈说，我的慢腾腾的性子，完全跟爸爸一样，让人没脾气——妈妈总是这样教训我，希望我做什么事都上上心，抓抓紧。

可是，我只记得爸爸那温暖的手指了，攥着爸爸的手指头，天不会塌，地不会陷，有什么要紧的？

慢慢地，我也跟爸爸学会了，冲急脾气的妈妈说——人生百年，那么长，慢腾腾不要紧；一百年，那么短，更要慢腾腾的，不能赶慌自己。

妈妈说，是爸爸把我宠坏了，什么事都温吞水一样的，没有个麻利的模样，可是爸爸反问妈妈，这样有什么不好吗？

有一次，我因为太磨蹭被关在学校里，出不去了，爸爸去接我，左等右等不见人，那时没有电话，没有手机，爸爸见到大门锁了，就自己回家去。

我在校园里，四处游荡，看看从哪里能够走出去，发现在操场东边的一面墙壁有一个大大的豁口，平时有逃学的抄近路的高年级男生就从这里过，我们也知道，我打量，我是不是也能从这里出去，可是太高了，我试了又试，都没有出去。

我只好又折回学校前院，在最前面的排房里，我看见了校长一个人在做饭，我只是想看他做饭，并没有想起来求助。我走上前，他问我："毛丫，你怎么没回家？"我说："我打扫卫生，又摆齐桌子，太落后，被锁在学校里了。"

校长也姓秦，是爸爸的朋友，他问我："你评上三好学生了吗？"我说："不知道。"他进屋里去翻看一番："哦，有你的名字。"我站在他的门口，他拿出一本画书："看，这就是要给你们发的奖品！"我接过来看，是一本"中国古代科学家的故事"，居然一页一页掀着开看。

校长继续做饭，说："你也吃我做的饭吧！"我才想起来："我要快点回家，天都要黑了。"校长说："那我给你开门去！"于是，校长拿了钥匙去开门，我飞快地往家跑，因为校长做的地瓜粥甜蜜蜜的样子，让我一下子饿狼似的，前心贴到后背上，跑到半路，遇到爸爸又来找我，牵着爸爸的手指连跑带颠地回家。我埋头吃饭，就听妈妈数落我："一天丢袜子，一天丢橡皮，还以为你把自己也丢了！"爸爸笑着说："怎么能把自己丢了呢，放心吧，不要紧！"

童年的我，有一种潜意识，爸爸在，不要紧，爸爸的手指，很温暖，爸爸的温暖，很要紧。

多少年之后，我自己也为人母，牵着小儿的手，走来走去，突然想起童年温暖的那一幕，我递给孩子一根我的手指，让他握好，一起走走走。我给他讲，妈妈小时候，就是这样握着你外公的手指长大的。

美乔妈妈

蓝天里有一辆大风车，上面开满了鲜花。

那么多的花，多得数不过来；那么艳的花，仿佛闻得所有春天里的香；那么大的大风车，是我从没有见到过的大，大得让小城里的人们，都要把两颗眼睛珠子瞪出来了。

——那是美乔的妈妈，专门为美乔一个人做的。

美乔在三岁的时候，得过一次病毒性感冒，高烧一星期不减。

后来到了市里的医院，才止住了烧。

七岁上小学的时候，美乔数一百以内的数，还数不利落。

有人说，美乔是那年高烧烧坏了保险丝了吧。

什么是保险丝呢？

大人们并不告诉我。但是与美乔同班的我，愈来愈知道美乔有多笨——她记不得上星期学的字，也记不得昨天学的字，连当天老师才领读过的课文，她也念不下两行，更别提数学里那一堆小蝌蚪、小蚯蚓一般的阿拉伯数字了，它们组成阵营，美乔说，看见它们就晕，就想呕吐。

考试的成绩美乔很少有两位数的分数。

老师不好意思评价，让我和丽玲给她的妈妈说："美乔学习很受罪。"

美乔的妈妈一愣，问："谁说的？"

我们吓得跑了，跑了老远回头看，美乔的妈妈捉着衣襟擦眼睛。

终于上到三年级的时候，美乔不再上学了，她跟妈妈一起做纸花卖，美乔做得纸花像是真的一样，她送过一朵粉粉的花给我，居然蝴蝶都追到我的手上来。

一开始也有人问："美乔怎么也不上学了？"她的妈妈答："美乔上学遭罪得很。"

后来从丽玲的口里我听到，班里每一个孩子都给美乔的妈妈说过"美乔上学活受罪"的话，丽玲说，她后来又和青霞一起去给美乔妈妈说过一样的话。

我记得爸爸给我读过一个故事，说古代有个人很是老实良善，有一个人告诉她的妈妈说"你的孩子杀了人"，他的妈妈没相信，两个人来说，那个妈妈也没有信，三个人，四个人……一百个人都来这么说，这个人的妈妈终于不再坐着纺纱线了，她要站起来，走出去，心焦地四下里寻找她的孩子，她要问他："你是不是真的杀了人？"

这个故事总在我的脑里乱晃悠，晃得我心上有一种说不出的味道，麻麻的，辣辣的，涩涩的，黑压压的，沉得我出气都重重的。

我给爸爸说："为什么老师要同学们这么给美乔妈妈说话？"爸爸摇摇头："美乔确实学不会，她也真的会难受。"

朦胧睡着的时候，我听到妈妈的话："下午见到美乔妈妈了，她想把咱家毛毛的书借去给美乔看。"爸爸说："那就找齐了拿给她吧，怪不容易的。"妈妈叹气："西兰狠劲哭呢，说是老师嫌美乔拉低班级分数，评不上先进班，当不上优秀工作者……"

西兰是美乔的妈妈，我知道的，我支棱起耳朵想再听妈妈说什么，妈妈叹了气，不说话了。

寂静的夜里，连着几天又几天，我听到远处的空气里有咣咣当当的声音，我醒了，又睡去，天亮了。

一天，有人打着门说："快去帮帮忙吧，美乔妈妈给美乔做了一架三层楼高的风车，正在门口路上放着，让人帮她拖到十字路口广场上去。"

上学的时候，我路过十字路口广场，看到那么奇怪的景观——硕大无比的风车，上面挂满了五颜六色的花朵，铺天盖地的花儿，阳光下流光溢彩，美轮美奂得晃眼！一串串，一朵朵，那是我从来没有看到过的鲜艳，从来没有见到过这么多的花儿朵儿，接到了天上，挨着白云彩，蓝天显得那么矮，天幕上，分不清花在风里，还是在天边。

眯缝起眼，我还是分不清大风车是在蓝天里，还是蓝天里有一辆大风车，只知道周围有分不清的看稀罕的人，在分不清地分辨着，蓝天里到底有多少朵花儿，花儿到底怎么开到天上去了……

我快快地上学去，不知道美乔家这样要做什么。

后来，我见到美乔又回班里上课了。美乔还是老样子，老师却再也没有说过什么，就这样美乔一直在个位数的成绩单上，漂过了她的小学时光。

至于那巨大的风车，后来风光得很，被县里的记者拍了照片，入选了哪里的吉尼斯——有史以来最大的风车。美乔的纸花编扎艺术还上了电视，上了电视的美乔，还有谁能把她挡在校门外，况且，我们的老师，还因为此事上了报纸——培养了一个民间传统艺术的传人。

如今，美乔开着纸花店，塑料花坊，还发展了鲜花的插花艺术，她灵巧的手，如春风，如有神，一拈花儿含露带笑，一掐叶儿成云霞。

说起当年，她说，妈妈为了自己能上学无奈出奇想——她带着美乔，带着全家人，连夜赶工要弄出个稀罕物，因为老师说："你这当妈妈的，要是能让美乔制造个全县第一，无论什么第一都行，咋地学校都把她留下来，哪怕她的小脑瓜是石头的，学校的老师们也一起想办法让她开出花来。"老师笑眯眯地说的，很无奈很期待的样子。

大字不识的妈妈，当了真，想得脑袋瓜子痛，想出一个得"第一"的门子——她就是要让美乔的石头脑袋开花，让美乔的一辈子都开着花！她大声地给全家宣布。

那硕大的风车，那冲天的花，原本是妈妈，想让她的笨女儿跟别人一样的一份不一样的付出。

"妈不会做别的，妈就会教你做花，花做好了，命也开出花来了。"美乔记下这话。

多年后，我也见到当年的老师：“真没想到美乔妈妈那样给我‘将军’——美乔那孩子学习确实是不济的”，老师依然说，“不过，有了那样一个敢把风车做到天上的妈妈，她的命运还有什么不能调剂的？所有的不可能，也都会可能的。”

苹果花开

当第一缕晨曦照亮大地的时候，小人鱼变成了泡沫。童年的记忆里，有一个小人鱼一般美丽的姑娘，在苹果花开的时候，云彩擦亮天空的那一刻，跟她的爱人一起“搬到天上去住”了。

这里是煤矿上的一排家属房，因了小巷口长有一棵别的巷子都没有的苹果树，人们有时候称这条小巷叫“苹果巷”。从北京搬来的陈阿姨说，北京都有一个苹果里，要不咱们的小巷就也叫“苹果里”，可是中原这个小煤城，人们不习惯称“里”，这边就叫“街”“路”“巷”，所以，有人叫我们这里“苹果路”“苹果街”，也有不少人叫这里“苹果巷”。那棵苹果树据说是因了风的吹送，把矿上苹果园里的小树吹来一棵，它就正好长在我们住的家属房边上了——其实花的奶奶说，是她从苹果园里移来的，她家住在最东头，她种在她家房屋东边，可不就成了这排房这小巷的标志了，花奶奶说，自打有了这种棵树，她就不会走着走着走过了，刚住进来的时候，她经常是走过去了，才发现走错路，再折返回来，有了这棵树，我就不再迷路了。大家听听，可也是，有意无意不用记路了，走到苹果树，就到家了。花奶奶还说了，让它长荫凉，也图个吉祥，苹果苹果，平平安安的，她的家，这一片房子都平平安安的，多好！

花奶奶很喜欢这棵树，长不长果子，她都护着它，给它浇水，见到谁家小孩子去摇晃它，她就去阻止，长在她家东墙外，站在小巷口，迎着阳光，喝着清风，慢慢长，从筷子细长到竹竿粗、碗口粗，一直在长，“一年一个样儿，像个孩子似的”，花奶奶说，她喜欢这棵苹果树，看它开开花，挂挂果，绿油油的，长成长不成果子都没关系，看着舒服，图个喜性，花奶奶广而告之，人家有市花，有狼图腾，狗熊都能当图腾，咱有咱的苹果树！

这个长着苹果树的小巷里有个苹果花一样美丽的邻家姐姐，爱上矿上苹果园里那个跛脚的护林人，她会蒸好热腾腾的包子，穿过这矮小的苹果树，拎着去给她的爱人吃，也会在夏日里煮好冰糖绿豆粥装在便当盒里，路过的时候拂一下苹果树上的小果子，轻哼着歌曲去矿上的苹果园里，送给他喝——他是一个资本家的狗崽子，母亲受批判，父亲判了刑，有一个哥哥发配在边疆，跛脚的他因了跛脚被造反派不屑，还是被网开一面，他侥幸地做了煤矿上苹果园的护林人。家里的书都被抄了，成了毒草，可他喜欢看书的习性不改，《保卫延安》《钢铁是怎样炼成的》……革命的书还是可以读的，红宝书也是可以看的，护林的同时，他就看书，坐在果园边上的铁路上看书，是他最幸福和安静的享受。

每当他巡视一圈林场，就坐在铁路上看几页书，傍晚黄昏的时候，他坐在晚霞里看书，那安静的身影，一天，一天，吸引了一个姑娘的目光，这就是我邻居家林伯伯的女儿阿霞。林伯伯是矿上的革委会主任，林伯母是矿上食堂的会计，他们只有这么一个宝贝女儿。阿霞姐姐当时高中毕业刚被招进矿上的宣传队，我最喜欢听她在矿上文艺汇演的时候唱我们小孩子爱听的歌儿《让我们荡起双桨》，她有时候也扮演朝阳沟里的“银环”唱豫剧“我往哪里去啊我往哪里走——”

我在玩的时候发现，她给后面铁路上的跛脚大哥哥送吃送喝，还送了矿上发票才能领的汽水和冰糕——因为那时候我的时光，除了用爸爸工会发的卷换电影票和表演票，去看电影和表演来打发，就是去铁路那一片玩，不停地玩，那个铁路是废弃不用的运煤铁路，从来不过火车的——但是那里有一大片沙，还有一个水沟，是我、春花好多小朋友的天堂。我们在那里玩，一年四季都好玩。天暖和的季节，特别是夏天的时候，从天亮到天黑，吃了饭我就到那里去活动，妈妈说，我晒得跟黑泥鳅一般，可是并没有拦阻我。因为爸爸跟她说过，矿上又没有幼儿园，毛丫想怎么玩就怎么玩吧，只要是安全的就好。所以，我可以随便去玩，天天乐此不疲地在那里玩沙子、堆沙堡，在小河里捞虾、捉螃蟹……

我在这乐园里玩，抬眼就能看到铁路上看书的跛脚大哥哥，他只要不是巡林去了，就会是坐在那抱着一本书，有时候，他也发呆，看远方，看天上的云彩，当然，他偶尔也会看我和伙伴们玩，有一次还察看我捉的小虾和螃蟹，尤其是当我们把一只小螃蟹和一只老螃蟹分开的时候，他劝不要把他们分开，他们是妈妈和孩子或者是爸爸和孩子——不要把他们分开，让他们在一起吧——他反复给说着，也没有听，我看着他后来的样子，简直就是在央求了。

看着跛脚哥哥好像有点难受的样子，我给说，你听哥哥的话吧，把我的小水枪给你玩半天——于是，停止虐待那两只螃蟹，跛脚哥哥居然趁我们不注意，还把两只螃蟹又放到小河沟里去了。

拿了我的小水枪，跟春花一起拼命地去喷水去了。我看着他跛着脚从小水沟边走过来，很奇怪他怎么那么关爱那两只螃蟹，老螃蟹和小螃蟹——我发呆地看着他——

他走过来很感激地对我说，谢谢你，小妹妹，你真是一个善良的好孩子。

他对着我笑，笑起来，他那双眼睛真是漂亮，像是两朵苹果花，我似乎知道了，以小孩子的小聪明猜测——怪不得阿霞姐姐喜欢他呢，总是跟他并排坐在铁路上！他的眼睛可真是好看得很，我从来没有见到过谁的眼睛像两朵花的。唉，就是他的腿脚不好，不然，他就更配阿霞姐姐了——因为我想到阿霞姐姐唱起歌来，那歌声那模样，更是比花还美，比苹果花都好闻，真的，阿霞姐姐的歌声里，会飘散着一股甜甜的味儿，这是谁的声音里也没有的！

晚上在房前纳凉的时候，我给妈妈讲跛脚哥哥和两只螃蟹的事，妈妈听了，叹一口气："不见爹，不见娘，他也只是个大孩子哩，可怜的孩子！"妈妈叹着气，给爸爸说，"听矿上的人说，阿霞这孩子很喜欢他，老林气得不行，死活都不同意这门亲哪！"……

我支起耳朵想多听一些阿霞姐姐和他的事情，爸爸妈妈却并不多说了。

我看到，有时候，阿霞姐姐和跛脚哥哥一起坐在铁路上，有时候也见不到呢。只有跛脚哥哥一个人的时候，我看着他那望着蓝天的模样，活像一条鱼儿，从海里掉在地上似的，很孤单很瘦小的一条小鱼啊，想起爸爸妈妈说的，林伯伯不让阿霞姐姐答理他的事，我为他难过。

有一天的中午，我拎着我的小水桶回家，看到谁家的饭洒在小巷的狭窄过道上，一只大大的铝饭盒敞口在墙角，瘪得很难看，像一张扭曲的脸，汤汤水水散发着喷香，洒了满地，一只流浪狗在吞吞地吃，吃得好香。

在我吃午饭的时候，我听到了林伯伯大声的呵斥声，隐隐约约有嘤嘤的哭泣声，还有林伯母小声劝阻什么，最后听到嘭地一响，似乎是摔门的声音，然后巷子里有人招呼："林主任出门去哪？"

"咣啷——嗵！"好像什么铁物撞击了砖或者石头，我立刻想起了那个铝饭盒，那瘪成丑八怪的模样，有愤怒的脚步声响过小巷。

我紧张得大气不出，妈妈说："吃饭吧，是林伯伯在吵阿霞哩。我做饭的时候，就听见爷俩在巷子里闹腾——唉——"

爸爸挟了一筷子我不爱吃的菠菜放在我的碗里，爸爸说："晓得啵，你长大了可不许跟阿霞姐姐那样不听话。"

妈妈冲爸爸瞪眼："跟毛丫说这个早哩！""早啥子早，阿霞小时候就是个犟筋丫头！"爸爸说。

这时，看着那一撮绿色的菜，我也不敢说不吃的话了。闷着头，难以下咽地吃起来。

心里想着，阿霞姐姐要是真的勇敢，就跟跛脚哥哥一搭过去，我想起我听过的牛郎织女的故事，感觉得林伯伯就像是那个在制造天河的王母娘娘，我也忍不住"唉——"了一声，细细的，妈妈爸爸一下子愣了，又可笑起来："小孩子懂什么，还会跟着叹一口气！"我成了他们的笑料，他们笑起我来，我自己也好笑地笑了。

是哦，我好可怜那个哥哥，没爹没妈的，跟我们比，他好可怜，他还是个跛子，会讲那么好听的故事，还写那么好看的字，还会用芦苇秆给我们做好听的响器……我想起他的各样好，越发希望阿霞姐姐能跟他好，不然，这世界上还有谁跟他亲呢？

每当再去玩的时候，我都特别留意地看一看阿霞姐姐是不是又陪跛脚哥哥坐在铁路上说话呢，还是一起看书呢，有时候，我看到他们两个一起站起来，看天上的小鸟，看他们飞在云朵里去，都看不见了，他们还在仰着头看——

只是，好些次，我没有看到阿霞姐姐，只看到跛脚哥哥。他也只是转一圈就走，不在铁路上停留，手上的书卷着拿，没有坐下来摊开读过。很奇怪的是，我居然看到林伯伯好多次，他在我们玩的小河沟边和沙堆边，有时候在铁道上，来回地走，脸黑得像乌云似的。

再后来有一天上午，早早地，跛脚哥哥到我们的乐园里来找我，说："小妹妹，你把这封信带给你们院里的阿霞姐姐好吗？"我满口答应了，擦一擦我手上的沙子，郑重得不能再郑重了，我接过来，那是一个粉色的信封。

我飞快地往家跑，顾不得再多玩一会儿。跛脚哥哥在后面喊："不用急，小妹妹，你什么时候见到什么时候给！"

可是我急着完成这使命呢，还从来没有人让我完成这样大的事呢，我要完成好，一定早一点交给阿霞姐姐。从上午到中午，从中午又到下午。终于太阳快落山的时候，我在巷子口的小苹果树下，守到了阿霞姐姐，春天来了，苹果树都绿了，像一把绿色的伞，我把藏在衣服里的那个粉色信封交给她，看见她的眼睛里已经开出来两朵苹果花——

她黝黑的眼睛晶晶亮，又快又喜地给我说："来吧，来我家喝汽水吧。"不由自主我就跟着去阿霞姐姐家，边喝着她给我打开的一瓶汽水，边仔细端详阿霞姐姐，又细又弯的眉毛，小的嘴巴，很红，像一颗豆，她可真漂亮啊，我想着妈妈在夜里小声讲给我听的那个小人鱼——就是阿霞姐姐这个样子，长睫毛湿湿地，那么长，一闪一闪，像星星。

我看见阿霞姐姐认真地拿出一根针，一点一点挑开那个粉色的信封，阿霞喜不自禁地给我说："毛丫，你知道他多有才吗，会写诗，写剧本，写好多好看的故事——喏，他的作品有多么厚这么厚——"阿霞姐姐说着比着，我瞪大眼睛看，看她的一张粉白的脸庞，因了兴奋，变得红红的，“他说了，没有人能把我们分开，除非我们两个人都愿意或者其中有人愿意分开——才会分开——我不愿意，他也不愿意，我们不会分开！”阿霞姐姐说着，点下头，再点一下头，“毛丫，你说他好不好？”阿霞姐姐问我，抽走我的汽水瓶子，“说话呀，别光顾喝啦！”我晕腾腾地不知怎么答好，又摇头，又点头的，“不是不好，是好，是好！”阿霞姐姐笑了，“姐没白疼你，赶明还来姐家喝汽水。”然后，她又说，“姐啊，也不知道怎么那么喜欢他，连他走路的样子姐都喜欢，姐可能是让他的才华给迷住了吧，姐就是喜欢有才的人！别看他——”阿霞姐姐顿了下，不忍心说跛脚哥哥是“跛子”，“别看他——那样，可他的心灵着呢，灵得很，对人可好，可好可好——”姐姐不再说了，不再说跛脚哥哥怎么对人“可好可好”。我咕嘟嘟喝着汽水，放在水桶里的汽水冰得又凉又甜的，真好喝！

阿霞姐姐笑着说着，轻轻地从那个粉色的信封里抽出来一张洁白的信纸，信纸在她纤细如小竹枝的手指上捏着，一跳一跳的，像是姐姐激动的喘息，信纸飘在她手上，她定睛地看，眼睛一下也不眨地看，看完了，阿霞姐姐微笑着微笑着，不自禁地说：“多好啊——在苹果树开花的时候——云彩擦亮天空——我们就搬到天上住——群山、木屋和炊烟——哦，真是好！”

看着阿霞姐姐那陶醉的样子，我轻轻地带上她家的门，跑回我的家。

那一天夜晚，我望着天上的星星不停地想，我要是睡觉的时候摸不到妈妈，就会着急地叫：“妈妈，你在哪儿啊？”可是，跛脚哥哥跟他的家人，谁也见不到谁呢，听说都好几年好几年了——那他一个人怎么过呢，谁陪他看星星呢，阿霞姐姐能陪着他看星星吗？

我钻进妈妈的怀里，看着星星，开始打瞌睡，迷迷糊糊地想，跛脚哥哥是大孩子了，可能不用想妈妈了吧——

迷迷糊糊里我看到，阿霞姐姐穿了彩霞一样漂亮的衣裳，她和跛脚哥哥手拉手，在苹果园里，跑啊跑，唱啊唱，唱的是：“我们搬到天上去，我们搬到天上住——我们属于远方，有自己的群山、木屋和炊烟……"

我禁不住拍着小手为他们鼓掌,嘎嘎地笑醒了。

爸爸妈妈做好了早餐,在侍弄门前空地摆放的花花草草,听到我的笑声,妈妈吃惊地跑到床前:"毛丫,你怎么了?"

"没怎么,做了个好梦!"我的嗓子因为睡觉还哑着呢。

"这孩子做了什么好梦,笑醒了?"爸爸听到了,也来问。

我这才说:"我梦见阿霞姐姐和跛脚的大哥哥在一起,可好了,给他们鼓掌哩,一下就笑醒了——"

我还没说完,妈妈就板起来脸,爸爸也厉声说:"不许胡说,你林伯伯因为这事前天都打了阿霞了,小孩子不知道事情严重,不要出去胡说啊!"

我点点头,心上有一些不以为然。不就是阿霞姐姐要给跛脚哥哥当媳妇嘛,愿意就愿意了呗,还打人了?我想着,心上有些讨厌林伯伯那张总是凶巴巴的脸。

吃饭的时候,我听妈妈问爸爸:"听前排房老程嫂子说,矿上有人给阿霞介绍一个条件很好的新对象,老林还把阿霞喜欢的那跛脚小伙子调到井下采煤队去挖煤去了,真的假的?"

爸爸吃一口煎饼,"唔"一声,算是应答。我想问:"什么是'条件很好'?"又恐怕爸爸说:"大人说话,小孩子莫多嘴。"就把"问号"存脑子了。自己给自己说,长大了就明白了。因为妈妈不想回答的问题都是这样给我说,小时候不明白的,长大了就明白了。

妈妈在叹气,她说:"可怜的孩子,他那个身体可怎么挖煤哩。"她又问爸爸,"说是老六叔去看园子去了。"爸爸咿咿地吃饭,吃了早餐抹着嘴巴说:"老林这事做得过分了。"然后叮嘱妈妈,"出去不要乱说话,光听人家说就是了,你不说也不能够憋死你。"妈妈对爸爸说的难听话,也没有生气,她倒是好脾气地直点头答应着。

这可恨的林伯伯,不是要跛脚哥哥的命嘛。我恨恨地用筷子敲打一下我的小碗。哦,怪不得,我在铁道边玩,再也没有看到过跛脚哥哥了。

跛脚哥哥说过,苹果园在晚上是负责种果树的一家人,住在里面,兼管看护的,他光在白天种果树的人在林子深处干活或者出外育苗、拉肥的时候,他要操心看好果园。跛脚哥哥说,真正到晚上去偷苹果的偷儿也没有,都是白天里有年青的工人或者是不上课的学生孩儿去祸害,他们不一定摘了吃,青苹果涩得很,也吃不成,就是有捣蛋的半大小子去破坏着玩——这些都是跛脚哥哥以前说的,所以矿上才派了一个人专门来值白天的班,这就是跛脚哥哥,这一时不见他了,倒是看见住在前院的老六爷爷白天总在那里,牵只狗转来转去的。原来是让他顶走了跛脚哥哥!

爸爸妈妈上班去,我和小伙们照样是到铁道边玩沙,沿着小河沟找宝贝,浅浅的小河沟,本来就是矿上防矸石山燃烧冲水流下来的,成了小河沟,久了,也有了鱼和虾,长满了水草,再说,经历长途跋涉,水早已沉淀得异常清澈了,春天看得清小蝌蚪,夏天照得见脸上的汗珠子呢。这有趣的小河沟,在我知道了跛脚哥哥不在这里出现的时候,感觉它也没意思了。虽然老六爷爷的狗曾是我的爱物,每次吃了鸡骨头和排骨块都给它留着,但是它在我心上,没有跛脚哥哥让我想呢,它又不会像跛脚哥哥那样给我们讲小木偶的故事,用芦苇秆做一只只笛子,吹得可响呢!还会用塑料绳子打成一个一个结给我们编一条一条的小金鱼儿……我想着那些好听的故事,想着跛脚哥哥在井下挖煤,挖不好也会跟院子里的寇伯伯那样少条胳膊可怎么办,他本来腿脚都坏了?还想着要是那样阿霞姐姐会不会也不要他了?即使阿霞姐姐要他,林伯伯更不会同意他跟阿霞姐姐结婚!

多么好的跛脚哥哥,多么可怜的跛脚哥哥!想着想着,我的眼泪都要掉下来了。不行,我要去问问阿霞姐姐,还跟跛脚哥哥在一起吗?管要过来我的小水枪,我就飞跑着去找阿霞姐姐——

我知道姐姐现在肯定没在家,她在矿上宣传队,没准在排演节目,我去那里找她——

我去了,三个排练室,我都没找到她。看我在那出没来出没去的,一个跟阿霞姐姐一起表演"朝阳沟"演栓保的那个演员问我:"毛丫,你是不是找阿霞呀?"我点点头,他肯定是听阿霞姐姐叫我毛丫来着,“阿霞姐姐呢,她在哪里?”

“我也在找她呢,都两天没见到她了,我在找她排演新戏,你见到她叫她快点来啊!”我灰心地冲他招一下我的小手,走了,原来他也不知道,他也在找阿霞姐姐,姐姐到哪里去了呢?她不要跛脚哥哥了吧?是不是被林伯伯藏起来了?

我想着走回家去,那一天也没有玩的兴致。我用挂在脖子里的钥匙打开屋门,喝了一杯水,开始拿着我的小水枪不停地吸水,往门外喷,喷着想着,为什么大人不让阿霞姐姐跟跛脚哥哥在一起,是不是因为跛脚哥哥是个跛子?为什么林伯伯想做什么就能做什么,他把跛脚哥哥调去挖煤,跛脚哥哥就得去挖煤?为什么阿霞姐姐不见了,她是自己一个人走了,还是跟跛脚哥哥在一起——他们在哪呢,去哪里了?一枪一枪清水喷出去,把门前的地都喷得湿漉漉,我还是迷惑不解,不明白大人究竟是为了什么!

爸爸妈妈下班回来吵我不懂事,我心里说,我是不懂事,不懂阿霞姐姐跟跛脚哥哥的事,为什么大人要当王母娘娘呢?

晚上在门前小床上纳凉睡觉的时候,我看着天上的“牛郎织女”对妈妈说:“阿霞姐姐丢了,找不到了。”妈妈一机灵:“这孩子,你怎么知道的,听谁说的?林伯伯林伯母都找她找疯了。”

我想象着他们找不到阿霞姐姐那着急的样子有些心安地睡了,想着林伯伯一着急,回来就会同意她和跛脚哥哥好了吧。前院的小强哥不就是用出走的方法逼着他的妈妈同意他跟娟子姐结婚的吗?我不禁带着微笑睡着了,连数星星也忘记了。

也许跑来跑去找阿霞姐姐累得我瞌睡,也许是我知道了阿霞姐姐跟跛脚哥哥一定能跟小强哥跟娟子姐一样,也结婚,也给大家发喜糖,我一觉睡到大天亮。

醒来的时候,我睡在屋里的床上——夏天的晚上总是这样,在门前纳凉的小床睡着,爸爸妈妈就会把我抱进屋里睡——我一醒,没有摸到妈妈。妈妈不在,我就心慌,我大声喊着找妈妈,却听到号啕的声音——好像肠子都要从声音里给哭出来了——我感觉头皮发凉,听着害怕。

继续大声叫妈妈，爸爸却过来揽住我："别害怕，孩子，妈妈去看林伯母了。"爸爸开始给我穿衣裳，我这里才停住了心惊，听出来了哭声是从林伯伯家里传出来——我可怎么活啊，阿霞呀——

我要跑去看，爸爸拦阻了我："小孩子，不要去。"爸爸严厉的神情吓到了我。想是又到了星期天，爸爸不上班，他用他温暖的大手给我梳辫子，他劝我："小孩子去那样的场合，会做噩梦的……"

什么样的场合呢，像栓保和银环一样，像小强哥和娟子姐一样，跛脚哥哥和阿霞姐姐结婚了吗——不对呀，小强哥哥结婚我都去吃喜酒了，爸爸也没有不让去呀，再想想，小强哥哥结婚的时候没有谁大声哭呀——听奶奶说过新媳妇要哭轿，可是现在没有花轿呀，再说，怎么不是阿霞姐姐在哭，反倒是林伯母在哭呢？

爸爸只为我梳过这一回辫子，我想他是为了拽住我的辫子，不让我跑去看，才给我梳辫子的吧——不然，我悄悄地逃，也要趴在门缝里去看看阿霞姐姐家里怎么了？

——唉，爸爸，你把我的辫子扎得好紧好难受。

我为看不成阿霞姐姐难受。

直到中午，妈妈才回来，妈妈的眼睛也像是哭过，红得很，比跟爸爸吵架那一次哭得都红，眼泡都鼓起来了，有点像我家鱼缸里的金鱼的眼睛。

我小声地问："阿霞姐姐家怎么了，她跟跛脚哥哥结婚了吗？"妈妈并不看我，心不在焉地回答："结婚了。"然后很认真地把我拉到身边，更认真地叮嘱，"以后再也不要去沙坑和河沟那边玩了。"

我很奇怪。"为什么呢？"我问妈妈，"那是我们最好玩的地方，不是你说的吗？是我们的乐园？"

妈妈顿了顿，想一想，想说什么，终于没有说，只是又叮嘱给我："小孩子要听话，妈妈说不要去，就不要去了，妈妈回来带你去看猴去滑滑梯——"

我一下很高兴了，跳起来："妈妈说话要算数！"因为以前妈妈怕花钱，总不肯带我去这收费的地方玩呢。妈妈看着我，嘴角一咧，算是笑了："算数。"

后来不用妈妈告诉我，我也知道了——

在那一天云彩擦亮天空的时候人们发现，阿霞姐姐和跛脚哥哥一起沿着铁路，搬到苹果园那里的天上去住了。

有人也说出了那首诗："当云彩擦亮天空，爱人啊，我们就搬到天上住。"

不知道住在天上的他们是否真的拥有了自己的群山、木屋和炊烟……

我只知道这是我最早听说的一首诗，就像我最早听过的那个童话里的"泡沫"，在我的童年里消失了——消失的还有阿霞姐姐和跛脚哥哥，还有那一片沙，那条水沟，那能跳进去捞虾的清澈河水，那能钻进去捉螃蟹的带有苹果味儿的风……

多少苹果花，一朵一朵开，一树一树的记忆如云彩擦亮天空的时候，我看见了——阿霞姐姐的笑声和跛脚哥哥跛行的身影，挂在树梢上，像那苹果花，飘啊飘，苹果园里，小河沟里，沙子里——到处——满是的——

第二辑　挂满铃铛的春天

燃烧的黑石头

孩子考上大学，对一个乡村的家庭来说，是一件幸事；孩子考上大学，对一个乡村家庭来说，似乎又是一件特别难过的事——要读书，那笔高额的学费，对父母来说，就像是麻烦的线团拉开了头。

陈老三早年丧妻，多年未娶，不是不娶，是家贫如洗又拉扯着俩孩子的他，鲜有人问津，偶然有个媒茬，人家掂量掂量又不愿嫁，一来二去，陈老三说，他不打算“续编”了，一心一意供养一双儿女。两个孩子很是争气，成绩一个比一个好。

陈老三是一个有心的人，儿女在同一年考上大学，学费却并没有难住他，除了乡里县里象征性地送来那些“心意”，他没跟人借款，就筹齐了两个孩子第一学年的学费。不善言语的儿子却很质疑：“爹，你没有做啥违法的事吧？”陈老三红了脸：“你爹是那人吗？为了你和小妹的前程，爹就是死，也不能犯罪！”女儿很乖巧，小松鼠一样跳起来，护住老父亲那口怒气，冲哥哥甩手：“一边去，一边去，没见爹省吃俭用，成年不着家地在外打工，还攒不齐咱们的学费吗？！”陈老三被女儿逗笑了，他摸摸苍硬的胡茬，欣慰地说：“还是闺女懂得爹的心啊，爹是很早就开始为你们准备学费喽，你哥个臭小子哪有闺女的细心哦！”

“可是，爹——”儿子大顺还想张口问什么，却终于咽回肚子里。

一个爹领着俩孩子开心地忙碌着，准备大学开始的新生活。爹爹破天荒地在家陪伴兄妹俩一个月，一个月里，爷三个一起走街串巷地卖冰棍去，两个准大学生娃娃一个爹，走到哪里都是风景，乡里镇上的老少爷们儿都要跟他们唠一阵夸一番，然后纷纷购买几根冰棒捧捧场，还说“是要沾沾你家的喜气！”陈老三越发自豪不已。

只是走到县城西边的小屯镇的时候，老爹说什么也不让孩子们往那边去“考察”：“不去了不去了，那边太远，煤灰多，脏得很！”可两个孩子说了：“考察乡村生活要全面，能走到的地方尽量都要去！”陈老三拗不过，就跟在后面往西走，风一吹，满街的煤尘飞一天，地上，空中，飘飘忽忽全是黑色的灰尘，这里的人们脸上也是灰蒙蒙的一层，只在张口的时候，看到有些人的牙齿那么白那么白，有些不合时宜地白！

哥哥是男孩子似乎见多识广一些，他给妹妹说：“这里到处都是小煤窑，是咱们县城的金库。”哥哥还说，他班上小牛的爹在这里上工两年得了硅肺病，前一阵子还开胸验肺了，才得到小煤窑主的赔偿。“不过，他爹现在成报废的人了，快不行了……”哥哥很无奈地讲给妹妹听。妹妹却天真地问哥哥：“小牛家得到多少赔偿金啊？”“十万。”哥哥说。“天啊，这么多！”妹妹惊喜地叫。哥哥斜视了妹妹一眼，狠狠地说：“那是命换的，多个屌！”哥哥冲着妹妹喊了句脏话。妹妹一下子哑了，她不再吭声。

这时，有人指着他们的冰棍桶问：“是卖冰棒吧，来一根！”妹妹于是指着上面的字说：“当然是，要几根？”哥哥赶紧地给人拿冰棒，妹妹收了钱。回头找他们的爹，发现爹落在后面，好像刚才跟什么人还说话来着。

“爹，快点，你干嘛呢？”爹应着，跟上他们。哥哥盯着爹的眼睛问：“爹，你在这还认识人吗，你刚才跟人家说什么呢？”爹爹嗫嚅地答：“没，没，我问路哩——怕咱们天黑摸不回家……”“爹，是真话吗？”儿子跟问他。“那还假？走吧，顺着这条路往回走，离咱家近。”

不由分说，陈老三“抢”过儿子手上的冰棍桶：“走，该回了，你表叔说是今天来家看看你们哩！”

暮色里，两个孩子跟着陈老三拐进窄小的田间小径，两边全是庄稼地，青油油的庄稼，淹没了三个人的身影，许是累了，小妹没再吭声，只跟着哥哥脚步走；哥哥跟着爹爹往前走，他不时地回头打量身后走过来的弯曲小路……他们一口气走回到家,果然表叔已经等在门口了,说是最近忙,才抽空过来,明天孩子们都上路哩,给孩子们送一些生活用品。

第二天,兄妹两个一起上路,爹爹送他们到县城,千叮咛万嘱咐,说是自己打工请假已经到期了,不能送他们,每个人都照顾好自己,都好好学习,没钱了就给爹打信来……

小妹一个劲点头,说:“爹,你放心,我会好好努力!”安放好自己的东西,她冲爹和哥哥说:“去找哥哥坐的车吧,也要开了!”

大顺低着头,他说:“爹,你也照顾好自己,我到学校就报名勤工俭学,我要自立,不能总花家里的钱。”上车放好东西,他又下来,压低声音用力给爹说:“爹,你最近夜里有时候咳嗽,你不要太辛苦地打工!!!”

陈老三望着坐上汽车各奔东西的两个孩子,轻轻舒口气,放松地咳了几下,转身走进蜿蜒在庄稼地里的田间小路……

“这可是一条最近的路。”他走着想着,“孩子们啊,哪知道锅是铁打的呀,爹这个年纪,到哪里打工能挣到一个月三千多元呢……”

不觉里,陈老三已换了衣服,来到斜井口,升井的工友看见他:“老三啊,又回来了?”“噢。噢——”他答应着,仔细辩认跟他说话的是谁,除了牙是白的,眼睛一轮是白的,上来的十几个工友都是一个模样,陈老三知道自己也是这样,他冲疲惫的那些跟他答话的声音说:“孩子们上学去了,我没事做,就想回来挖煤!”“别说瞎话了老三,这活儿谁有一点门路,也不愿意来干。”

坐上“猴车”,陈老三跟同班的工友下到地下八百米深处,中间吃饭的时候,他听说“开胸验肺的那老牛,已经走了”,大家都沉默了一会儿,有人发现年青的小邓,在一边哭泣:“我才二十岁,我想多活——”“哭!哭顶屁用!”最年长的老孙头叫唤,“谁不叫你活了!有能耐别来下窑!”小邓不再哭泣。谁都知道,小邓的娘得了癌,爹瘫痪三年了,他还有一个智障的姐姐,那些活口全指望他挣的这俩银子……

“要发工资啦！”有人在沉默的时候，纵声大喊，如锣一般砸响黑暗里的每副耳膜和胸腔。“——还有两天。”这样的“补充”如锣鼓的尾音，“调戏”了那些正在撅着屁股撩煤的黑影们，他们听得狂笑起来——随后又有人开始习惯地说起黄段子，巷道里又笑语连连了。

陈老三越咳越厉害了，他知道他是怎么回事。但是，他依然认为“划算”：搭上自己，供出俩大学生，就像一块黑色煤球，烧掉自己，照亮孩子们的人生，划算；五十岁的人了，一个月还能挣几千块，这活儿上哪找去，划算；得了矽肺，获赔十万，那该是多少钱啊？划算，划算！

他不让孩子们回来，说是利用假期好好学习，爹想你们，你们想爹，就写信，就打电话——等你们毕业，日子过好了，在一起的时候，长远着哩！

终于有一天，一直放心不下的大顺，叫上小妹，俩人一同沿着庄稼地里那条被爹称作“最近”的路，弯弯曲曲地，他们找到了尽头——那堆积如山的黑石头，是他们的爹，为他们追求的幸福。

——黑石头燃烧起来，在两兄妹的眼里，心上。

——火花深似海洋，却怎么也藏不下，羸弱的爹爹，爱儿女的那一颗心……

挂满铃铛的春天

每到春天,我就会禁不住想起那个浑身上下挂满铃铛过春天的小女孩,还有她那走在春风一样的铃声里,流淌着一脸微笑的父亲……

在我读中学的时候,我家住的煤矿家属院后面不远处有一个公厕,打扫厕所的是一个四五十岁的光棍汉,他自己挣钱自己花,家里再没有其他的人。

他独自往来,鲜有人答理他,他也不答理谁。但是,厕所因了他沉默的劳作,日日清新,天天洁净,大家都是受益人。

众多的受益人,也从没有谁过多地去关心他,只是从一个老没事的老人口里知道他是一个人,姓张,却并不知道他住在哪里。

在一个春天的早晨,奇了怪了,这"公厕张"火急火燎地挨家寻问,谁丢孩子没有?准确地说,他是在问谁见到有人往厕所里丢孩子没有?他在厕所里捡到一孩子。

这天一大早,他照样天麻麻亮就去拉大粪,发现厕所里有个哇哇哭的女婴。

既找不到孩子的家,他就带着女孩过,挣的俩钱全给孩子买了奶粉,自己拾路边的菜叶子煮了吃,因为捡到女孩的时候,她手边放把小铃铛,他就给女孩取名叫铃子。

因了他的善举,我在放学的途中,发现他就注意地看他和他的孩子。他扫厕所拉大粪的时候,就把铃子捆在胸前,像是老袋鼠兜一只小袋鼠,待到"小袋鼠"大一些,就蹒跚地跟在他的臭粪车旁,他边拉车,边呼一声"铃子",一声一声,手拉着车,目光扯着女儿,他打扫,女孩就在一边看,一边玩着,揪棵草,捡块地上的石子,扔着,摞着,就这样女孩慢慢长大了,一岁,两岁,三岁……

每到春天的时候，就都会听到“叮叮当”“叮叮当”的声音，第一次，这声音从家门前过，我好奇地跑出去看，“啊！”我忍不住，叫喊起来。好壮观啊，女孩一身都是“小铃铛”，从头到脚，凡能扎系的、能挂着的每一处，都是红色的小铃铛，女孩走着，摇晃着，故意摆动她的身体。爷俩一路笑着一路走，居然跟了一群小孩子在后面看他们，悦耳的铃声淹没了粪车的怪味，他们走过去的空气里挂满了欢声笑语。

年年如是，清脆的铃铛声成了我们家属区春天里最亮丽风景，响亮的铃铛声里，我去读我的师范大学，那小女孩也长成一个好看的小姑娘，她不上学的时候，依然跟着爸爸去打扫，只是她大了，不再走进男厕所，只是站在女厕所门口，有时还帮老人抬粪桶，这时的光棍汉，眼也花，背也驼，走路还总咳嗽。

等我毕业又回到家乡，在煤城的市政学校教书，原先住的煤矿家属院老平房都已拆除，我们搬进了新楼，那公厕也早荡然无存，小姑娘和光棍汉已没了音讯。

一年一年，我看着春天里活跃在春风里的孩子，还有我的学生们，耳旁依然会响起那串串好听的铃铛声，也就惦记起那爷俩。想那老的身体可好，想那小的该有多大了，想他们怎样搀扶着彼此的人生，如今日子可过得温暖，岁月里爱的铃铛还挂在女儿身上吗？

人到中年的我想着猜着，不知他们是否离开这个小城，也不知今生还会不会再在春风里遇见他们。

一年立春过后，初一的新生到校报到的时候，我正低着头仔细地给学生们写学费单，忽然，如梦如幻地，耳边响起了串串铃铛声，我应声抬头，“啊！”一身美丽的红色铃铛，是我们班的李小铃来报到了。

那红的闪闪烁烁的铃铛，把我的梦钩了出来。“铃子！张铃子！”我脱口呼唤。

“老师，您怎么会叫我妈妈的名字？”可爱的李小铃瞪大了眼睛，显得不知所措。

“啊？你真的认识铃子，她在哪？”

“秦老师，我在这，这是李小铃的学费，给你！”

“不只是学费的事，我是想问你是不是张铃子，是不是‘那个’张铃子？”“哪个，还有哪个？您是——”李小铃的妈有些惘然。

“先等一等，等我忙完！”我给这位年青妈妈掇了只方凳，“先坐一坐！”

真的，她就是当年的铃子，在煤矿下属的一个工厂当会计，她欣慰地告诉我：“爸爸七十多岁了，身体不算好也没啥大病，每过春天他老人家都给外孙女小铃买一身铃铛挂着，他说，这辈子就喜欢春天，就喜欢铃铛！”

“其实，妈妈也喜欢铃铛哩，妈妈说铃铛的声音是我们家的福音，要年年挂着！”一旁的李小铃接口。

“那你呢？小铃。”我笑着问。

“我喜欢挂满铃铛走在春风里，其实是把幸福挂在身上，这是外公的爱！”

我仿佛又看到那张流淌着微笑和春风的老人的脸，多年前的那个春天始，他的心上就挂满了人世间最悦耳的铃铛。

向着太阳奔跑

生于煤城，长于煤城，我是矿山的儿女。

黑黑的煤堆，高高的矸石山，一辆辆载满粉煤远去的卡车，一群群着黑衣戴黑帽全身黑乎乎只有牙齿和白眼珠是白色的——这样的煤矿工人——他们刚刚升井，如此景象我早已司空见惯，我习惯见到他们，就跟习惯天天看见蓝天白云间的太阳一样，而在我心深处，他们就是一群向着太阳奔跑的人，我爱他们，就如同爱人类长空中的太阳。

我爱矿山，熟悉他的一草一木，知道他昨日的简陋，了解他今日的繁华。看着他的街道从蚯蚓小路到霓虹大道，他的厂房宿舍从矮矮如蝼蚁到巍巍似威龙，他的城区从窄小一块巴掌大到富丽堂皇不见边，他的工人从足不出户到游遍西洋美洲，从缓缓徒步地上走到自驾私车稳稳行，从操一口粗重河南腔到如吐莲花般朗朗讲着 ABC，……看着飞机高高天上飞，就感到矿工的日子也是天堂一样美。

天堂一样美好的生活是缘于煤矿工人的不懈追求和无畏创造。这里日日日落不息，这里天天天亮即起，这里生存着一群夸父一样的巨人，他们是普通的劳动者，他们是理想的追求者，他们是光明的缔造者，他们是中华大地上向着太阳奔跑的人，他们采撷七彩阳光装点黄色的土地，装点紫色的灵魂，照亮别人的生活，也照亮自己的生活——他们为此付出汗水，他们为此付出青春，他们甚至无畏地用生命去抵押。

夏夜天空里那满眼满眼的星光呵，夏夜草地上那遍地遍地的芬芳！那矿难的闷雷呵，那撕心裂肺的号哭，那夏夜的寂静呵，那欲说不忍的疼痛！我不会忘记那样的一双眼睛，那是一双八旬母亲的眼睛，那是一张怎样皱着的苍老沧桑的脸呵，那是一双怎样的刻满风霜的眼睛，一双充满爱的母亲的眼睛——一双老年丧失幼子的含着血的眼睛，那眼光里滴着的疼呵，忍也忍不住……那夏我带中学生记者团前往矿山采访，遇难者的老母亲从大山深处的小村庄奔来见儿子最后一面的，她的幺儿攒足工钱，盖起新房，秋天里就要娶媳妇啦。可怜的老母亲一句话也不会说，一个字也讲不出，瘦弱的身躯不堪打击，颤巍巍倚在桌角，不声不响，只是用那双眼睛，注满了忧伤，孤苦地望着每一个进进出出的人……

有淙淙流淌的音乐叮咚作响，那是夸父追日的故事在老人深邃忧伤的目光尽头吟哦，"夸父与日逐走，……道渴而死。弃其杖，化为邓林"。我不敢看老人的脸，不敢接她的目光，我的心疼得发抖——为着苦难中的老人，也为着那追着太阳而去的矿工，向着他的幸福的方向倒下，留下一片桃花的幻想空荡荡的开在母亲的心上，一层泪水一层粉红。

哦，夏夜，一双灵动的手指在琴键上优美地飞扬；是谁，有这样执着的弹奏声，他一路追赶着他心中的梦想……他是那样的真诚，那样地执着，那样地顽强，他为我们摘下了一片片明媚的阳光，照亮生活，照亮世界。

有乐音袅袅娜娜，从灵魂深处响起，"夸父与太阳竞跑，一直追赶到太阳落下的地方；……他遗弃的手杖，化成桃林"。这片桃林终年茂盛，为往来的过客遮阴，结的鲜桃为人们解渴，让人们能够消除疲劳，精力充沛地踏上旅程。

生于斯，长于斯，我们是矿山的儿女，沐浴着矿山冉冉升起的太阳，我们满身满身的阳光啊，叮当作响。握住人生最美的风光，是矿山人不变的信念；向着太阳奔跑，是矿山人无悔的箴言。

"与日逐走"，中国人追逐人生最美好最绚丽的风景；"与日逐走"，诠释中华民族自强不息的伟大精神！

大潘的爱

大潘爱唱一首歌“我的爱赤裸裸,我的爱呀赤裸裸”,他总是把赤裸裸唱成赤果果。

大潘的老婆小水是他读县高中的同桌,少女时代的小水向往硬汉高仓健,大潘少年老成,十八看着像二十八,时不时地支使着小水为他服务,也会眼一横冲她吼:“你们女生就是啰嗦!”大潘会一口气喝三碗汤吞六个馍馍,当然了,大潘也会在开运动会的时候拿个三千米的长跑冠军什么的,还会在运动会结束时一手抓三把椅子回教室,其中自然有小水的那把,这些都让小水痴迷。

后来大潘上了矿业学校,在中原一座煤城工作,小水辞了县棉纺厂的工作,随在大潘身边开了家复印部,婚后生了个宝贝女儿。

大潘依然故我,成了家有了小水更是潇洒,不必排队上食堂,不必操心换衣洗衣,一切都有小水呢!每当他满脸白纸条跟牌友吆喝“别急着走!”的时候,总有人说:“我老婆要有你老婆一半贤惠,我也不白活。”大潘这时候会咧着大嘴露出一口白牙,笑得天经地义。

有了女儿以后小水才发现,怎么大潘比女儿还让她麻烦。女儿两岁都会自己找遥控开电视,可大潘不会,“小水小水开电视”,遥控就在他手边;“小水小水关上门”,门就在他脑后,女儿迈着细细的小脚步跑上前:“云云给爸爸关门!”……

女儿上幼儿园了,复印部里没人的时候,小水会垂下白白的脖颈幽幽地想一回:“高仓健有什么好呢?”咳!小水轻轻叹了一回气,眸光疑疑惑惑。

咳!弯腰放好煤气罐,小水含着胸又叹一回气。咳!弯腰放好复印纸,小水耷拉着头也叹一回气。……小水叹气的次数多起来了,数不清了。

一日,一伙朋友来家喝酒,十二点半了,大潘兴致不减,“咣咣”敲卧室的门,“小水小水起来再弄俩菜!”小水搂着女儿迷糊着说:“不,你自己弄。”“啥?”大潘懵了。大潘是真不懂了,“不”是啥意思,大潘正要琢磨呢,有俩伙计的手机响了:“别张罗了大潘,家里又叫回去哩。”一屋酒气渐散去了。大潘不依不饶地叫小水:“洗脚水凉了,热热!”“不!”大潘迎着声音砸过去一只手:“干什么你?”小水的手摸在大潘脸上。

第二天大潘脸上有两道划痕……大家奇怪啊,目光像是看野猴。

过一段日子,有人看到大潘在转让复印部,“怎么的要转让啊?”“忙不过来,也不挣钱,卖了算了。”

又好长一段日子,“咋不见你那贤惠老婆?”“复印部转让了也没啥事,去南方打工了。”

好久之后,大潘提了干了,人们也知道大潘离了。

“无论是啥样儿的,她得对我闺女好!得让我满意!”大潘还是老样子。

大潘又结婚了,女的黑黑的胖胖的,未婚,是个护士,大潘兴高采烈得很。

婚后,一次牌也没再见他打过,更别说打通宵。问起来,大潘说:“戒了。”

大潘也根本不喝酒了,更别说喝高了,问起来,大潘也说:“戒了。”

“大潘你闺女咋恁瘦?”“没瘦。”大潘咧着嘴,顺着嘴角看去,耳后各有几道红红的长痕,目光再回到他脸上,发现他耷拉下眼角给女儿系书包带。

“女儿这一段没跟你啊?”“去找她妈妈了……她妈妈想她……”大潘说着就走,任你回头用目光使劲盯着他询问:“大潘这是怎么了?”。

大潘是不回头的,他不回头也看得见一缕缕疑问的目光。

他自己也想:“我大潘这是怎么了?”

夏日炎炎的机电车间里,一日有人听见午睡着的大潘迷迷糊糊说胡话:“再怎么也不能离了。”

大潘有时会感到胸口哪个部位有点苦,就给自己买粒糖,含着糖他还唱那首老歌“我的爱赤裸裸,我的爱呀赤裸裸”,顿时他发现糖的味道原来就是小水的味道啊,他不再把“赤裸裸”唱成“赤果果”,改正着这个字他心里想着,生活要是跟唱歌一样就好了,说改就改。

红 菊 花

矿山矿山，有山才有矿，矿依着大山藏。山上红菊，艳艳如燃，矿上小儿女，楚楚堪怜。

艳红，艳菊是一对姐妹的名字。名字是挚爱她们的妈妈给取的，妈妈的名字叫艳——鲜艳的艳，妈妈喜欢矿山上漫天的菊花，她把自己的名字嵌入茂盛的山菊花，采撷满山的香，编织成两个天使一般的女儿——艳红，艳菊，是她心上的葳蕤。

妹妹两岁，姐姐六岁那年，妈妈走了。

——她们的父亲是烟鬼，是酒鬼，还是赌鬼。要强的，爱面子的妈妈，是万般无奈一时糊涂喝敌敌畏，死去的。

妈死之后，爹依然不照路数，其实是更“自由”了。他可以为所欲为，没有人再管他了，也没有人跟他较劲。

不到半年，这个样的男人，竟然又娶了新媳妇。新媳妇是山沟里的一农村女子，那年代，做工人的男人，每月的工资，吃商品粮的身份，对她来说，还是诱人的，她说她住的那老家，下雨天连鞋子也要拿出来接水，要储水，那里是没有水的一个地方，干呵，渴呵！能这样自由喝水真是神仙呵！她说着自己过去的生活，她满意这样的生活，只要有水喝，有男人养活她，就好。

男人依然如昨。这续娶来的女子不久也有了自己的骨肉，男人的恶习，导致家里食不果腹。

一个黑暗的雨夜，狂风怒号，这女子，这后娘，恨着男人咋还不回来，恨着两个姐姐偷吃了小妹的一块小蛋糕，那年那月那样的家庭，蛋糕太过奢侈，奢侈到那是小妹的独享——对男人，对两个前窝孩子，千仇万恨，这个可怜的——这个让人切齿的妇人，这后娘，居然，拎起菜刀，挥向两个小女孩，此时，大的九岁，小的五岁。

大的当即没了双腿，小的一闪，衬着后娘还在疯狂地冲姐姐挥刀，爬了出去，钻进邻居的门洞："大娘，俺姨杀俺姐俺俩哩——"然后就昏了过去，血淋淋的小臂膊，吊在空中，连着一点皮。

命大的俩孩子，居然活了下来。

多少年又多少年之后——没腿的姐姐，失去右臂的妹妹，姐妹俩在矿区开了一家米线店，小店的名字，就叫艳艳红菊。

姐姐坐在轮椅上为客人涮米线，炒米线，妹妹跑前跑后，一只手在残臂的帮助下，同时端得了两碗米线，有时是一碗米线，一碗汤。

妹妹的残臂上，姐姐的残腿上，常年装饰着十字绣的一瓣一瓣，金灿灿的艳艳红菊瓣，那红艳，那金丝线，永远都是亮晶晶，如同两姐妹脸上吟吟的笑。

妹妹说，姐姐绣的，为的是不倒客人的胃口，省得人家看在眼里不快乐。

姐妹俩很卖力，不怕苦，周边人们，知情的，不知情的，好多熟客。加上小姐妹童叟无欺，诚信待客，量大份足，味道好，生意越来越红火。

在小城，这米线屋真的如菊，愈红愈艳了，吸引了电视台来采访，面对镜头，姐姐说，捡来的生命，侥幸能活，我们要幸福地活，像菊一样，红火，艳丽。

提及过去，姐妹一起摇头，妹妹说，人生很短，艳红，艳菊，记住努力绽放就够了！

没有人知道，她们也没有提起，她们还供养着那同父异母的妹妹上大学，妹妹学的是心理研究，她想弄懂，酗酒逝去的爸爸那些习惯怎么来的，怎么去掉，她想弄明白，姐姐的妈妈为什么会自杀，怎么让她不轻生，她也想弄明白已死在狱中的自己的妈妈怎么那么恶毒地对姐姐……她想弄明白这人世，姐姐们的恩德，力量源自何处——她把自己的名字改成红菊，含着两个姐姐的善和美！

冷的风中雨中，你见过那红的艳的菊花吗，一瓣一瓣，它们绽放的姿态，是怎样的一心一意，只以美丽存天地……

种兰的人

阳光下，他种了一盆一盆的兰花，围绕在他的办公室门前，于是，满了兰花香，在他的办公室里，门外的绿色，门里全是香。

部队转业，单位副职，不用一把手天天给他喊，你要摆正位置，他从来不越位，不越权的，也似乎从来不想计较个什么。即便是单位头目们，连个象征性年终总结聚会都会不欢而散，而他，却一脸平静一脸从容，如同他的满室兰花，只是静静地碧绿着，淡淡开它细碎的花。

有事的时候，他忙碌他的事，分内的工作，做得扎实稳当；闲下来的时候，他就在办公室侍弄他的一群兰花们，给这一盆浇浇水，给那一盆修修枝，这里扯着长长的枝条做个造型，那里端出去放在阳光下，常常，他给他的兰花们晒晒太阳，他也给自己晒晒太阳。

我有时路过他的办公室，看见他跟他的兰，在一起，一起晒太阳，安静地对视，空气里有什么在流动，安详而美好，是兰花的香和青翠，是他的神态和表情。

并不了解他，像观兰一样，观他，印象里，他如他的兰。

有一次单位搞演讲比赛，我担任后台计分，评委是单位几位领导，他也在其中，几个人的笔迹清晰可辨，他的字，如他，也是高大瘦削的样子，他给每个选手的分数，从来没有被当作最低分去掉的时候，而我们三个计分员发现，他的评分总跟我们观看演讲者演讲的感觉相同，而有的评委，忽高忽低，明明这一位卡得冷了场，却是多高的高分，有的还不错，却是给了一个弃掉的最低分，监分的两位，边给我们念分，边觉悟不高地愤愤不平，嘀咕那么一两句。一路计分，最后，所有的打分条都落在一起，演讲会已结束，会议室空荡荡，铺散着的一堆分数，高高低低，瞄上去，是有突兀和闪眼的，而他的一堆分数条，如兰，安安静静，平平淡淡，“看人家老徐，是啥就是啥”——监分的同事说着，把它们收入一个纸袋里。

此事不关己，高高挂起吧。阳光下，他从他的二楼办公室里又出来侍奉他的兰，那小二楼，在我的眼里，渐渐地高起来，他的兰和他也就更显得高了。对他的敬佩，也高高地挂起在那高高的兰上面。

这个种兰的人，平和，宽厚，而不偏私。一如兰，绿得没有奇巧，青翠得坦坦荡荡。

本是一个木讷的人，但却愿意对着他的兰和他，点头微笑。渐渐地熟悉一些。

有一天到后勤领用品，路过他的办公室，听到热闹，一探头，他招呼：“来吃巧克力！”进去吃了一小块德芙，看着后勤的同事们跟他一起说笑，那么随意而自然，他平易地给大家搞笑，完全是一副小孩子的可爱模样，逗得大家开心哈哈笑。原来是他过生日，女儿从外地给他带回来一盒巧克力，他说自己在家吃没意思，拿来给同事们一起分享，那么大一盒子，有人提醒，年纪大了，不能一下吃太多……他立即像一个小孩子一样，乖乖的表情，微笑地说，放心，我不吃多，明天你们来之前，我最多只偷吃一块，一小块……他比画着，满屋人都笑了。

巧克力的香和兰花的清爽，溢满了他的办公室。从此开始，每每路过他的楼下，我会对着他和他的兰花挥挥手，冲他笑，他在楼上也会俯下脸来，夸张地抿起嘴巴，做一个笑的表情——纯真又可笑！这一个种兰的老人，还是一个可爱有趣的老小孩呀！看过去，他的兰和他，是多么相像，纯净，纯粹，没有心机。

这样的老人，不知哪一天，竟然退休了。发现的时候，他和他的兰都不见，办公室里换了新人，新来的领导不喜欢兰花，说这一屋子的草，都搬走吧。

看到后勤的人跑来跑去，给每个办公室分发他种的兰花，我赶紧上去“抢”一盆。后来有一回，在马路上，我遥遥地看见他，撵上去，叫住骑车赶路的他——徐校长，你的兰花，我留了一盆——他笑着答，我在家里，又种了好多——

看着他骑车远去，身影如兰，瘦削轻盈——还染了兰的香——

热爱是阳光下行走的花朵

1

杰克·伦敦说:“热爱生命!”外婆不知道世上有个杰克·伦敦,但是外婆也会说:“好好活着。”

矿区的阳光下一只只蝴蝶不停地飞,有一天,她望着他们发呆,自言自语,他们到底累不累?坐在她旁边的恋人听见了,他说:“爱一个人怎么会感觉累呢,要是累,就是不爱。”她转回头望着身边这张温暖的脸:“这跟爱有什么关系呢?”他笑了:“你看不出来蝴蝶是真的真的爱恋着花朵吗?”她也笑了:“是的呢。”而她也爱着他,他们的日子就像是蝴蝶的飞翔,花朵的芬芳。

可是你不知道,她是一个无臂的女子,而他却是一个整天喜欢飞翔的热气球飞行员。看着他飞翔,她的心就生出了翅膀。

恋人的心是一朵花,绽放在爱的阳光下。

2

黄昏的矿区家属院里,几个小男孩在滑坡上玩他们的滑板,滑来滑去,乐此不疲,欢乐的声音传得很远,那一份份汗津津的快乐,如夜来香,飘在夜的怀抱里。有谁说,这群孩子也不知道累?他们中有孩子大声地回答,喜欢就不累,好玩就是好玩!

快乐是一朵花,绽放在顽皮可爱的童心上,因了喜欢,玩得欢喜。

3

那是几个成年的大男人，孩子一般，在摩肩接踵、人头攒动的太阳城水灯节上——

空气中流溢着清香的音乐，里三层外三层的人们在观灯，观水中的花灯。

这是在我的家乡石漫滩水库，灯光缭绕着欢乐的人群。

——这几个孩子一般的大人，他们的快乐如啤酒的沫沫，冒出泡泡，人们不再看灯，万千双的眼睛看着他们——他们乘了一艘小船，几个人划着，叫着，高兴地欢呼，一圈一圈在水中围了花灯转，划起的水声连着那笑声，洒进人群里每双观望的眼睛里——他们是最爱花灯的人哦！一定要挨得近近的，跟花灯的肌肤亲昵一下！

4

生命是一场热爱，热爱一个人，一种游戏，一件事物……

热爱是一朵花，绽放在阳光的心上，盛开在生命里。

5

在你在的地方，热爱；在你不在的地方，想往。

热爱如花朵，没有距离，只有温度，爱的炽热，是花朵的颜色。

你的花朵是什么颜色的？你的热爱是哪一种味道？

热爱的味道无重数，你偏爱——哪一种呢？

执着与捍卫是热爱的花朵上，那一瓣一瓣喷香的阳光，照耀着——

明媚你的明媚，葳蕤每一寸爱恋。

6

莫说思念，莫道销魂，尽管爱，耽于爱，你的爱——一首歌，一页纸，一阕词，一缕清风，年纪正好的她，正好也在这里的你——

诉说，等待，歌，或者舞……都是热爱的花朵，在阳光下行走，芳香的魂魄，牵着心之所系……

矿区女人的蓝纱巾

“因为爱情，在那个地方，依然还有人在那里游荡人来人往……”清明时节，细雨霏霏。矿山墓园里，一位年过半百的妇人举着吉他，在弹奏《因为爱情》。

沙哑也并不流畅的声音，传满了墓园，如同细雨洒落每一个扫墓人的心头。

随同集团公司电视台《民声》节目组来墓园采访，被这六旬阿姨的歌声吸引，举着话筒，循声而来。

她在对着主持人小燕的话筒讲“故事”：那时候——那时候——

他们是高中同学，一同读书，一同下乡，一同回城当工人，又一同考上大学，他是矿业大学的教授，她是矿区一所中学的教师，十年前他去世了。他喜欢听她唱歌，他去世后，她不能忘记，每每哭泣，是女儿告诉她——爸爸那么爱你，一定不喜欢你痛哭，你应该好好生活，天天唱歌给爸爸听——女儿给她报了吉他班，她去学弹奏吉他，像生前一样，她给他唱歌，对着相片，也站在他的墓碑前。

清明节来了，女儿在国外读书，不能回来祭奠，她就戴上丈夫当年送她的蓝纱巾——她最喜欢蓝色，还是下乡的时候，他用他挣的工分换的钱，跑到城里，特意购买这样一条蓝色的纱巾，配她白皙的肤色，她是他眼里最美丽的姑娘……多少年过去了，什么样的丝巾他们都曾经拥有过，可她和他，最忘记不了的依然是这条蓝纱巾的记忆——那时年少，那时贫困，那时衣衫单薄……那时的真，那时的纯——是岁月里他们最难忘的幸福起点……

弹奏着吉他，她唱歌给他听——

“因为爱情，不会轻易悲伤，所以一切都是幸福的模样。因为爱情，简单的生长，依然随时可以为你疯狂。因为爱情，怎么会有沧桑，所以我们还是年轻的模样……”

大理石的墓碑有他笑意盈盈的相片，他对着她，专注地聆听，微笑着，那么恬适，那样陶醉——

在矿区墓园里，我们采访到这样的爱情，也看到过分崩离析的爱情，有墓碑前的哭喊、埋怨，甚或咒骂，多的是泪水、祈祷和祝福，有脉脉的神情，也有默默地神情，多的是黯然和神伤，只这位阿姨，以她的歌声和明媚——怀念、祭奠和面对逝者。

在主持人赞美她的勇敢和美丽的时候，她只歌唱：歌声是我对你的微笑，歌声是我对你的爱，你送我的蓝色纱巾，我至今戴在颈间，我在，它在，爱情在……你好好休息，等着我来……节目继续采访下一个目标，清明的墓园，是情与爱浓缩的地方。

那阿姨的歌声被我们制作成片头和片尾的旋律，尤其是她自己编唱的《蓝纱巾——你我的爱情》，年迈的她，以沙哑的声音吟唱，散发着忧伤和美好，淌溢着无尽的怀念和惆怅。

制作节目的时候，我们的“台柱子”小燕也轻轻哼唱阿姨的“蓝纱巾”，幽幽地，她说：“我要是有一条这样的蓝纱巾就嫁。”

有一天，我们居然发现，小燕居然真的围条淡蓝色的丝巾，看到周围的目光一瞟，她敏感地笑，不回避地迎着我们：“嗨，这是我的那条专意的蓝纱巾——”她说着，调皮地笑，挽了一下台里的大春，大春红了脸，字正腔圆地应“是！”

一圈儿人都笑了，台里谁不知道大春对小燕的“好”哦，只是要借了这“蓝纱巾”才得以成全和表达嘛！

节目播出的时候，我指着阿姨那璀璨的蓝纱巾给屏幕前的家人说，知道吗，这样的蓝纱巾，小燕如今也有一条呢！

奶奶瘪着她没牙的嘴巴：“咳，这些年轻人，可要懂得，戴一辈子的纱巾，不单是颜色一样儿就成。”

后来，小燕和大春结婚了，后来，他们有孩子了，后来，大春在下矿采访中出了车祸，小燕前前后后侍候，后来大春好了，小燕却被查出乳癌，大春也不离不弃，后来——后来——他们相牵到白首——

矿区敬老院里住着位奶奶，都九十多岁了，眼也花，耳也背，服侍她的服务员陪同我们采访奶奶，提醒地说："奶——你的纱巾——呢?"奶奶揉摸半天，从枕下拉出一条"哈达"——奶奶讲过无数遍了——这是爷爷带兵打仗的时候，从西藏带回来给她的，放在当年的定亲礼里——哎，奶奶，这个你百年后，给你放在哪里呢?

——"啊?!"她耳背了，心不"背"。"让我俩一起住矿区墓园里，把哈达放我跟你爷爷的骨灰盒中间，两人搭一起，我俩一起扎西德勒——"

"一条丝巾一个女人"，女人心上的纱巾、丝巾、哈达，是蓝色的，淡蓝色的，白色的……女人的心，是一模一样的牵系和幸福。

椰 妹 妹

1

在我的书房里，端坐着一位美丽的椰妹妹，秀气的脸，纤美的眉，樱桃口，齐整的短发，文静安详的模样儿。

看到她，我就想到朴小华，是她千里迢迢从天涯海角坐船乘飞机，辗转回来，带回这仅有一个椰妹妹，给我——给她的青春立此存照。

2

中原出生，煤矿上长大的朴小华，除了六岁的时候跟着爸爸妈妈回过一趟首尔老家之外，从少年到青年，她最远的路程就是到海南——带回这个椰妹妹。

椰妹妹端坐在我的小小书房，朴小华张着一口糯米秀牙，给我讲述她的海南之行——

海南盛产椰子，那人长得也跟椰子似的——我想象着椰子的模样，也想象着长成椰子的男子的模样，会是怎么样的模样？我想着，听她讲，也跟着呵呵呵地笑起来。

“一下飞机，我就想马上回来。”朴小华给我大气儿地说，把妈妈也招了来。“你们说什么呢，这么义愤填膺？”妈妈的声音从门外飘进来。“没说什么，阿姨，我们说这个椰妹妹真漂亮哦！”小华笑着，递给妈妈看她的“战利品”，妈妈说：“海南人真格学得这般聪明灵秀，当年我在那里的时候，他们鞋子都没得穿的，现在能用椰壳制作出这么漂亮的妹妹来了!”妈妈啰嗦起来了,我赶紧笑着把她让出门去:“好了,妈,您去好好研究那连鞋子都不会做的海南人怎么变得这么有头脑吧!”

妈妈笑着替我们关上房门,朴小华更高声大嗓地给我讲,那人,那人,那人——她呀,是去相亲了。“要不是二姨押解着我,怎么着,我也不能待那几天啊,受不了,受不了,那人长得跟椰子似的。”看她头摇得像是拨浪鼓,我笑她,“以前你‘受不了’的时候,从来不说这么多‘受不了’的啊,看来他还是让你有什么特别的感觉吧?”她做着鬼脸,一点不含糊地答:“是呀,是很特别,特别得像一只椰子,我以前哪见过哦!”

我想起她上飞机时,她的妈妈还叮嘱她:“不要挑三拣四了,差不多的话就应下来吧,你若在那安家,我到时夏天回首尔,冬天去海南。”我也去为她送行,记得清楚朴阿姨这么一脸金灿灿的阳光似的,明媚了她的期待。

我们相好的几个闺蜜都婚的婚了,孕的孕了,就连走了一段初恋弯弯路的我这个口口声声恐婚的人,也被家人包办着订了婚期,而比我还要大两岁的朴小华,愣是嫌枣子裂,嫌瓜儿歪,歪瓜裂枣的,她愣是相不中一个人儿,以至于远在海南的二姨铁腕地要把她弄到南方去安家,选下一个人,在一家人的威逼利诱下,朴小华这个贪玩的人,决定去飞一下,这么大了,就在煤矿上混了,这下一石二鸟地去投石头问问婚姻大事透还是不透吧。

其实,只有我知道,朴小华对这个相亲,还是有所畅想和憧憬的,走前的一晚,她在我的书房坐到很晚,直到星星打着呵欠伸着懒腰,我挥着手撵她“来点实质的,别狂想了,去狂恋吧!”她一步一回头地走着,给我说,也许,我真的嫁到那蛮荒之地哪,你可要去看看我啊!

3

有多期待,就有多失望——这倒也不是,后来听朴小华的二姨说,朴小华对那椰子一样的男孩子,倒还是有可看上之处的,只是——

微风的海边,客家人的阿婶,拉着小华的手臂,左瞧右看的,又跟二姨要了小华的八字,客家人讲究这个,他们迷信于小华的哪一点呢?二姨没有说,还是人家没有给二姨说,反正,第二天,那椰子一样的男孩子表现倒是热情依然,只是,那家的长辈,再不肯主动出面搭讪,二姨什么样的心情也没有表达,倒是送小华上飞机的时候,那椰子一样的男孩子,硬是塞给小华一件这样的椰妹妹,说是,自己一个夜晚制作出来的,一定带回河南去,让你的家里人瞧瞧,椰子流完眼泪,它的壳还可以这样地漂亮的,别嫌我们客家人垃圾……

小华其实当时没有听懂那椰子男孩讲的什么意思,倒是那椰妹妹的精致美丽,让她说不出"椰壳是垃圾",至于客家人垃圾的话,小华好像没这么想,也不知从何而想,后来,她跟我说,坐在飞机上,想着客家人垃圾的话,她还笑了,似乎明白,是不是他们太迷信了,怕我们家人笑话他们垃圾呢?

4

许多天以后,朴小华拿了一封信来找我,她嘻嘻哈哈地笑:"猜猜谁写来的?"

我摇头:"你的信,我哪里晓得?"她哈哈笑着,扔给我:"你看看,就知道了,你看嘛——"我看一下信封是"海口"什么什么,"算了,君子慎独,况且是我俩,不要看了吧,太糟蹋人家。"

我没有看,其实跟看了差不多,朴小华一字一句地给我指着念,我惊叹——原来如此多情一个"椰子"!

"朴小华同志,不带这样笑话人家的吧——人家爱你,又没有错,人家想娶个中原姑娘改变一下家庭基因,不想再拥有一个香肠嘴巴的下一代,没什么不好啊?"朴小华笑倒了,指着字迹笑,"还香肠嘴巴的下一代——想得忒远了吧，比天涯海角到中原的飞机航线还远吧。”小华轻狂地笑。

我奇异地瞪着她看：“你平时没这样啊？今天怎么如此轻薄肤浅似的。”

她涨红了脸，一擂桌子，眼泪下来了：“知道他家人怎么说我吗？说我手心的颜色看得出来，不是——处——女——了，放她客家垃圾的狗屁，不用我说，他自己都说自己那些是垃圾。”

朴小华红了脸，放粗口无遮拦。

我重新打量，端坐我书房里的椰妹妹，猛然明白，朴小华又受了伤害。每个情缘里她被伤害，那段情缘里她最看中的东西一定送人——远了看不到了，她还想有个念想，所以，她的“宝贝”只送闺蜜们。记得，她喜欢的一个缅甸玉镯送了芳，那是她初恋留下给她的，初恋远走高飞去了美国；“致爱丽斯”的音乐盒在菲菲那里，那也是让她第一回为了那人开始蓄起长发的，那人无缘无故就结束了两个人的一段缘，过后知道，那人跟了上司的女儿去当乘龙快婿，分别时，那人说：“我的心留给你……”我恍然明白，小华的椰妹妹又是一个失望的凭证——她放在我这里，只为不看到，又为也许哪一天又来晃一眼……

有一次，几个闺蜜一起开她的批判会，“不要挑三拣四”“不要挑肥拣瘦”“你要快快把自己嫁掉”——面对我们的七嘴八舌，她却红了眼圈——“我哪里挑三拣四挑肥拣瘦？”

我们面面相觑，一起叹气：“难道真的有婚姻不透之说？”在我们疑惑里，小华又率先笑起来：“会嫁掉的，大丈夫何患无妻，小女子何患无夫！”

5

我们谁也没有想到的是，大家突然收到朴小华的喜帖——去桂林跟那个椰子去结婚！

惊问其故——原来只是老俗套的“抗旨不遵”——那椰子男真是个重情的，他撇下家人独自创业去桂林，就做椰妹妹，跑到桂林去开一家礼品店，朴小华举了一天十八封信给我们看——又打开一箱子的“眼花缭乱”给我们瞧，原来，那是一箱子的椰妹妹照片，他做的，拍好了，寄给她，全是她的模样，她的手机里传来客家口音的普通话：“这些不能卖的，这些是按老板娘的模样做的，老板娘自己愿意才行……”我们看着照片哈哈大笑，那椰子男做了一柜台的“朴小华”摆在那里，等着她自己去卖自己——

这时，我才明白，怪不得，我的书房里那个椰妹妹——眼熟呢，原来，那是椰子男第一回制作的“朴小华”，“越来越像，就像他越来越疯狂！”朴小华自己指了那一张张的图片，给它们排了号，展示给我们看，她大笑，她终于不用装腔作势地说“大丈夫何患无妻，小女子何患无夫”，那海南的椰子男，个头矮矮的“小丈夫”，铁了心要娶这个中原煤矿上的这位高高胖胖的“大女子”，朴小华的笑容，此时，跟我书房里端坐的椰妹妹一样，笑得晴朗无云——一如海南的蓝天，这正是椰子男一手打造的模样！

6

这些年，望着书房里的椰妹妹，我和闺蜜们，会一通电话搔扰那一对“椰哥哥椰妹妹”，他们在桂林在昆明在许多个旅游城市开了分店，椰子男制作“朴小华”，朴小华出于“报复”甜蜜蜜地学习制作“椰哥哥”，越做越上手，那份传神，那份逼真，令我和闺蜜们眼巴巴地望着他们的恩恩爱爱流哈喇子——

喏，视频聊天的时候，我们看到，椰哥哥和椰妹妹的旁边，多了椰宝宝——穿着花裙子，扎着小辫子；戴了红兜肚，留着茶壶盖——有椰哥哥的香肠嘴巴，也有椰妹妹的樱桃红唇——眼睛里含着，一窝窝儿阳光，一模一样的笑……

初恋是青春的图腾

1

雪花飞舞——

初相识，他把字写错了一个，害得她跑上讲台去纠正，他改过来，随后请她吃饭，说感谢，说要不就丢丑了；她不去，他又买了糖送到她寝室里，大家都吃了他的糖，含着糖果，她冲他说“拜拜！”他硬是不走，硬是不走，一向沉稳干练的小伙子，眼神有些慌张，佯装镇静，他微笑地望住她宿舍的寝室长——最年长的一位南阳姐姐——

“见多识广”的寝室长立即会意：“姐妹们谁陪我去四毛书店走一趟？”寝室长一眨眼，小姐妹们鱼贯而出。她要跟出去，被寝室长轻轻一挡，带上了门，门口落地一句话，冲他喊：“把我们的小八妹交给你照顾啦！”

她无措地涨红了脸庞，他快乐得像漫天的雪花朵朵开。

2

不知道哪一刻起，她也开始“喜欢”他，接受他的“喜欢”——想是好听的男中音，想是不张扬的个性，想是他总是走在她的左边，想是他会削好苹果放在她的书包里，想是在她犹豫不能决的时候，他聪明而识趣——如同遇见“红灯”，他只是“停车”却不“熄火”——耐心地观望着，并不难为她……

在纠结中，她无奈地发现，自己接受了他。在他大四实习的那两个月里，她见不到他，每到周末，她发现，没有他来敲门，她心里无端的失落。

很奇怪的是，居然没有他的信。她开始胡思乱想，想他出了什么状况，想他忙碌得顾不上写信来——那是一个还没有电话的时代——终于，她开始往坏处想，想他是一个“虚伪”的人，只是跟她逗着玩罢了。

没有等来他的信，见不到他的影子——她在下晚自习的时候，会在没有路灯的暗影里流出泪水……睡在下铺的静，她的男友也是去实习的大四生，一周两封信是他们交流的节奏；丽的男友去实习，还会从迢迢千里外请假来看她……可是——

无意中，寝室长流露出，她的老乡跟他在一处实习，他们一起办了一个刊物，叫什么报——是她的老乡写信来说的——天，连老乡都会给已经名花有主的寝室长写信，而他——

她温柔的猫咪一般的性情终于萌生一丝“恨”意——对他的“恨”——为什么——你——

她甚至冲动地想向寝室长要来地址——其实，寝室长已经无意中说出他们是在明港某地实习，而明港离这里如此之近。

无奈的她，终于明白，无意中他已嵌入她的心里——而他，却放弃了，不再答理她。

4

她想主动联系他，却放不下自尊——忍耐着，在一个大雪纷飞的周日黄昏——她独自走遍校园，走遍有过他的地方——落寞地——转身从四毛书店出来的时候，她呆住了——

他站在雪里，望着她——专注而长久，浓荫一般的眼神裹向她，望着她，一眨不眨——“傻——丫——头——”他一字一顿，温暖嗓音，缓缓地温柔地呼唤她。

看见他出现在眼前的模样，她心上的各样揣测与怨怒一扫而光——

眼泪禁不住，落下来，落下来——她哭着，原地站在那里——再不往前迈出一步——站在雪里哭——雪花漫天飞——

他快步地迎过来，拥住她，“傻丫头——”

她泪眼婆娑：“你为什么不给我写信？”“我要是写信，你还是不知道我的心，你也还是不知道——我在你心里——”

5

他先她毕业，去了京城读研，她在他的母校继续读书，隔着千山万水——

多少的恩爱情侣在各奔东西的就业大潮中，相互不能再问南北，索性也就东西南北不分方向地分散了。

她的爸爸提醒她：“傻丫头，你俩这个事，你不要太实诚了，这个世界很现实。”

她似懂非懂爸爸的话，但却忍不住多了一份纠结——那时候，她的宿舍楼里已经可以接听长途电话，她下了晚自习，接到他的电话，两个人聊了一会儿，他问她吃了什么饭，读了什么书，有什么快乐和不快乐的事，她絮叨絮叨，那天很奇怪地居然烦躁起来，给他说：“哪有那么的这个那个，你烦不烦，天天这么远的长途打着，也不嫌费事，我看咱们还是分开省事……”然后，还没等到他反应出什么来，她说：“我累了，要睡觉了，挂了吧。”她挂了电话，跑回宿舍，边洗脚边发呆，望着脚盆里的水，懊悔得不能行。妈妈说过：“他也还是一个大孩子，一个人在外边读书，也不容易，你不要总是使性怄人家！”想想也是，还能让他怎么做呢？她懊悔地洗着脚，水凉了，也想不起来加热水，一旁又在温习情书的寝室长，看着她不对劲，问：“你怎么了，泡脚的水凉了吧？”

正在这时，宿舍楼的值班阿姨，又在叫“小眉毛——长途电话——”她闻声，拔出脚，带了两脚的水往外跑，果然是他——“喂，喂——”他在那边又轻又柔地唤她，声音里满是呵护与爱恋，她说：“是我。”却又骄傲得不肯让步，“又打电话干什么？”

那边嗫嚅地：“唉，你看看你，又要脾气不是——我想了，刚才你说的话——”她不作声，开始心疼他这么晚还在冰天雪地的电话亭里继续给她打电话。他继续说：“你说的散伙的话可不对呀！”她还是不作声。他说：“要相信——”他顿了口气，饱满着声音道：“要相信，没有谁能够把两个人分开，除非这两个人自己愿意分开！”

他又“喂！”“你听见了吗？”“听见了。”“那好，以后不许说散伙的话了。”“好。”“好，那去睡吧，不然我还真睡不着了——”

她又想笑，又辛酸地跑回寝室，去把洗脚水倒掉，脚盆里的水那么凉，她的心上暖暖的。

就这样坚持着，两年——一会儿快，一会儿慢地过着。

6

电话线里爱情继续着，过了两个漫天飞舞的雪天，他们终于相聚在京城。从相思比海深，到相爱容易相处难，两个人总要有这样那样的小摩擦，于情感，是润滑，也是成长的过程。她的温柔外表下，有一种让他难以招架的倔强。于是有一天，他开玩笑地给她说：“早知道你是这么倔的一个丫头，当初就不该把那个字写错。”

她一下子惊呆：你蓄谋的，你有意的？！

望着她备受打击的怪模样，他居然笑了：“你以为呢，本大才子那么简单的字都写不对吗？”

“那我要是没看见呢，要是别人上去给你说呢？”她追问。

他更乐：“还不简单吗，我继续错啊，直到你这个傻子去告诉我啊。别人告诉了，我不给她买糖吃，不就得啦！”

“天啊，我生活在你的手段里。”她有点怒乎乎的了，“不写信，也是的，还有还有——所有的，都是你设计的、‘算计’的？你根本不是爱！”

“不要污蔑，好不好？！”他说，“明明白白我的心，我的‘错误’全是我的爱啊！——你以为，不写信，我好过啊，我比你还要受折磨，想着你不快乐我更是心疼痛——可是，我不那样，你会哭吗？你会承认对我有感情吗？傻丫头！”

初恋似雪，他是她的初恋，她相信纯粹的爱情，可是当他给她揭谜底的时候，她为他的心思与智慧迷失，却又似乎有着别样的收获——难道你不是真爱吗？她疑惑地问他。他一把拉了她——数着他给她写的一沓一沓的信，拈起一张张他打给她的电话卡，他说：“你这个傻丫头，让我花了这么多电话费，用了这么多信笺，还说我根本不爱你，那这世界上哪还有爱你的人呢！”

雪花飘飘，她做着鬼脸对他吼吼：“不是爱，就是不是爱——”他扑过来，捏了她细腻的小鼻子：“不是爱，是什么？”她被捏疼了，于是答：“疼——是疼——”

“到底是疼还是爱？”“疼爱——到底是疼还是爱——”“疼爱！”

7

多少年之后，他成了孩子的爸，她成了孩子的妈，他还是叫她傻丫头，她还是说他，不是爱——是疼。他疼她，她也疼他——他们一起相互疼着，在京城的雪里。

雪花飞舞的世界上，有人说，世界如群山，谁也听不见谁的呼唤。但是，她说，群山皑皑，多高多高的山巅，多厚多厚的雪峰——她也听看得见他疼她，疼孩子，疼他们一个年轮一个年轮慢慢生长着的这个家。

雪无痕，爱如巢，筑在心上了，如雪入大地，起不出来了，爱生长着，成为生命过程里的疼——爱到疼，是爱情的真谛。

爱你如雪，我执着地扑向大地，大地是你的怀抱。你的爱如雪，那么美丽，却也不能揣在我的怀里，但是能长进生命的庄园——你的疼我的爱，疼爱，疼在爱里，爱是疼。

外面又是白茫茫的一片——真干净，唯有爱——爱到疼——什么都随了雪花去的时候，还有爱，还有疼，还有你和我。

初恋是青春的图腾，疼你爱你疼爱你，一生一世。

绽放属于自己的花

矿山深处，绒花开的时候，她出生了，娇好的面容，粉嘟嘟的，奶奶看着窗外那株高大的绒树，给她取名绒绒；六岁那年春天生一场大病，因为庸医误诊，给她服错药，让她成了一个耳聋的孩子，此时，院里的那棵大绒树，望不尽的粉的花，如梦，如霞，开得如火如荼，而一家人的心却似在冰窖里一般，美丽的绒树美丽的花，恍如隔世——

父亲母亲叹着气，把她的名字换了字——茸茸，父母的心意是，山上的每一棵草都会开花，女儿也是这山上的一棵小草，他们期望奇迹出现，上天能在女儿的两只耳朵里开出花来，让她能重新听到——这个美好的世界。

无声的世界里，一切都没有色彩，没有色彩的生命，活着似乎失去意义。

她黯然无光的眼眸，言语一天比一天少，父母心疼不已，却无力改变命运的方向。有一天，奶奶为了讨她欢心，在为新嫁娘剪窗花的时候，悄悄给她留下几朵，望着鲜红的窗花，她的眼光亮了，一整天都喜气洋洋的，她把它们贴在自己的小窗前，望着它们发呆，望着它们微笑。有一天，她用哥哥用过的旧作业本，比画着剪，这个根剪断了，那个茎剪开了，剪了多少遍又多少遍，她累出一头一脸的汗水，最终，她欢叫着，跑向下地刚进家门的爸爸妈妈和奶奶，她的快乐像风，钻入每个人的眼里和心里。大人们商议，奶奶以后不下地干活了，专门在家里教她剪窗花。

从此之后，矿上谁家的红白喜事，需要剪这种那种纸花，都来央求她和奶奶，奶奶年纪越来越大，眼睛花得厉害，剪纸花的活计慢慢地就全落在聋女茸茸的手上。

人们发现,这个小聋女,虽然只上过一年学,却聪明得很,不仅会剪奶奶会剪的花呀草呀,还会照着春联剪字“福比东海,寿比南山”,“满园春光”,“出门见喜”……得到人们的喜爱与认可,茸茸更热切地想学习更多的字,当矿工的爸爸教她,炊事员的妈妈教她,可很快他们肚子里的字,全都教完了,茸茸看天,看地,不知道再怎么学更多的字?

有一天,她独自去矿上的小学校,找到当年教过她认字的李老师,一步一挪,李老师去哪她跟哪儿,太阳从头顶落到西山的时候,李老师锁门回家,小小的校园里没有一个孩子的影子了,小茸茸拉住李老师的手,在她的手心里写:“我想上学”,然后,她还指指自己的心,指指脑袋——李老师犹豫不决,不知如何是好!

正在这时,找遍矿院内外找到这里的妈妈出现在这一对师生的视线里,李老师很为难地给妈妈解释,妈妈也为女儿倔强的念头无奈,她跟女儿一起请求李老师:“让她来旁听吧,学多少算多少”……就这样,聋女茸茸成了一名特殊的编外生。她不顾别人嘲笑和小伙伴的捉弄,她只管尽力而为地学,听不到怎么学啊?她看老师的嘴唇,再摸摸自己的嘴唇,她的经验全来自于六岁之前的言语经验。

离开煤矿在外求学的哥哥,从矿山之外给她带回一本漂亮的剪纸大全,哥哥告诉她这是一项“民间艺术”。利用假期,哥哥还生吞活剥地教会她一句英文诗,翻译过来是24个字,临走的前一晚,她全部把它们剪了出来——“不要因为难过,就忘了散发芳香。在哪里存在,就在哪里绽放。”

哥哥被她的“剪字”震惊了,这些个字红艳艳的,构成一幅美丽的图画——两只耳朵上开出无数的花儿!

仔细端详,每一个字的每一笔里都开出花来,每一个字都是一朵花,联在一起,正是她的名字,耳朵上开出许多花来。她抚着她的这些个字这些个花儿,也笑成一朵花儿。

哥哥把他们一并拍下来,放在博客里,立即引来众多关注。她和她开花的字、开出花朵的耳朵,迅速蹿红网络。有一个省城的民办特殊教育学校找到她，免费让她入学，她于是读了这个民办学校的中学，又读它的大学，之后，她代表这所民办学校参加国际民俗表演，一举夺魁。

当人们惊叹她绽放的鲜妍时，她微笑着揭开自己的秘密——“不要因为难过，就忘了散发芳香……”她的剪纸依然组成那幅图画——一双开着花的耳朵。

矿山深处，她的家门前，那一树绒花开得如火如荼，在矿上当工人的父母如今已年迈，白发的他们站在树下，看着漫山的碧草，他们感叹，树有树的花，草有草的花，茸儿也有她自己的花！

会开花的一句话

教室外的天空飘满了乌云，他望一眼讲台上细手细脚的班主任，低垂下眼睛，在心里说："我就是一个坏孩子。"

他是一个多么淘气的小男孩呀——今天鸡飞，明天蛋打，在这个煤矿企业的小学校里，无论哪个班级有事件发生，正能量的找不到他，负能量的总是沾着他，所有的老师和同学都认为他是一个坏男孩，爸爸妈妈恨铁不成钢，索性不答理他了，把他交给年迈的爷爷奶奶照看。

他于是破罐子破摔地上到了矿上办的初中，矿上的孩子有条件的都跑到市里教学条件好的学校求学了。这里的新初一只有一个班，班主任是个年轻的小姑娘。他第一天上课就给这个细手细脚又细声细气的"细"老师起了个外号叫"小老细"。

他给"小老细"的下马威是，当她站在他桌边专注地讲课的时候，他悄悄地用一只破打火机点燃了她的马尾辫！

"小老细"一转身发现了他，他这才惊恐地，一把抓住老师的辫梢，一小缕青青的烟，被他攥紧在他的小拳头里——

焦煳的香香的头发的味道，还是飘满了教室，他猛然意识到，他又死定了！

"小老细"的脸庞一下涨得通红，粉红的格子衫剧烈地起伏着，像是一条小小的山脉就要爆炸了，她怒视着他，怒视着全班——不知过了多久，仿佛是一个世纪，或者是两个世纪，"小老细"细细的喘气声渐渐消失了，仿佛晚霞收尽最后一缕光，她把她的愤怒揣进了衣兜，细细的手指，拂一下额前的刘海儿，她细声细气地问："刚才讲到哪儿了？"

"第二段，老师！"有人小声地提示。"好，我们接着讲课——"

下课了，他以为“小老细”会把他叫走，叫到办公室，带到政教室，送到校长室，还会通知他的爸爸妈妈，他的爷爷奶奶，还会——

奇怪的是，“小老细”什么也没有做，就像啥事也没有发生过似的，照顾学生，管理班级，下午放学的时候，她正常地布置作业：“第一课生字带拼音写两遍；写一篇日记，题目是《开学第一天》。”然后她细声细气地宣布：“下课！”

放学回家的路上，想着开学第一天发生的事，想着“小老细”气定神闲的样子，他的心里越来越慌张——他开始懊悔，开始害怕！

懊悔自己怎么那么“贱”，那么“没事找事”！害怕自己终究躲不过爸爸的一顿毒打，或者又会是全校大会上的“亮相”与“批斗”，或者，还有更严重的吧？其实他最受不了的是奶奶的眼泪……就这样胡思乱想到了家，迷迷糊糊吃了饭，迷迷糊糊看电视，迷迷糊糊上了床——他从来不写家庭作业——迷迷糊糊地，他却怎么也睡不着了。他听见爷爷奶奶在隔壁卧室安静地睡着，爷爷的鼾声响起来了，他更加睡不着，居然，他鬼使神差地爬起来，开始鬼使神差地写作业——自从他的作业被小学的老师一撕再撕三撕之后，他就再也没有写过作业——今天他就着落满灰尘的小台灯写作业“开学第一天”，五个字写完，他不知道写什么好，盯着新发的作业本，他的害怕、他的恐惧、他的各种担心，各种假想都膨胀着，在纸上跳……他握笔的手，那么硬，笔也那么硬，虽然爷爷一次一次为他买来新的一一根笔，但他真是很少掂笔，这次，他看着这根新笔，想着自己的荒唐事，他写下了第六个字“悔”——他再也写不出更多的字了——迷迷糊糊地他就睡着了。

天大亮的时候，爷爷发现了他：“你怎么没在床上睡？”他没敢说话，胡乱吃了奶奶做的早饭，到了学校。

“小老细”已经到了，她细细的身影站在教室门口，挨个收作业——他低着头，多少时候了，他交了这破天荒的一次作业。回到座位上，他居然掏出了书本，跟着讲台上领读的同学，一起读书——声音很低，渐渐大起来，最后他读得趴那——悄悄地懊恼着，心里有一种从来没有过的难受……

他感觉有人轻轻抚他的头，一个细细的声音钻进他的耳朵里："好孩子！我就知道你是一个好孩子！"他那如同煤炭一样黑暗的世界里，因了这句话的嵌入，漫天漫野的花，都开了，那么亮，那么香！

他委屈极了！

眼泪流出来，多得，手指也抹不住，眼睛里像是有个洞，泉水一样流出来——好在全班都在读书，声音震天响，他趴桌子上，憋着气，低着头，直到所有的读书声都停下来，他悄悄地抬起脸，看见讲台上，"小老细"在讲着话，望到他，对他微笑。

他于是相信，真的，是真的，他的世界开花了，漫天遍野地开花了！花的香，是"小老细"的声音，那么细，却那么嘹亮——好孩子！我就知道他是一个好孩子！

多少年之后，命运辗转，人生突围，他成了一名光荣的人民警察，一次与歹徒搏斗中，他为了掩护战友而牺牲——人们在为他整理遗物的时候，发现他办公桌上放着一个精致的小镜框，里面装帧的，不是一朵花，一片海，不是情人的照片，不是自己的照片，也不是什么得意与风光，只是一个歪歪扭扭的字——"悔"，下面有一行红红的批语——"好孩子！我就知道你是一个好孩子！"

青春里有一棵苹果树

1

那一日整理书橱，一本发黄的欧美小说集里，抖落出一把干干的苹果花，淡淡的白，已成茶黄色，浅浅的粉，失了颜色——小苹想起来，这是楠留下来的，是青春的记忆，也是女孩青春岁月的光与影。

2

楠，是小苹在家乡读煤矿职业中专时候的一位同学，长发，长腿，细细的手臂，起初并没有引起小苹的注意。直到有一天，她拿了这本欧美小说集来，找小苹交换当年流行的《稻草人手记》——

她说："我知道，这本书你肯定喜欢看。"小苹很奇怪——"哦，你怎么知道我喜欢这样的小说?"

她笑了："换，还是不换?"

小苹乐得点头。从此，小苹和她熟悉起来。渐渐形影不离。

有几天，楠不再跟小苹形影相随——小苹居然没留意，她不再跟小苹在一起。

后来，她又跟小苹形影相随的时候，小苹才发现——"你那几天做什么了，没跟我在一起哦。"

蓝天白云下，她让小苹看她抄写的诗《苹果树下》："……苹果树下那个小伙子，你不要，不要再唱歌；姑娘踏着草坪过来了，她的笑容里藏着什么？……说出那句真心的话吧！种下的爱情已该收获。”

小苹吃惊地看着她把“爱情”写成与众不同的笔迹和颜色，她吐出一口气：“给你说吧，我去找人表白了。”

楠斜睨小苹一眼，从口袋里摸出一个红苹果，那诱人的苹果，光亮又好看，递了来，小苹不解地接住，在小苹的手上转一圈，小苹发现了上面的两个字：迟到。当时，很有名的一首流行歌曲就叫《迟到》——你来到我身边，带着微笑，带来了我的烦恼，我的心中，早已有个她，哦，她比你先到……

3

楠给小苹讲，从进班第一天，她就对那“古巨基”心动了。“我跟踪他，终于有机会表白，拿了这诗，这苹果……”楠沮丧着，慢慢流下一行泪花，阳光下，泪花一闪一闪，宛如那诗歌里的苹果花。

小苹想象着小说集里高尔斯华绥描写的“苹果树”的模样——粉色的苹果花，美好的梅根，年轻的阿舒斯特……小萍无奈地看着她，问：“他是谁？”

“你假装，是吧？”她恼了。

小苹吓了一跳，无辜地瞪眼：“假装什么？”

“他说我迟到，难道还不是你先到！”小苹被搞笑了。

“知道吧，我为什么接近你——就是因为他！”小苹更不懂，生气得要跺脚：“瞎说什么，我又没有喜欢谁。”

楠脸涨得红红的：“你一到教室去，他就走……他就注意你！”

后来，小苹发现，楠说得也对，小苹一进教室，那人就出去了。可这跟小苹有什么关系呢？

看着那本小说集，小苹明白楠为什么说她会喜欢这本书了，里边有那篇高尔斯华绥的《苹果树下》，一次读书会上，她给大家推介过，是她最喜欢的一篇，也因了契合了她的名字——

终于有一天，楠在课间来到小苹桌边，说：“把我的书还给我吧，给你的《稻草人》——”与书一起的，居然还有那只红苹果。

小苹收起来，却并不还她的书——因为，偶然听到班里男生们聊天，小苹听到了一句话，窃喜不已——因了这句话，小苹对楠说：“我还没有看完。”

4

小苹拿了欧美小说集和红苹果去找那“古巨基”——

小说集翻在《苹果树下》，小苹说楠的一颗心就是梅根的那一颗金子一般的心，希望他不要辜负，小苹把书和红苹果硬塞在他的手上。“你有什么权力强迫我？”

小苹说：“我不是强迫，只希望你给楠说清楚，你一到中午两点钟就要回寝室睡午觉是你的习惯。”

他急吼吼地说：“我睡午觉，也需要解释吗？”

被他一吼，小苹突然明了——可以改变自己的习惯呀，自己错过那个时间点再进班不就得了。于是，她被自己的糊涂过来的明白逗乐了，笑起来：“你也可以不解释，我解释好了，但是，苹果和苹果树，你还是要好好珍惜一下吧。”

5

后来，楠喜形于色地找到小苹，抱住小苹咬耳朵——谢谢你谢谢你——他答应了我。

小苹却隐隐地不安，夜晚望着天空中的星星，小苹祈祷，楠的苹果树可不要是梅根的苹果树。

忐忑了很久，发现，纯粹是多余，他俩很“正常”。顺风顺水的恋爱，滋润了楠，也快乐了“古巨基”，因为，小苹发现，即便小苹两点钟进班，“古巨基”也没有回去睡午觉了。男生们议论，恋爱中的“古巨基”的时钟跟着女朋友转，楠可是从来不睡午觉的哦！

在楠怀孕四个月的时候，他们一家人从家乡那座中原煤城移民去了多伦多。临别，楠留下了她们一起喜欢过的那小说集："把这棵苹果树留下，祝福你的爱情！"

6

走在多伦多的大街上，楠常常想起家乡煤城的苹果树，怀念小城苹果花别样的芬芳，青春的味道！

多伦多的街道两旁不乏枝繁叶茂的苹果树，看那硕果累累，闻着飘飘果香——楠从网络上传输图片，看着网络上楠发来的苹果树，小苹也闻见了苹果香，她知道，那是楠的幸福味！

生活在幸福之中，楠总是忘不了——小苹，谢谢你！她总是说。小苹强烈抗议似的表白过，那是你自己的缘分，与我无关。

我和他一起喜欢苹果树，可能含义并不全部一样……可是，我爱他，爱他的全部……

——深夜的视频里，小苹看到楠颓然地低了下头，她的心被钻钻了一下，又厌恶又生气，情绪冒着烟儿为楠痛了一下——当年，她以为她退出来，楠就可以拥有她想要的那幸福的苹果树……

小苹确实淡忘了青春的往事，视野愈来愈开阔，眼界愈来愈宽广，但是她永远还会记得——"宽的作垄，窄的作埂……"

当她为楠做了说客之后，还依然在课桌里收到一首《爱的诗笺》，折叠成一只小苹果的模样，信纸上那横的红格，有宽有窄，夹着一团粉的白的芬芳的苹果花，一颗心里画着一只小小的苹果，是他的名字裹着她的名字。

7

苹果树总开着粉白的花，一年又一年。

辗转去省会往京城，读本科念硕士，直到楠和"古巨基"的孩子都八岁了，小苹跟一位同是来自中原那座小城的校友结婚——

无论如何，楠要求小苹带新郎官能来多伦多度蜜月——“看看多伦多的苹果树，也看看我们家的苹果哦！”他们的孩子英文名字就叫“APPLE”！

小苹跟丈夫说，我们去多伦多看看楠的苹果树，如何？

丈夫说，随便你啊，小苹果！你去哪，我去哪，你是我的小苹果，我是你的苹果树！

在多伦多那街头巷尾高大如巨伞的苹果树下，小鸟依人的苹依着丈夫：“瞧——我们家这棵大苹果树！”

夕阳如水的皇后西街，楠与小苹静坐在街边咖啡馆，看苹果树的梢头上，那一缕金灿灿的斜阳——那么静谧，那么安详……

小苹说，知道吗？楠，当年我也有暗恋的人，还记得吗？体育课上，那个把足球踢到我脸上的人——那校园里的长跑冠军——喏，他是我青苹果的暗恋——每天中午两点的时候，我也总是忍不住，从他的教室门前走过……

哦！怪不得见面，我就感觉有种在哪见到过的感觉，原来是——像他！

小苹说，哪里是像他，根本就是他嘛……

——楠的心结，谁的心结，总也安息在多伦多的苹果树上……

8

淡淡风里，苹果树下，团团围坐的，是青苹果一样的青春时光，有一缕一缕的香，从树叶间飘洒而下，是从那遥远的家乡，从那飘满了青春的苹果花的故乡小煤城漂漂而来——甜了树下坐着的人。

“APPLE！”楠与“古巨基”同时叫起来，冲向他们的孩子，因为，那可爱的孩子，攀着身后的苹果树，往上爬，边爬，边尿水水。

趁着楠夫妇侍弄孩子，小苹的先生咬她的耳朵：“我什么时候，把足球踢在你脸上了?”

在风里,小苹把楠的欧美小说集还给她,那淡淡的黄黄的干枯的苹果花,顺着风,飘啊飘……

APPLE 一把抓住那发黄的书页,含糊不清地用英语找认识的字来念——金子,歌声,苹果树……他小小的手指点着自己的鼻子——APPLE(苹果)? ME(我)?

开在讲台上的油菜花

去乡村小学蹲点采风，正值春季，油菜花烂漫，满了山冈。

天天上山，发现山上的人影极少，有时候连连几天，基本看不到行者，除了这些上山教书的老师和我这个蹲点采风的人。但是油菜花金黄色的，如海洋，开到天上去，麦苗那么清澈，那么苍翠的绿，意殷殷，情切切，却也并不能阻挡和挽留它，它要开到天上去——那一片金黄的海，映入蓝天湛湛的怀抱。

乡村小学是安静的，也是寂寞的。平时鲜有人来，也便没有打扰。除了授课的老师和校园里不多的学生，就只剩下满天飞的白云了，它们赶趟儿似地飘过小校园的上空，低头看看孩子们，冲老师们招招手，就跑了，携带油菜花的香，留下了。

校园里，油菜花的香，芬芳四溢，如同它对蓝天和绽放的热爱，毫不羞涩毫不顾忌地溢于言表，热爱啊，热爱——爱大自然，爱春天，爱这些乡村的老师和孩子们吗？还是热爱它自己的事业？绽放是它的事业。

在这里工作了七个年头的张瑜说，绽放是她的事业——从研究生毕业应聘到这里，她兢兢业业，从普通教员成长为业务副校长，从青涩的女学生蜕变成三岁小姑娘的妈妈，天天备课教书，没变，天天路迢迢从新城区赶车到山上，几十公里横穿越这小城，天黑着起床出发，天黑着还没有到家，没变……没变的很多，变的也很多，她说，有些东西不会变的，就像山坡上开放的油菜花，年年不变，与春天的约会怎能变，对大地的承诺怎能变，来自内心的呼唤怎能够变——张瑜，不渝，踏入教育行的初心不会改变，绽放！

绽放是我的事业，在讲台上绽放，给孩子们芬芳，给孩子们灿烂，点燃孩子们的梦想，是我对自己青春的定位——教语文的春彩老师说。这个声音清脆、教态从容大方得俨然是位成熟的老教师的新教师。

绽放是我的事业——教英语的小买老师说。清纯秀美的她，是数学系的英语高才生，学着数学专业，却过了英语的六级考试，学校缺英语老师，她毫不犹豫接班教英语。

绽放是我的事业——教体育的成功老师说。年轻帅气的他，在这里遇到真爱，与同在这里教书的漂亮温柔的女教师萃萃相识相恋步入婚姻，如今孩子半岁，他带着他的为数不多的几个乡村学生去省里参加课堂教学比赛，震撼了省城的评委们，夺得省级优质课一等奖。

绽放是我的事业——阳光下，正在操场上给孩子们排练舞蹈的润佳老师也这么说。她三岁起学习舞蹈，多次在比赛中夺魁。如果说当年这所乡村小学里开始有了本科毕业的英语老师，让孩子们从此摆脱河南英语的口音，学上纯正的英式和美式发音，是孩子的幸事，令家长们惊喜；而如今，这位靓丽窈窕的大美女老师来了，教授男孩子女孩子们舞蹈与乐理知识，带着他们下山去参加大山外面的比赛，获得奖项，更是使得孩子们兴奋异常，家长们感觉到这群孩子真是有福啊！

绽放是我的事业——这所乡村小学的老师们都这么说，说——

虽然我们的学生不多，虽然这里是乡村小学，有的班七个学生，有的班九个学生，最多的班级也就是二十几位、三十几位，可是这有什么关系呢？油菜花在山坡上开着，不是一定要开给人们看的，而且它在夜里也绽放着呢，没有人知道，也没有人看到，油菜花绽放，因为它要绽放，绽放是它的本分，也因为它想让自己结出自己的果实，不白白来过春天，不白白在天地间站一季——我们也一样，我们是站在讲台上的油菜花！

在平凡的岗位上绽放自己，是岗位的美丽，更是自己的美丽，如同那油菜花美丽了春天，染香了孩子们的眼睛……

我绽放，我快乐；我绽放，我芳香！是啊，是啊，这世界，每一步行走，每一缕灿烂与芳香，是自然而然的，如同大自然里的油菜花——绽放是多么自然的一件事！

爱好书法的张桂强校长正在书写一行话：兰生幽谷，不为莫服而不芳；舟在江海，不为莫乘而不浮；君子行义，不为莫知而止休。他说这是《淮南子》里的句子，他很喜欢。我想，这也是竹园老师们的写照。如兰，如舟，为君子，更是这漫山遍野的油菜——

就这样绽放了自己，燃亮了山坡，点缀得春天更美丽。油菜花！

讲台上的油菜花，你的美丽，你的绽放，是大自然和它的奥妙——在春风里歌唱，歌声流淌，成溪，成河，成江，成海，成汪洋……

教室里，一双双眸，亮了；一对对耳，灵了；一颗颗心，生飞翼——成鸟，成鹰，成凤，成凰，成苍龙……

开在讲台上的油菜花，春风里最美，天底下最香！

魇

1

“嗯——嗯——”睡梦中的我怎么也动弹不得,腿不能伸,脚不能踢,手好像是隐形似的,嘴巴也张不得。有时候是半夜里,有时候是天快亮,妈妈总把我摇晃醒,一次两次,妈妈发愁了:“为什么这孩子总是被魇住呢?”

就在巷子里阿霞姐姐和跛脚哥哥搬到天上住不久的一段时间里,我常常做这样那样的噩梦,有时候还会梦到阿霞姐姐给我汽水喝,或者梦到跛脚哥哥伸手送他编的小金鱼——而我总是动弹不得,伸不出手去接,抬不起脚走过去,也就喝不到,接不到他们要送给我的东西……

我把我的梦讲给妈妈听,妈妈说:“可不能接,可不能跟他们走——”于是,我更坚定了“我不要我不要,我不去我不去!”有一次我就这样喊着醒来了——醒来是一身汗水,湿又凉的——

爸爸妈妈把我带回老家去找“阴先生”看“病”,看过了,爸爸妈妈就跟爷爷奶奶说哥哥上学的事。他们想还把在乡下跟着爷爷奶奶读书的哥哥也接来城里上学,以前奶奶总是不想让哥哥离开她,她说她的孙子她得自个儿看着,还说“跟你娘我不放心!”我很奇怪地想,为什么我跟着我妈,她都放心?可能我没吃过她的瞎咪咪吧,妈妈说,哥哥从小跟着奶奶,小时候还老是吃奶奶的瞎咪咪——就是没有奶水的咪咪,哈哈,我哥最怕我说他这个了,我一说这事揭他的丑,他就揪着我的辫子打我!我自己想着,听见爸爸在跟奶奶讲情:“娘,您要是真疼爱大头,还是叫大头去城里念书吧,毛丫也该上一年级,他俩上下学也好做个伴,到底是城里先生教得好！”爷爷也在一旁帮腔：“你别老糊涂，不让孙子离开你！赶明儿把孩子误了，你个老婆子后悔都来不及！”妈妈还给奶奶许诺：“您老要是想大头了您就去，还有，一放假就让他回来看您！”哥哥这一次倒听话，没有再像以前一样，态度坚决地不进诚，他说不喜欢城里，没地方跑，没地方跳，也没地方打马车轱轳！哥哥是个好动的人！

秋天苹果树叶子渐渐黄的时候，我跟哥哥一起上学去了，哥哥是转学，他上小学五年级，我是新生，上一年级。我很乖，听话，从来没有请过家长。可是哥哥，我的长着两个头发旋的哥哥，不知道怎么了，上学第二天，就跟人打了一架，老师把爸爸请到学校去了。

回来爸爸自然是又把哥哥训了一顿，还动了手，打着哥哥的屁股说着：“真是乡下的野孩子，没有教养，来了就跟人打架！”

看着爸爸打哥哥，我吓得大气也不敢出。哥哥却不哭，等爸爸不理他了，他才对着我哭出声来。因为我把存了好久的一盒子花糖纸端在哥哥面前——“哥，花糖纸给你！”

因为哥哥第一次见到它们的时候，我一张也没舍得给他，只让他看一看，哥哥想摸一下，我还“咦——”一声阻止了，我怕哥哥把它们弄皱了。哥哥为这说我小气，我就还嘴说：“羞羞，你吃奶奶的瞎咪！”他听了，一把又揪住我的辫子，说以后再不给你捉蜻蜓，更别想让我爬树给你掏小鸟，还威胁我，再说他就把辫子揪掉。可是这一会儿，看哥哥被爸爸打了屁股哭得伤心，我就不想记着辫子疼的事了，我把糖纸盒拿出来，也许妈妈说得没错，“毛丫是一个心肠最软的孩子！”我想哄哥哥不知道怎么哄他，就把我的宝贝举到哥哥眼前了。

哥哥这时却又不要，他推开：“哥不要，你留着吧。”他还带着哭腔，开始把书包里的书拿出来，跟我一起趴桌子上写作业。

那一晚哥哥也睡着扑腾醒了，说是有一个黑脸的人追他，他跑不动，一急，就踢腾醒了。妈妈奇怪地说：“怎么你也魇住了？男孩子的禀性强呢！”然后她劝爸爸，“你以后别打孩子了，看把他吓得！”

2

一个午后，我和哥哥一起去上学，手上还拿一只苹果啃着，走着，跟哥哥讲魇住的时候，怎么难受，怎么不能左右自己，一动也动不得，想做什么动作也做不来——

这时，有人在马路对面冲着我和哥哥喊叫："野孩子——野孩子——""乡巴佬——乡巴佬——"我还没明白是怎么回事，只见哥哥已经小旋风一样冲过去了，一个小个子首先被撂倒了，开始趴在地上哭，两个大个子一起把哥哥围起来打，哥哥一点不示弱，我吓得都把眼睛蒙起来了，不敢靠近他们。

我哭着喊着："别打了，你们别打了！"哥哥一扭头，对我说："毛丫，别哭，你自己上学去吧！"趁这会儿，那个大个子男孩子就把哥哥压在地上了，他们拿书包砸哥哥的头，我看见顾不得哭了，挥着手里的半个苹果，照着一个就砸，砸中他的眼睛，他松了哥哥，哥哥一个鲤鱼打滚，挺一下，站起来，把那个还在摁住他的踩在脚下——那被苹果砸中眼睛的，并没过来打我，却蹲地上捂住眼猛哭起来——哥哥一看，松开了脚，走过去扒开他的手，他还吓一跳，以为哥哥要怎么样，哥哥说："我看看，你没事吧？"看他没红没肿的样子，哥哥捡起书包，拉起我，正要转身走，却又停住了："给你这十块钱，有事去医院，没事就不要告老师，才算有种！"哥哥用农村腔给他们说着，从书包底层摸出一张钱塞在他衣袖子上，回头对我说："毛丫，我们走。"

走了好远，我给哥哥说："你别打架了，我害怕！"哥哥说："你都看见了，不怨我，他们先骂我！"然后，哥哥给我说："回家别给咱爸咱妈讲。"我答应，突然想起来："哥哥你哪来的钱？""来的时候，奶奶给我的。"不知为什么，说着这话哥哥眼睛红了，他刚才打架，把钱舍给人家，都没有要哭的样子。

那是一张很大的钱啊！我看见妈妈数她的工资，从来没有超过三张的。哥哥把那么大的钱给了人家。

想是那张钱太大，起了作用，好几天过去了，风平浪静的，什么麻烦事也没发生。爸爸妈妈不知道，学校老师没找事，哥哥脖子里被人家掐的指甲印都长平了，也没什么事，想着这一回打架的事像一页书一样，是掀过去了。

有一天放学，我自己一个人走在路上，突然在拐弯的地方蹿出来两个大个子，是跟哥哥打架的那两个大个子男生，我吓一跳，不敢走了，看着他们。

“毛丫，你别害怕，给，把这给你哥，就说我们愿意跟他交朋友！”我一看，是那一张十块的钱。

我接过来，我们一起走，居然小兔子——那个被我砸了眼睛的男生，他们叫他小兔子——就住在阿霞姐姐家原来的房子里，阿霞姐姐出事以后，林伯伯他们搬走了，住进了矿上给领导们盖的小红楼，那个房子空了几个月，原来成了小兔子家！

路过我家，我说：“这就是我家，你要想给我哥哥当朋友，自己来给他说好了，我只是把钱给我哥！”

我正找脖子上的钥匙开门，却发现锁是打开的，哥哥先回来了，他说：“谁想跟我做朋友？”我把钱给他，指着外面，小兔子站在门前空地上还没有走。“我——是我——”他支吾地应答，“还有大鲫鱼，他先回家了。”小兔子说。“大头你挺够朋友的，我们决定跟你做朋友，你同意不同意？”我哥点点头，“只要你们别骂我就行！”小兔子乐了，长着一张有点豁豁的嘴巴——怪不得他们叫他小兔子，想是因为嘴巴有点豁，而且他走起路来一跳一跳的。我想着，听见他跟我哥说：“那肯定，肯定不能骂人了，你别生气了，啊？”然后，他们一起又出去了，眼看着他们走过巷子口的苹果树，听见我哥回头冲我大声说：“毛丫，你先回去写作业，我玩一会儿就回来！”

从此，哥哥就跟小兔子、大鲫鱼，还有那个小个子的叫花豆儿——因为他长着一脸雀斑，个子又小，小得像一颗豆——他们一起玩，玩得昏天黑地。

大鲫鱼说是因为他好吃鲫鱼，还卡住过两回，去医院上不了课，他们都叫他大鲫鱼了。我哥哥因为头大，家里一直也这么叫他，他们也管哥叫“大头司令”。

他们一起玩，我哥哥从来不带我玩，我也就不知道他们玩什么，怎么玩。我感到哥哥从农村来城里之后离我更远了，以前，我会听到爸爸妈妈念他写来的信，虽然信写得短，但是每过几天，就有一封他写的信，信里也经常叫我“毛丫”，问“毛丫好不好？我想她了！”现在他来了，反倒十天半个月没有理过我，就是吃饭，他也是要么吃得晚，要么快快地吃完就跑出去——门前空地上总有小兔子他们在等着他，上学也去得早，放学总是天擦黑了才回来，有时候天黑透了才回来。

只是我在学校里，一个人来来往往，再也没有像以前一样，会有谁故意或者无意地欺负我，我们上的是矿上的小学校，人不是很多，好多孩子互相都相识，时不时会有人在背后指着我说：“她是大头的妹妹——”或者会说：“大头司令的妹妹是她啊！”我听得莫名其妙，不知道他们说的这些是好词儿还是坏词儿。

一天到晚不着家的哥哥，在期末露出马脚来，他的语文不及格，连拿手的数学也没有及格，他跟我商量，让我也别把通知书拿给爸爸妈妈看，我没法子不答应他，他是哥哥，再说了，我要真不答应，他又会揪住辫子或者还会踹我两脚——我只有答应，可是心里真不愿意，因为我考的是双百分。

3

想是爸爸给矿上写公文材料，总是加班；妈妈的图书室正搬家，登记、捆书、上架、整理，一大堆的活儿，真也是太忙了吧，或者他们压根没在意，反正爸爸妈妈他们什么也没有发现。过完新年，过了元宵节，就差一天就开学了，老师要看签字呢！我不得不拿出来让妈妈签字，妈妈才突然明白地问：“你哥的呢，他考多少？”“大头！”妈妈叫他，他早没了影子。哥哥跟那群弟兄玩了一假期“疯”

得很！我不知道他们说的"疯"是什么个玩法，但是他从来没有带我玩过，虽然爸爸和妈妈都说过："放假了，你把妹妹带好！"他从来没带过我，有时候，我想跟着他，他也会说："你跟珠儿她们玩，丫头玩丫头的，小子玩小子的！你不能跟着我们！等我回来，我给你带好吃的！"我就只当他还在农村没有来，我就自己玩，妈妈不让去铁道那边玩了，说是那地方"紧"，会出鬼之类。我倒是喜欢看一眼阿霞姐姐和跛脚哥哥显形呢，只是自从我总是在睡觉时魇住，也真的不敢再去那边玩了。我就在家写作业，在门前空地晒太阳、踢毽子、跳皮筋，也在巷口苹果树下看蚂蚁……哥哥说得对，丫头有丫头的玩法！

况且哥哥说话算数，他几乎天天都给我带好吃的回来，泡泡糖、花米团、果子糕，还有糖，一开始是一角钱八粒的广西硬糖块和高粱饴，后来还有各式各样的高级牛奶糖，糖纸特别漂亮，我的糖纸盒子越来越丰富了。我想着，他是不是用的奶奶给他的钱？那十块钱真禁花呢！不对呀，那十块钱他后来不是交给妈妈了吗？妈妈还夸他懂事，好孩子，不乱花钱，真孝顺！

怪呀，我问他，哥哥说，小兔子他们给他的！我想，真是好啊，他的朋友们这么好！可是那时候我忘记想，小兔子他们也一个比一个没钱花呢，大鲫鱼看见我吃包子，还偷偷地让我跑回家给他拿一个！

可是这一会儿，妈妈要找哥哥哩！他去哪了？谁知道呢？

到天黑，哥哥还不见踪影。我悄悄地去最近的小兔子家、前排房里的花豆儿家、最远那一排房里的大鲫鱼家，找他们。小兔子爸爸下井挖煤，他的妈妈推着小车卖烙馍，过年过节生意好，从来不过半夜不回家，花豆儿跟着奶奶过，他奶奶说："没回来！"大鲫鱼的后妈骂咧咧地："狗崽子死在外边了，还没回来！"

我没趣地回到家，却发现家里没有人，爸爸妈妈也不在家，他们也不知哪去了。

其实，就在我挨家去找他们的时候，有人到我家把我爸爸妈妈叫走了——

家门锁上了，我只好一个人坐在门前空地上等，因忘了把钥匙挂脖子里，天黑了，前几天下的雪还没有化干净，空气里冷得很，我进不了家，只能等，等到星星都出来了，月亮也高高地挂起来了，我坐着打瞌睡，还是没有一个人回来，只有流浪狗的一声叫，最后流浪狗也安静了！

小巷里静极了，我有些害怕，又搬了门前的一个小板凳到巷口苹果树下坐着——花奶奶一开始还陪着我，后来她跺跺脚嫌冷，让我去她屋里等，我不去，她就自己转身进屋去了，一开始开着灯，后来也关了灯，睡了，窗户上黑乎乎的，像个洞。我还坐在苹果树下等，看偶尔一个人影，走近了，又走过去了，又走远了——

我坐在苹果树下，没化尽的残雪，斑斑点点地睡在坑坑洼洼的水泥地上，我瞌睡了，快要睡着了，树上的枯叶子，还是雪渣子落下来，掉在我的脸上，赶走了我的瞌睡虫——四处看看，没有人影，再坐下，这时听见远远地有脚步声——嗵嗵嗵——嚓嚓嚓——是一群人的脚步声，踩着地上的冰碴，我站起来张望，近了，看见——是哥哥他们，还有爸爸妈妈，哦，还有大鲫鱼，大鲫鱼的爸爸，小个子的花豆儿被他姑妈领着，他说过他只有奶奶和姑妈亲他——那走路有点跳的小兔子，还有他的爸爸居然还穿着下井穿的黑衣裳，都走到巷子口了，突然想起来似的，他说——我得去洗澡换衣裳，你们先回去吧，只是他的妈妈没有推卷烙馍车——我看到一起走的都是家里最亲的人，他们还一起回来？

我很高兴，赶紧上去拉住哥哥："哥——你们可回来了！爸爸妈妈——"哥哥"嗯"一声，那一声没有声音，只是做了一个答理我的样子，爸爸明显一歪身子，我感觉他在瞪眼，妈妈倒是牵住我的手了，拉得紧绷绷的，好像在恶狠狠地用力似的，我很瞌睡，就往她身上躺。"毛丫，别闹！"妈妈声音低，但是严厉得很。

我一激灵，只好又松了她的手，回头去搬我放在苹果树下的小板凳。我看见他们都路过苹果树回家去，路上有一些没有被太阳晒干净的雪和泥，每个人的脚步走着，没有声音，有的往南，有的往西，我也赶紧跑进屋里去，屋里真暖和，我倒在床上就睡去了——

不知道睡了多久，我听见哭声，粗粗的压低了的哭声，跟林伯母哭阿霞姐姐的声音不一样，像是那条流浪狗被打时候哭的声音，呜呜嗥嗥的——我睁开眼，以前我自己要是睡着了，会有妈妈把靴子给我脱去，还会为我脱衣服盖被子，今天我是被冻醒了，我睡的时候什么样，这会儿我还什么样，我自己没有拉开被子盖上，这会儿就睡得冻醒了——

我发现自己还是穿着靴子，就下床看，听明白了是哥哥的哭声，在小客厅里。我睡的小屋的门是关着的，我贴在门缝上看，呀——我差点惊叫起来，大冬天里，哥哥，哥哥只穿了一件短裤，在小客厅吊电扇的地方吊着呢，爸爸，爸爸——拿了一把小钳子，钳他的腿——“看你以后还去工厂偷那些铁块——再让保卫科逮住，我直接宰了你——不成器的东西——”爸爸的声音又低又粗，他说着，气得哆嗦，妈妈在也哭，哭着说：“大头，你改了吧！”哥哥也在哭，哆嗦地哭，他肯定又冷又疼：“我再也不会有下回了，我保证我保证我保证——”

我听明白了，是哥哥他们偷了矿上工厂里的铁拿去卖，被保卫科的人抓住了。这样的事，在矿上经常有，有孩子也有大人，就像挨着厕所住的胖巧玲和她弟弟国兴去扫煤，捎带着弄点铁卖钱，让保卫科的人抓住好几回了，有一回还罚款十元，胖巧玲还笑嘻嘻地说：“我的娘呀，这回可是赔了老本了。”她的总是拖着两桶鼻涕的弟弟国兴说：“姐，赶明儿咱加倍捞回来！”他们说笑着，在巷子里走着玩着，还把铲煤的铲子碰装煤的桶，叮咣咣，跟敲着锣似的，走过去了——

矿上的一些大人们偶尔也会去“解决解决伙食”，说是“这个月，工资花空了，接不住了，到工厂那想想办法——”其实能想什么办法呢，就是去抬根工字钢、拿点铁、铜电线去废品站换钱。工厂的一边面对着运煤的另一条铁路，没有院墙也没人看守，谁想咋走谁咋走。

这样的事不稀罕，但这样的事是不能出现在我们家的，爸爸妈妈说过：“饿死不做贼”“人穷志不能短”。有一回奶奶生病，妈妈寄走了那个月里她和爸爸开的所有工资，就让爸爸到工会借“互助金”回来买米买面，又开工资的时候马上催着爸爸去还了，她还说：“好借好还，再借不难。”

这样的爸爸妈妈肯定是把哥哥偷铜卖铁又被保卫科逮住——当成奇耻大辱！爸爸又在拿钳子钳哥哥腿上的肉，我看见哥哥挣扎着躲不过，我的心都痛得冒着烟儿了。

我再也忍不住，趴门缝上放声地大哭起来——哇——

妈妈过来抱起我：“毛丫不怕，你哥犯大错了。”

那一晚，我睡在哭声里，哭着睡，哭着醒——我不知道哥哥什么时候才被爸爸放下来——只要我醒来，我就听见哥哥压抑的哭声。

4

第二天早上，就是新学期开学了，哥哥说：“妈，我以后重新做人。”他把通知书给妈妈签字，说：“我以后再也不会考这样的分数。”妈妈哭着给他签字，爸爸痛苦地闭着眼睛，他不看，我却看见，爸的脸上有两条小小的水蚯蚓。

太阳又升起来，照在窗户上，小兔子又来叫哥哥开学报到去，还是一副不痛不痒的样子，好像什么事也没有发生。他叫“大头——大头——上学去——”没有人应答，我看看爸爸妈妈，他们只当没听见，我想着我哥哥都被爸爸用了大刑了，他还有脸来叫叫叫——我气呼呼地要开门骂他，哥哥挡住了我，他对着门外大声回答：“你们走吧，以后也不要来叫我。”

我和哥哥一起出门来，哥哥的腿掩饰不住地一路拐着，弯得直吸嘴。远远地，我又看见，苹果树下，那几个等待哥哥的身影，在那晃来晃去，轻松无比的样子。

难道他们没挨揍？后来也听小兔子妈妈给我妈说，他爸洗澡回来也想收拾他来着，看他睡着了，他妈说：“他保证过了，小孩子知道啥呀？回头慢慢说他！”他爸也就罢了，后来一上班一忙，他这回事也就给搁下了。

小兔子给他妈说的，那晚上，大鲫鱼的爸爸在后妈的撺掇下，他爸爸照死里打，他第二天早上连早饭都没混嘴里，脸上带着他爸抽的皮带印，但是他爸上早班一出门，她后妈搂着小弟弟还没起来，他就跑出门了，他跟人说他出来的时候，还把洗衣粉放到后妈的茶水缸子里——他恨透了后妈，对他来说，挨打比吃他后妈做的热饭还多！他一出得那个门就跟鱼得了水一样忘记了昨天的一切，重新精神抖擞地站在巷子口呼朋引伴了。

小兔子的妈跟我妈唠叨说：“花豆儿倒是在奶奶的保护下，没有挨打，姑妈数落他一顿也就回家去了。”有一天，他奶奶在街上见到我妈也还打听呢，“听说你家把大头吊起来打，现在还天天不让出门了？”“何必呢？”她说，“这算多大点事儿哩，”花豆儿奶奶说，“那些大人不还都抬铁、铲煤去卖的嘛！”

妈妈却不这样认为，他们说：“小时偷针，长大偷金，况且这已经都是铜跟铁哩！”随后的一段时间，爸爸有时还会敲打着哥哥，“你要长志气！男子一言，驷马难追！”爸妈还给我和哥哥说：“人家咋做是人家的事，咱管不着，你们必须干板直正！走过去，要叫人看得起！”

我当时很发迷，大鲤鱼、花豆儿跟小兔子他们怎么那么有扛劲，他们不在乎！可是我哥快被我爸打傻了，对我们家来说，是大地震了一场。

那天早上，我看着他们没事人一样，就来气，扶着哥哥，想赶快走过去。

哥哥的脸色像我摘过的青苹果那么硬邦邦的，我们拉着手，往前走，走到他们跟前，我看看苹果树，苹果树正在发新芽，哥哥的眼神也是硬硬的，看着前方，旁若无人，径直走，我们走过去了，往学校去。

那一年，苹果树开满苹果花的时候，他们又来找过哥哥几回，好像很想让哥哥出去，哥哥不容置疑地说：“我爸我妈不让我出去，你们自己玩，别再找我。”

也许是爸爸打得很，也许是哥哥说话算数，从此哥哥只在家里陪我学习，我们一起写作业，妈妈在矿上图书室里当管理员，来回地借很多报纸和杂志给我们看，越看越有意思。又一学期过去，苹果树挂着新的果子，我又考了双百分，哥哥考上了市十一中，算是市里一所较好的中学，小兔子、大鲫鱼、花豆儿他们继续上矿上办的企业中学上学，学校的混乱很出名。

5

一年一年，巷口的那棵苹果树，开它的花，长它的叶，有时挂着青果，有时也没有果实，但是哥哥年年都长果实，成绩越来越好。哥哥与他们彻底分开了，人生再没有交集。哥哥也再没有分心，六年后，他去读大学，国内国外读研读博，后来当我也大学毕业，我们搬家离开那有一棵苹果树的小巷时，哥哥已在芝加哥的大学里做教授。

曾经每回回来，哥哥都要经过那棵苹果树，经过那里，他都望一望，我有时想问，哥是望树上的花，还是望树下的光阴？反正，他每从树下过一回，都带走苹果花的香。

小兔子、花豆儿和大鲫鱼他们，天天也会经过那棵苹果树，花开花落，光影婆娑，上了中学的他们跟闲杂的社会青年伙在一起吃喝玩乐，很是逍遥。

花豆儿的奶奶在他读初中的时候就死了，他的姑妈自己有三个孩子，姑父也在矿难中死去了，姑妈没精神气儿多管他了。他一个人住在奶奶生前住的排房里，不知啥时候就染了毒瘾；大鲫鱼的后妈容不下他，他时常去花豆儿那打游击，游击来游击去，他们今天跟狼儿一群，明天跟狗儿一窝，跟着到处去游击、伏击，游击这个，伏击那个。

街上走，巷子里见到，他们渐渐不再跟任何一个人打招呼。我偶尔也会看见，他们在苹果树下调笑，眼光一瞟，瞟一眼那树和那天上的云朵，把一地苹果花，踩啊踩，蹦着踩，踩成泥，笑着甩，甩脱了碎花瓣，甩不脱脚上的泥，花啊灰，尘飞扬，他们笑得无所顾忌，笑成满脸大白牙。

高中也没上，大鲫鱼和花豆儿跟着队伍到处伏击。几年之后，在一次春季严打的时候，两个人同时被判了刑，他们去服刑，那时候苹果花也开得无所顾忌，汪洋的花朵粉白粉白，满了天空，天空不空，他们看花的眼，如同倒了的核桃车子，哗哗啦啦一下子全空了，很空很空。

小兔子的父母用小生意赚来的钱，在他高中毕业的时候，托人给他招工进了矿上的采煤队。巷子里的人说，刚上班的时候他倒是很正经地干活，积极上进，卖力得很，在地下800米处整日铲煤，从不休一个班，工资很高，还多次被评为“采煤标兵”，脱胎换骨了的一个人。可是，总会有大鲫鱼、花豆儿他们，还其他一些“外面的人”来找他，不见都不行——我想起来，在哥哥假期回来的时候，苹果树下遇见，他还专门打听过有没有路子介绍他去南方打工，他说他想换环境，想摆脱，想摆脱什么，“想换个地方重新开始混——”他说：“那些一起混过的人总来找我，缠着我，队里做事也不公平，黑得跟我挖的煤一样黑！”他当时给哥哥讲了队里对他不公正的一件事——他的采煤量在青年工人里头排名第一，民意测评的票也最高，可是在提干的时候，宣布提拔的是一个才进队几个月的哪个副矿长的小舅子……他直接给哥哥说，这个事对他太“毁灭”了，他不想再挖煤，一锹都不想再往起铲——然后他又给哥哥说，挖煤那活儿多苦多累，井下高温，一年四季都是三四十度，工人成天出汗，不见光，不见风，沤得裆都烂着，六块石头夹着一块肉在地底下，“我也是真想跟哥儿们你一样啊，想活得叫人看得起，可是——唉——”他叹着气，直摇头。

冬风一吹，苹果树的光秃秃的影子晃着，淹没了他的叹息，哥哥想着帮他，利用假期在家的时光，特意托付南方的同学帮他问过两个工作，可是小兔子都不符合条件，不懂电脑，不会一点电工之类的手艺，哥哥说，总不能让他去扛包吧，形象有点小问题，去当保安人家恐怕会挑剔他。哥哥的同学人脉有限，也帮不上他了。哥哥那年考研，初春去复试的时候，在巷子里见到他，特意给他说，你千万别放弃自己！

可是，那一年苹果花开到荼蘼的时候，警车响着把小兔子装走了。那是个中午，大人下班，学生放学，我读高三，再有几个月就参加高考，骑着单车放学回家，车子推不进巷子，巷子里挤满了人，警车就停在苹果树下，一会儿看见两个公安战士押着他，一脸颓丧，他走出来，被推上警车，苹果花碰落在他身上，我看见他好像深深呼吸了一下，是吸苹果花的清香吗？看见我，他把头歪到一边去，我低下眼睛，不能再看他。警车响起来，他被带走了。

人群里有人说，他前几天跟队长打了架，挥着烂啤酒瓶子把人伤了，挺严重！也有人说，他整天狐朋狗友地瞎混。可是，我真的听他说过，他不想过自己现有的日子，他也想做一个，让人看得起的人。

我的双眼被飞在空中的苹果花屑迷住了……

6

多少年之后，小巷的人和事，在我们心上也变成一朵朵苹果花的时候，说起小巷，说起那一棵苹果树，哥哥感叹，那时候他经历了少年时代的一个魇——所幸，他醒了，被父母摇醒了，自己也挣着要醒；而他的当年的小伙伴们——他们，很不幸，没有人及时摇醒他们，一直魇着，以至于他们之中，有人后来想再挣脱，都难；魇得深，醒不了，朦胧醒着却也睁不开眼，终究睡着，淹没在魔一般的魇里——

魇是魔吗？魇离魔有多远？魇是“厌”的，还有感觉；而魔是“麻”的，失了感觉。少年的魇里，是魇不一样，还是梦不一样，还是那一棵苹果树不一样？让那魇住的人醒与不醒不一样。只是，醒与不醒的梦与魇里，那一棵苹果树飞了起来，它盛开的芬芳，一朵，一朵，令人掩鼻难抑。

第三辑　煤矿上的绿萝

煤矿上的绿萝

1

高高的井架,岩,石,矿,煤,男人——

在煤矿上行走,时不时,在这个那个角落里,在这个那个工作间或办公室,会见到一缕垂下来的青翠与碧绿,是绿萝,一种见水就能成活的植物,在一个花盆里,一只废掉不用的碗或缸子里,也有在一个纸杯里或半截塑料瓶里……它们在灰灰的煤矿天地里,在穿了沾着煤灰的工人穿梭行走的矿区里,在来来往往的深蓝工作衣星罗棋布的地方,有这里那里一枝、一片、一团、一簇的盎然绿色,明亮了,清新了,温暖了,生机勃勃了——整个煤矿。

2

在蹲点的煤矿,有一个曾经在初中同班学习过一年的女同学。辗转得到联系方式,我去她在的机电队的开关车间找她,碰巧她不歇班。看着那么大的充满了钢疙瘩铁机器的大车间,铁和油腻的气味弥漫着,升降机轰隆隆在来回运东西,戴了手套、穿着帆布工作服的女工人、男工人,在忙碌,在照看机器、修理开关、拆卸安装……同学不在,我离开,路过他们的小小的休息间,那其实是一个小过道,里面满是师傅们的日常用品,碗筷、梳子、小镜子、牙具、衣物与鞋,灰灰旧旧的盆架、油油腻腻的水盆,盆缺一角,盆里的水很清澈,堆满各种物什的货物架,杂乱不堪地摆放着带有主人气息与温度的各样用品,一盏黄晕晕的小灯泡悬挂在过高的车间穹顶,有光，很微弱；正值冬日，车间大，没有取暖设施，这里温度低，又凉又冷地流淌着寒气，这样那样坐卧着物什的货架上青茏地立着一抹绿色，是扎在可乐瓶里的一枝绿萝，清新而美好，温暖如春的模样，给硬邦邦的空气，注入了温馨甜蜜的气息。

第二天，我见到了她——我的初中同学丽珠。能够寻到她是偶然也是必然。来蹲点的时候，我就有隐约的思忖，印象中有几个初中的女同学家里是这边矿上的，但具体是哪一个矿，我并不知道，只记得，每到周末，住校的她们会往这个方向坐车，被家长接走或等公交独自回家——当时有个女孩儿叫军利，热诚、善良，性格爽快，我们坐前后桌，她中途转学回矿上，留给我一本精致的日记本令我印象深刻；一个叫万平的女孩儿，因为妈妈有病经济拮据也回到矿上的学校，但她走的时候，特意托同宿舍的同学归还给我一枚五分硬币，说是一次买冰棍借我的——因为没钱转学回去，却这么清楚地记得还回五分钱，让我感动不已；时常萦怀的还有初中毕业那年，一直坐我后排的欣，她很洁净，有条理，讲卫生，住宿的床铺总是收拾得一尘不染，我们一起在总复习的时候通译了所有的文言文，在晚霞满天的时候，两个人那种完成任务的喜悦和轻松的感觉，跟漫天彩霞一样，在记忆里虽淡淡然却是涂抹不掉……去矿上蹲点后，潜意识里，我想与她们重逢。而真正来到矿上，匆匆又忙碌，基本是全新的体验，陌生的环境需要尽快熟悉起来，各样素材的搜集、人物的采访……我似乎又忘记了寻找她们。

在一次资料的翻看中，见到"煤矿珍珠"的一篇人物小稿子，写机电队一个女工，是开关班的班长，敬业、热心带徒、技术娴熟，名叫丽珠，被赞为"一颗明亮的煤矿珍珠"。当时看到，不以为意，后来坐着班车路过当年读过的中学，突然想起我们刚上初一的时候，曾经集体被一个老大爷"骗捐"，说是来卖牛，牛丢了，回不了家，让同学们凑钱给他；后来，一位女同学告诉我，我们被骗子骗了，那个老头又出现在别处，也是这样说的——而告诉我这件事的有好几个同学，印象深的一个名字叫丽珠，大家总叫她丽，我们座位离得远，借站在一起听这些话的时候，我问她，叫丽多好听，为什么作业本上写的名字是丽珠？她很温驯的样子，给我说，户口本上是丽珠。这个细节在灰蒙蒙的冬天，热烘烘的班车上，灵光一闪，我突然联想到，那篇稿子里写的她，会不会是我同学。

天天匆忙，终于有一天，我跟着采访的人物去开一场会议，我闲下来，把那本矿上的内刊又查找出来，从矿上的通讯录里找到电话，打到机电队，接电话的还不告诉我，直到我在的“大学生采煤班”电话员又接过电话给他们解释一番，见是如此，我没有要她的电话，只说把我的电话留给她吧，感觉她应该是我的同学，如此。她电话回过来，果然是的。她读了一年，就转学回矿上学校的，电话里，她居然提起我写过的“万平的五分钱”，她在报纸上看到过，想着是不是那个同学；她还记得我是扎着两个小刷子的瘦瘦的，居然也还记得我们班一起去植树，老师让我联系的车。我有印象的她是极细极瘦的，苗条的像一根绿萝那样——我脱口而出形容她，因为眼前的值班室里也有一枝绿萝，小小的一段儿，绿莹莹——像极少年时候的她！插在一个装了水的小瓶子里，是开朗又讲情趣的大学生副队长路翔随手摆弄的。她那边接腔答，可是现在胖了，胖乎乎的……谁不胖呢——我想象着，也像绿萝吧，发枝叶了，哗啦啦地绿呗！我也编排一下自己，年岁让我老让我胖……我们笑着，她问我在矿上的食宿与工作情况，也告诉我了她具体的工作地点。我说我跟大学生一起办公，还是我回头去找她吧，期待重逢。

有一份期待，揣在心里，不疾不徐，凡正已联系上，就像线团找到头儿，尽管各自忙，我以为我见到她，就也可以见到军利、万平、欣，或者还有别的同学们。

我们终于相见，在他们队里办公室里，她从里间走出来，我进门往里走，我们互相对视，我寻找她少年时候的痕迹，她却比我直接，“走在大街上，碰到一起我也不会认识，面对面我也不会认识你，认不出来了，一点儿都不像了！”我也是这样感受，确实，在我眼前的，是一个中年的妇人，胖胖的，个子不太高，略有皱纹，灰灰的发——我眼里，跟她眼里的，应该是一样的影像。我们坐下来叙旧，算一算，我们有三十多年没有见过，自从她转学回到这里，她的家，这个矿上，父母所在的地方。

相隔30多年，那时的我，那时的她，这时的她，这时的我——站在时光的河里，我们是四个人。

3

矿上的女工不多。在机关工作的女工也很少。煤井下现在是没有女工的。女工在矿上，犹如绿萝，她们出现的地方，总是令男人们眼前一亮。

宣传科的小焦给我讲，十多年前，她刚来上班的时候，那时矿门前的花涵洞和花廊都还没有修，下雨天，走过来，满脚都是黑的煤水，工人们就蹲在路两边开班前会，她从那里经过——

哇！哦！嗨！

工人们各样的起哄声，伴着口哨一起袭来，如同下着小雷阵雨。

小焦说，不是因为你长得漂亮，而是因为你是个女的。

小焦还说，不只是因为工人们“没素质”或者“素质低”，是因为矿上女工和年轻女孩太少。

所以，像看见仙女一样，见到女人，他们习惯性地惊呼，也是由衷地赞叹，以一种女性尤其是年轻女孩子反感的方式，就这样“搭讪”。

我也听到一个宣传干事讲，早些年他见过一回，刚升井的几个年轻矿工跟一个擦肩而过的女子“搭讪”，以这种特有的“粗野”又带有“调戏”的方式，遭到女子和同行男子的谩骂，居然双方动手撕打起来，惊动了保卫科和矿领导……

我也记得我小的时候，随部队转业的爸爸一起迁居煤城，那时候，刚上小学，有一次到矿上去找爸爸，看到的是办公室排房门前的阳光里，长辫子的小梁阿姨和几个叔叔伯伯们在比赛摔跤，爸爸见到我，很远就迎过来，说，小孩子不要来矿区，快回家！我委屈地说，老师让明天上课带算盘，妈妈让你给我去买算盘——爸爸不说话，这时候，那边的叔叔阿姨也不再比赛摔跤，他们说笑着各回各的办公室去。小梁阿姨的家就住在我家前面的排房里，她认得是我，就问，毛丫，你怎么到矿上来了？爸爸答，我去带孩子买个算盘，学校安排要学珠算！小梁阿姨却拉住我的手，买什么算盘，阿姨的借给你了！待我学完珠算之后，要还回算盘的时候，小梁阿姨回答她早有了新算盘，这一只就送给我了。后来，每当我用那只老算盘打小九九和“小燕子”的时候，就会想起小梁阿姨，想起她漂亮的两条长发辫，想起她就迷惘，阿姨和善又文静的样子，怎么会跟男人们一起摔跤呢？多少年后，我问过妈妈：那时候，那个梁阿姨怎么那么“疯”？妈妈却答，她是一个“识玩”的人——开得起玩笑，大家都好跟她闹着玩……那也太过分了吧，他们还动手摔跤？妈妈笑着说，他们表达友谊的方式不太一样……是呀，那时候，连个羽毛球、乒乓球之类的娱乐设施也没有。我不禁又想起来，我读小学高年级的时候，矿上成立了“青年矿”，安置一些矿工子女，他们的会议室就在家属区不远的地方，当时已有了羽毛球拍和乒乓球台，虽然不多，我却在放学的时候，总看到一些大哥哥大姐姐和叔叔阿姨们轮着打球的景象……长大之后，渐渐明白，他们一起打球，如同当年一起摔跤，是一种性别的亲近和友谊的传达——比如，小梁阿姨送给我的算盘，为那些叔叔伯伯或者他们的孩子们织过毛线手套、毛线衣；比如，我常见过的一对打羽毛球的男女最后过成了一家，他们是我小学同学米粒的姑姑和姑夫；听说我正在矿上蹲点采访“大学生采煤班”，如今和姑姑一起都在煤矿文工团工作的米粒告诉我，她们团还演过大学生采煤班的故事……回想幼小时候的记忆，想起那些过往的青葱的身影和笑容，又听到眼前的矿上他们讲述的矿上男工女工的性别比例，以及矿上的大学生们给我讲，煤矿跟战场一样，都是让女人走开——“如果没有女人，这世界会少了十分之五的真，十分之六的善，十分之七的美”，作为这世界上真善美的化身，如同阳光照耀花儿绽放，男兵看着女兵把眼睛看直了，男工看着女工，看得眼前亮晶晶……不是很正常的吗？

只是别过限，凡事有度——我蹲点的矿上宣传科焦淑华科长说，他们矿上一直推崇孝贤文化，礼仪和文明的浸润让企业更和谐更美好。

年轻的焦科长是一个有激情、很能干的靓丽女性，扎在一群男科长堆里开会，她总是那么显眼，如同那绿萝，点亮煤矿的单一颜色。有一天，我和她坐在她的办公室里聊天，看着她处理这样那样纷繁又琐碎的事务，人来人往，人进人出，我俩断断又续续地聊，小半天她跟我说话用了两个比喻，全是关于煤的。我讶然地笑，她也笑，说，姐当年也都是有理想的人呀！她给我讲当年的辗转，怎么在郑州大学毕业，怎么应聘上海的大公司，如何胜出，又如何被父母劝阻，为了大家也为了当时已回本地的恋人，最终放弃了向往的都市繁华，决然又无奈地回来，纠结地来到煤矿，上班，结婚，生子，丈夫的就业并不顺利，卖过保险，做过生意，跑过出租，参加招警考试终被录取，入警察队伍辛辛苦苦风雨无阻，十年警察队伍的磨炼，最近受到提拔……讲两个人的相携相伴，讲她与婆婆的相亲相爱，讲公公如何在她不会开车的时候，每天早上六点半开车送她上下班，然后自己坐公交回家，到她下班再坐公交来陪驾一起回家，后来慢慢放手，让她自己试着把车开回去，“如果不行，打电话还让爸来陪你开”……讲她的婆婆如何在她工作遇到挑战时，给予的精神和家务上的全力支持，“是婆婆鼓励着我当上科长的！”小焦说着，常常眼里闪闪烁烁地有泪光，一点一点，我感受到青年人成长过程中那些断裂和破碎，也分明看到挣扎和涅槃。“也都是有理想的人——”淑华说着，这句话我听到她说好几遍，望着她，青葱热烈的脸，美好清秀的眉眼，目光清澈坚定，神情里还有云一样的梦没有实现，是吗？忙碌的身影，充实的工作，也有疲惫不堪的时候，看到她的微信圈里，开车上班时候发的除了一点灯光全是黑黢黢的图片，下班的时候，发的路过街头，看到巷尾燃放的烟花，早七点二十开矿上的班前会，晚七点二十还在回家的路上，迎上接下，左右协调；作为宣传工作者，她在晚报上看到丈夫接受采访的文字和图片被发表出来，诧异地祝贺丈夫在岗位上已成长得如此优秀；矿上团购房她脱口而出“给我婆婆购一套，离草莓园近，我婆婆喜欢田园风光”；看到儿子的满分试卷，看到儿子“三八”节为她做的精美手工，她感慨又感动；路遇矿门口卖鞋垫的老人，她也出手相购“帮帮老人吧”……她口口声声说，自己是一个“胆小”的人，害怕让家里任何一个人不高兴，也不愿意让同事朋友们不舒服……你需要做一个多完美的自己，才可自己的心意？上情下达，穿梭忙碌，迎来送往，似乎一刻不停，我的蹲点驻扎，她往上汇报，向下安排，食与宿，采与写，帮助联络，安排下井，注意事项一遍遍交代“别抬头，低头走，慢一点”，连带上水都要亲自嘱咐，因为身体原因没有陪伴，还一次又一次带着歉意给我说“抱歉”，说“很遗憾”，说“没有服务好”……在我眼里，她在绽放，全力绽放，完整又美好——一如绿萝，竭尽她的绿，生机勃勃了她的全世界……

我也看到一位在我发的人物信息调查表上填写“理想没能实现”的女工小燕，她在服务队工作，是个服务员，天天清扫旅馆化管理的工人宿舍与办公室。见到她的时候，她一直笑，笑着答“正在努力实现理想”——理想是把工作做好，让工人升井后有个开心舒服的生活和休息环境，同时，也把自己的家理好，老公也是矿上的工人，让他安心下井，她自己业余爱好写作，希望把矿工的故事写出来。我问她，那为什么在表上填着“没实现”，她又可爱地笑了：“老师，为了能跟你聊聊，让你写一写我，我正在实现理想——”这个聪明的女子！她在她的诗里抒写“我是一片绿萝，轻轻地染绿身边的空气；我是一朵煤矿的绿萝，清新着太阳石的天地——我的世界不大，我的理想不小：温暖人类是煤的心意，让采煤人温暖是我的心意！”她还是笑着，轻轻给我说，刚结婚那会儿，总跟老公生气，后来有一次矿上组织家属到井下参观，无意中就下去了，下去才知道，在井下六块石头夹着一块肉身，工人是多么不容易；也才知道为什么老公下井回来，让他陪着散步他都说累，原来下井光是走路就累得脚腿酸……从此尽量多体谅老公，让他休息好，心情舒畅地上班。在班上，哪个工人话说得重一点，有个难听话，也不放心上，该咋干活咋干活，该咋打扫咋打扫，让工人们有个好心情。我看到她打扫的一层楼里，每个房间都有一个小小的玻璃瓶子，里边插着一枝碧绿的绿萝，我夸赞她和她的绿萝诗句，她却有点不好意思地低下头，拾掇那一丛丛蓬勃的绿萝……我记住了名叫小燕的她，记住她暖暖的笑容，也记住了她的诗："温暖人类是煤的心意，温暖采煤人是绿萝的心意"。

那天在网上偶然看到绿萝的花语是：坚强，温柔，承担风雨，默默奉献，青翠时光，清新岁月。矿上的女工们，矿工的女人们，一个一个女性，是一朵一朵青葱葱碧玉似的绿萝……

4

一个冬日的午后，我和同学丽珠，还有她的一位同事萍，一起去矿区后面的龙山上散步。

走过午后安静的矿区，丽珠和萍提醒逆行的我："靠右走！"我们一起靠右行，我也看到偶然有工人往来，全部是靠右边有序地行走，两三个人同行的还都是前后排着队。想起以前矿上，工人们来来往往，横七竖八得犹如乱市，如今干净整洁，秩序井然，环境怡人。"真是不一样，工人们都这么文明！"我不禁感叹。丽珠和萍给我讲矿上的对工人的培训，说"早都是这么文明了！"她们边走边谈论矿上的事、班组的事，老技术工退休后的传与接，哪项技术活亟须培训新人等等。她们是把矿当成家的，也是把企业的事当成家里的事来操心的。早听煤城的人们传说过龙山这里风水好，原来好风水在工人的心里——这两个陪同学朋友散步的中年女工，都这么敬业操心，我不禁笑了，夸她们的主人翁心肠……

三个人一起走，聊单位聊个人也聊家庭。丽珠把一句话说了好多遍，从那天我俩一见面，到这一路山行："可后悔，当初转学回来——那么好的基础，没有好好学，后悔一辈子！"是呀，当年的她，从考进小城最好的中学，却又转学回矿上的学校，是一种遗憾。我问她，万平转学有经济原因，你是为什么要回来？她说，当时也小，也不像现在的学校住校有人管理，那时候晚自习都没有人管，我都不知道是干啥哩，天天糊涂着过，学得也不好……回来以后，觉得可好，住在家，吃在家，可舒服，放学在院里还有可多孩子一起玩……她一直述说自己的后悔，一辈子都后悔——

矿上的学校管理松散，她高中毕业就招工进了矿上，丈夫是顶班来矿上的，当年公公是煤矿事故中死去的，她的丈夫和小叔就都招工进矿了。多年来，婆婆跟他们住，婆婆妈妈有喜也有忧，有乐也有烦，她也讲婆婆的琐碎和不容易，讲婆媳间的摩擦与宽容："毕竟公公那么早就在矿难中死去了，婆婆拖儿带女也很作难，就尽量不跟她计较，丈夫在矿井下工作也不容易，从采煤工人干到采煤队长，又累又操心，不想让他为家里的事分神……"以她温软的性情，想得出，也看得出，丽珠应该是个好媳妇。

丽珠讲婆婆的"局限""心窄"：以为城里的姑娘看上了她儿子，巴结就要嫁他，其实，我同情他，也心疼他……这是"爱"呀！她都不懂！一如她讲自己当年的"局限""眼窄"——咋就一定要从那么好的学校里转回来呢？这是后悔呀！我也不懂！现在懂了，也没有用了——丽珠自解自说着。我们行走的路上，正好看见一个出租汽车呼啸着跑过，在前方却被拦截下来，一男一女父母一样的两个人堵住车头，呼着叫着，从车里拉拽下来一个十几岁的女孩子，看着车上的两个同伴乘车飞去，女孩子撞着地哭喊："我不想上学，我不想上学，我也要去打工——"丽珠的泪在眼里打转转："看吧，这个孩子长大一定后悔！"我无语，看着这一幕，看着丽珠，看着女孩在风里企图挣脱，又被紧紧拉住，那份挣扎的怒与哭，苦与泪，生命的，人生的，他们也是属于矿山的，在这矿的脚下，依之生，依之存，心和灵在风中的树上飘摇呢，还是如这女孩，一心想飞到矿山的外面去，逃避学业的辛苦，还是向往外面的精彩，所有的精彩都需要付出努力，不管是不是学业的支撑。可以不在学校的课堂上学习，终得在其他的课堂上修炼自己，不然，真的是，可以出得去的矿山，没有回得来的人生！

一如我的同学丽珠，她的心徘徊在曾经的一个梦里，有伤也有痛，有悔也有憾，守着矿山的人，就没有外面世界的向往与传奇吗？在女孩子的哭声里，我们走了好远，走到好远的地方，还听得到女孩子撕心裂肺的喊声，随着风，传得漫山遍野——

丽珠也在说她的女儿，复读高三，学艺术，她不放心女儿去京城闯荡，去年高考都不同意她报某某民营艺术院校，然后又分析那所京郊学校几十年蓬勃发展隐含着“硬道理”“会有前景”——女儿懂事也叛逆，说今年如果还是那个分数，就一定要去上那所学校，女儿喜欢那个学校，女儿的偶像某，就是从那个学校毕业的……

丽珠的讲述里，我看到矿难事故之后，那份人生的斑斓与世情延续，萍的婆婆也是矿难来矿上的。

当时萍的婆婆比丽珠的婆婆更年轻，年龄符合招工的标准，处理公公的矿难事故的时候，婆婆就接班来矿上，带着当时年幼的两个孩子。萍说，她和丈夫是煤技校的同学，当年看上他就是知道他家的家庭情况，而他对他妈特别孝顺，只孝顺这一点，打动了萍的心，想着那么孝顺的人，有责任有良心，对自己和家庭都会好，就嫁了他！小姑人也很好，萍说，现在还帮我买卖股票，说着电话就打进来了，隐约听见：“嫂子，今天多少多少涨停了，卖不卖……”萍讲自己的公公跟儿子一起玩——公公？跟孩子一起玩？

萍笑了，讲了婆婆的故事：婆婆那么年青来矿上，后来跟一个离休的老干部好上了，一直到她都结婚进门了，婆婆也没有跟人家领证，还是一次晚报上报道了一个老人二婚不领证在一方逝去后，产生了难以处理的财产纠纷，萍和丈夫拿着那份报纸给她看，还说领不领证咋着哩，一再劝她，领证婚姻才会受法律保护，两个老人才领了证。婆婆想得开，舍得钱，对公公的闺女和儿子都舍得花钱，其中有一次，公公的老大儿子因为赌博被拘，是婆婆拿钱把他赎了出来，出来之后就改口了，从此开始叫“妈”……如今公公瘫痪在床上，五六年了，都是婆婆一个人黑夜白天地侍候。萍说，家里人口多，情感复杂，但还算和睦，婆婆大方，小姑讲理，公公的几个孩子也不是事儿特别稠的人，都挺好的，就是现在婆婆很辛苦，一天到晚一个人守着公公，没有谁去替替她，一说轮班侍候吧，婆婆还坚持说，不用，不需要，其实想想，婆婆和公公是真感情，守着也是一种幸福吧。萍说，她是电焊工，这个工种到45岁就可以退休了，到时候能帮帮婆婆。

走着说着，看着漫山的冬树，树边偶尔的嫩绿，是大地的积蓄，是生命的坚忍与蓬勃，如一代一代的矿山人，那绿意萦绕的，真的是矿山女性，矿工妻女们，通情达理的坚持与守护——是爱是美是善良！

谁说的"世界上若没有女人，这世界至少要失去十分之五的真，十分之六的善，十分之七的美"。煤矿上若是没有绿萝呢？到处都是灰蒙蒙的……

我的同学珠和她的工友萍却不这样认为，她们说，看，还有蓝天白云朵呢，看还有这漫山遍野风景，还有这一地一地的青菜，多可爱！是的是的，蓝天白云，是生活的大布景，这谁也更改不了，它跟煤一样亘古永存，山上的树即便在冬日，谁说它不是自有韵味，这坡上、坳地里，多是矿工和他们的家属种的各样菜肴，有生活，有热爱，有色有香，活色生香。

在我心上泛滥"哀民生之多艰"的时候，她们提醒我，这样的生活，有这样的享受与快乐，安然而安详，日子如水，如同我们此刻的漫步、聊天，三个人，谁不说此时是一种幸与美？她们走在我身边，葱茏的心意，绿莹莹，是两枚晶晶然的绿萝叶片，漫山遍野呼啦都绿了，是煤矿上的绿萝染的。

我清楚地记得，女工部组织家属在井口接老公升井的情景，妻子给丈夫说——

知道你辛苦，可是，见了才知道，咋会这样？

满脸的煤灰，想象和看到，是不一样的感受，有一个妻子哭泣着说，直想把他领走——

老公，以后不给你生气了！

陪我下井的宣传科干事小芳，也是矿工家属，以前她没有下过井，每当她让丈夫陪同散步的时候，丈夫总说，可累，不想去。以前不懂，现在自己下一回井，知道了，就是累，原来这么累，要跑这么远的路，才到工作面，还不算要干的活……

真的辛苦，真的累，真的爱——

矿工，爱家人才吃这份苦，于他们，尽本分，是男人的担当，爱小家，爱大家，不会说，只有做；绿萝一样沉默的情怀，无声的奉献着，还有矿工们的妻，青枝翠蔓的情意，漫过心田，抚慰亲人的累与汗水……

会跳舞的合欢树

矿井下的家属院里有一群合欢树，铺天盖地的绿，如绿色的云。

你是一棵美丽的合欢树。妈妈说。

你是一棵欢乐地舞蹈着幸福的树，妈妈又说，你给妈妈摇来欢乐摇来幸福！

小时候的美妮，是一个体弱多病的小孩，见不得烈日，经不得暴风。

妈妈在门前也种下一株合欢树苗，陪伴美妮的童年和少年，别人上学读书，小合欢树叶一样轻飘的美妮，就坐在合欢树旁，听小鸟在微风里歌唱。

美妮和合欢树做伴，对着小树讲心事，说，我好想上学，上学，认字，认字……心里话让合欢树收藏在树梢头，长出片片嫩芽，绽开粉粉的花；心里话让妈妈悄悄落泪，妈妈去找矿上小学校的校长，校长说，这没办法，只能学生到学校来上学。

妈妈给校长商量：我替美妮上学吧，我来上课，回家教她。校长无奈，答应下来。

于是，一年级某个班里，有一个新生，出奇得不一样，出奇地用功夫，当然就是美妮的妈妈。

妈妈白天在学校上课，然后回家就教给美妮。

妈妈是个目不识丁的烧水工人，为了白天上课，她永远都上夜班，她吃力地学习，奋力地教美妮，终于，妈妈还是有很多应用题不会做，妈妈只会努力地读课文，认字。美妮认了字之后，居然又可以教给妈妈那些数学的应用题，这么做，这么解……

一日日，一年年，合欢树的叶子簌簌作响，美妮说，像碎银子摩擦的声音，真好听！妈妈说，多美妙，跟美妮成长的声音一样！她们在树下读书，看字，比画字——美妮的手指是不能够握住笔杆的，她只能用心在心板上写字，她的记性真好，心板上出现的字，就神奇地生根一样，再不会忘记——这是校长来家访以后，说给校园里的孩子们听的话。

合欢树摇摇摆摆，越长越高，美妮的先天性风湿症，居然在合欢树长到六个年轮的时候，奇迹般地大有好转，她可以抚摸合欢树，还可以偶尔玩一把合欢树下的泥土，手和腿的关节不再变形，不再疼痛——

美妮可以自己去读中学了。

合欢树枝叶繁茂的时候，美妮考上了大学了——大学不大，大学不高——那就是当地的一所师范院校，美妮和妈妈高兴得，在合欢树下摆上一桌葡萄宴，请来校长和老师，葡萄干和葡萄酒都是爸爸生前的哨所战友得知喜讯寄来的。

那一天，从来没落过泪的妈妈，双眼像小溪，止不住流淌——她说，总算对得起美妮爸妈了，把美妮抚养成人，感谢大家的一路扶助！

美妮也终于知道，自己并不是妈妈所生，现在的爸爸妈妈只是生身父母的生前好友，她的亲生父母是在一次雪崩中抢救天山脚下的牧童而葬身雪原的。爸爸是生父的战友，收养了她，转业来到矿上，却不幸因心脏病离世，留下美妮与妈妈相依为命。

美妮说，妈妈，我是合欢树，你是我的阳光，没有你就没有我。妈妈说，没有你，哪有我的欢乐幸福。

美妮说，我和妈妈合起来，就是一棵合欢树，合欢树的一根一叶里都是母爱的阳光——我摇动的是满身恩情满地爱！

“没有妈妈没有我”，“没有女儿哪来欢乐”，亭亭如盖的合欢树轻轻起舞，婆娑如银的响声里，阵阵都是你快乐我幸福的母女相亲，那爱的和弦，摇醺岁月微风……

丢了一枚钉子

骑车的时候，小若发现车子哗啦啦地响，妈妈说："你的车子丢了一枚钉子，快补上！"

她没听，其实是没在意，两天后，车子居然散架了，妈妈说："赶紧修好啊，不然多危险。"

妈妈的催促下，小若去修车子，电动车行的老板说："制动上的螺丝钉也没了，再晚来，真不知会怎么样。"小若一下子很后怕！

她想起来有个同事，骑自行车，从河堤上下来，前轮飞掉了，一下子从车上栽下来，毁了容。其实也就是一枚钉子的事，"卡前轮的钉子丢了，没发现！"同事流泪说。

小若也想起自己曾经也有一枚"钉子"丢了。她不会爱，只会伤害，最糟罪的是先生和妈妈——他们离她最近，对她最亲，正好被她失控的情绪和阴霾密布的心，伤脑筋伤到心尖上。妈妈说："你那时候，心里有枚钉子掉了。"先生感叹："你差点把咱俩都报废了。"

只因，小若是在不爱、不会爱、不再爱的情况下，走进婚姻。妈妈做主为她选的人，妈妈当然揪心不已。先生无辜。"爱你，心被你践踏着。"小若回想自己当时是疯癫的，从自己的情劫里走不出来。

"总算，你正常了，幸亏有我俩为你修复一新。"妈妈瞥一眼，余"恼"对着小若，先生却说："她也自救了的。"

是啊，丢了钉子，要找回来，找不回来，要找替代，没有替代，也要自造，要进行"心"的修葺。

多年以后，小若学习煤矿企业管理，看到"蝴蝶效应"，一次轻微的扇动翅膀，会带来遥远国都的惊天飓风。遥远的国都，遥远的距离，跨越的，连锁反应的，是空间的，也可以是时间的；飓风也有因果，不管是人生的，还是大自然的飓风——它都跟一枚“钉子”有关，你在意，或不在意，或没有在意；钉子是有形的，也可以是无形的，是物质的，也可以是理念和精神。

红尘里行走，谁没有丢过“钉子”？丢了一枚怎么样的“钉子”？

炎夏雨过天晴，空气清爽又透明，小若正悠闲地在西安书院街逛荡，她的同事在手机里传来另一同事的“讣告”，天哪，英年的、美丽的，那性情温和的一位后勤部门的女同事，她放弃了生命——优秀的儿子在国外读书，英俊的丈夫担当这家国企的副总经理，父母也是小城的头脸人物，她本人又是职务在身的。她是周围人眼睛里“幸福的人”。

为什么，怎么能够？可是，她是如此决绝，反锁家门，开了煤气，睡在厨房的地板上，再不起来。

曾经这位美丽的女同事在夜半给小若发信息，晨起小若发现，回复她“怎么半夜三更不睡觉？”她答：“睡不着。”曾经，她向小若问过一些很边缘的字词句，有的小若给出答案，有的小若查遍自己的字典资料，也不能回答。有天，偶然在网页上发现，那些好像是算命测运的秘笈文字……后来，她升职，离开小若的视线，如今，却以这样的方式闯进小若的心头——惊涛骇浪，掀在小若夏日雨后的安闲里，那闲云野鹤凌乱地拍打剧痛的翅膀——亲爱的，你的哪枚“钉子”丢掉了？是哪枚“钉子”如此重要，让你丢下如花的岁月、锦绣的生活？小若不禁在心里为她呐喊。

一枚心灵的“钉子”丢了，于是，丢了我身边如此华美秀丽的一个人啊！小若无奈地想。一枚钉子何其重要，小若也想起另一位男同事——

这位男同事，为人仗义实诚，偏偏苦家出身的他，节约成癖，以至于在婚姻里，对于花费开销也是心细到极致。后来居然离婚了，对方说：“不是过日子人。”一圈人像轮胎一样要爆掉：“不可能，他仔细，又节省的人！”对方不紧不慢地回：“是啊，仔细得很，节省得紧——不是过日子的人，一分钱看得比天都大。”

就这样，工作好，有大房，还有车的他，居然，一个一个女朋友地见啊见，从来没闲着，从来都是热饽饽，他却再没有结婚过。偶然有谈过的人说起："他人极好，就是小气一点。"

小气——不是毛病，自古以来节约都是传统美德，从来都是提倡的，可是，如果要是过了头呢，老祖母说过，什么都不要过了头，物极必反呢。小若恍然大悟，善良正直又多才多艺的他，是不是就因了这么一枚小"钉子"呢？让他把婚姻再捡拾不起。终究让他丢了什么。

小若不禁感叹——

每个人，每个物件，都有许许多多小钉子、大钉子，有的要害，有的要紧，有的不重要，有的不关键——丢与不丢，还要看丢的是哪一枚，哪个部位？

有的"钉子"丢了，伤心情；有的丢了，害幸福；有的丢了，却很要命……及时检修我们的物件、我们的心灵，维修保养生态环境，自然的，心灵的，人文的，让运行的系统都正常，都和谐，才有一己的舒适，小家的和睦，大家的幸福。

美好着，你的心，你的物，我们的生活，不要丢一枚钉子。因为丢一枚钉子，会坏一只蹄铁；坏一只蹄铁，会折一匹战马；折一匹战马，会伤一位骑士；伤一位骑士，会输一场战斗，输一场战斗，会亡一个帝国。

你的钉子是什么？你的帝国是哪样？不要丢了钉子，不能沦陷帝国。

母亲的花儿

五月花，开得正艳，像是妈妈的爱，像是妈妈心上的儿女。

一天在煤矿学校厕所里，我无意中听到在附近矿上当清洁工的一位母亲对同伴说："没他爸了。闺女也不知道体谅我，一个月三百块钱，她今儿要交这费明儿要交那费，要买这买那……天天还得要四块钱的零花钱，我自己五毛钱都过一天了……她都不知道她妈咋活着哩，还总是在这惹事、在那生事……我都快疯啦!"这个拉垃圾的浑身脏兮兮的母亲一口一声女儿的名字，我早听出来是班里被大家称作"霸王花"的那女孩子的名字。

当时，我在这所煤矿学校教课，记得清楚，有一次这可怜的母亲还找我证实"是不是交杂志费十二块"，其实是没有的事。她的处境、她的话语让我心酸不已，一种"可怜天下父母心"的疼痛充满我心胸，看着花坛里绽放的花，美好得就同那母亲的心，想想她那花钱如流水、昨天还在与人打架的女儿，我的心疼了，眼也疼了，看着阳光下的花，轻轻抖动，如母亲的心在颤抖，淡淡地，却很惨烈，如同这一份母爱……为着如此艰难困苦的母亲，作为老师不该放弃任何一个"无可救药"的学生，愧疚的虫子咬噬着我的心肠，刚才，我还想着，再有月余，就毕业考试了，索性，对班里这枝"花"，睁只眼闭只眼吧。

哪个女儿不是妈妈心头的花，妈妈任劳任怨疼着女儿，女儿可知晓妈妈的心有多疼吗？知道妈妈为了她的绽放她的灿烂、为了她的亭亭玉立她的浓浓芬芳，付出了怎样的了不起的汗水和心血吗？女儿可曾想过自己的所作所为是否对得起母亲红尘里的沧桑和悲哀？母爱如花，给予女儿一世的光艳，女儿可曾用懂事的心，回报母亲一缕霞色吗？母爱如花呵，母亲心上的花——我幼稚的女学生，还有天底下的未经年、不晓事的儿女们，用你的鲜妍和馨香抚慰母亲枯萎在人世间的泪花吧，不要再让妈妈失望，不要再叫妈妈心伤。

再上课的时候，我提问那个额发染成橘色的母亲的“花”，她说老师我不会，然后开始冲着同学们笑，笑成满脸全是大白牙。我启发着，她答非所问，一边还在呵呵呵笑，无奈地，我示意她，坐下吧，可是她母亲愁苦的声音在我耳边浓墨似的弥漫。都写练习题了，她依然在嘻哈逗着抢同桌手里的本子。我走过去轻声对她说：“你一直在玩是吧，知道妈妈正在太阳下拉车吗？”她低下头去，一会儿又仰起脸来笑了，我的心疼起来，我感到那颗拉着一车垃圾的母亲的心，也在疼，阳光底下，火辣辣地疼。

爱如鲜花，芳香美丽满天涯；孩子，不要等到它散落在地上，你才褴褛地捡拾父母这份如花的心意。

亲爱的托尼

托尼是孩子们的英文老师，他会学老牛哞哞地叫，也会学公鸡扑棱棱地跳，他还会端着咖啡杯，指着你说："NO，NO，NO！"一定是你读音跑了调！

孩子们喜欢托尼，超越了喜欢英语。孩子们说："他是一个可爱的老爷爷！""一星期不见托尼，吃肉没有肉味呀。"我家小儿叹道，装模作样的，好像他很爱学英语似的，其实，他更爱托尼。

孩子们去云南，去西安，去上海，都要给托尼带一只香包，一包"八大怪"，一枚海宝的胸针，甚至去北京，也没忘记把天安门城楼的模型给托尼带一份！小礼物不值钱，却充满中国特色，托尼每每爱不释手，眼神里充满惊喜，这么"中国"的东西是他所崇拜的。于是，我也感动了，和孩子们一起想着给托尼一份"惊喜"。

我这么想，是因为我太感动了，托尼对小城外教工作所做的卓越贡献把我感动了。为了不让孩子学成"河南英语"，一直以来我都没有给孩子报英语班，虽然各式各样的英语辅导班广告铺天盖地，也曾去试听，终究忍受不了那"语音"里流淌出来的地方特色。这个时候，托尼出现了。托尼是这么教"DIRTY（脏的）"的，他跑到门口鞋架上，拿来一只黑乎乎的运动鞋，举在每一个小脸前："DIRTY！DIRTY！"放学回来，女儿就指着儿子红领巾上的斑斑墨迹喊："DIRTY！VERY DIRTY！"儿子却指着他老爸的白衬衣领子大呼："IT IS DIRTY！"如此记单词，效率非常高，孩子们记住一个又一个。

托尼的课堂活泼生动，寓教于乐，快乐的孩子们说："TONY IS FUN！"这个有趣的英国老头，总是让孩子们眼睛放光。他的发音纯正干净又清晰，潜移默化地熏陶着每一双小耳朵。一次在西单图书大厦，偶然间跟一个老外搭腔，女儿一张口，我在旁一愣，发音很有味道，不再是我口中的中国式英语。更令我惊讶的是，女儿听对方说英语时毫不吃力，好像还很随意。回头问她，女儿答："听托尼都听惯了。"

望着托尼跟孩子们乐成一团，我常常想起那一段话："……毫不利己，专门利人，这是一种什么精神？"他真的是不远万里来到中国，来到中原小城。他的儿子曾经来劝他回去，但他说要留下来教中国小孩说英语。孩子们的舅舅在上海工作，一回到家，往往会感冒，他有一天埋怨道："每次回来都要感冒，家里的空气太糟糕了。"一个漂洋过海来到小城，且五六年从未回过家的外国老人每年都因为小城煤尘的污染感冒几回，但他从来都没抱怨过什么。这是一种无私奉献的精神！

托尼是一个虔诚的基督徒。托尼的上帝哟，请照顾好这老头儿，他是小城孩子的英语启蒙老师，他是小城人亲爱的托尼！

一颗晴朗的心

大均的父亲是矿上这所中学的老教师，大均是政策照顾顶职进校后勤处工作的工人。

大均有癫痫病。

大均的母亲是精神病，有人说，大均其实也是精神病患者。

这所学校不大，也不算小。我在这个矿上蹲点写作，也代一个班的课程。一介代课老师的我，心思只在完成教学工作上，对同志关心是不多的。

碰见过一次——元旦晚会前，大均对着工会主席说："我写一首诗，我出个节目，朗诵朗诵。"工会主席好像"嗯"了一声，也好像没接腔。

很同情地看着他离去。在我帮忙给节目写串词的时候，没有看到他的诗朗诵。心里不知为什么有一丝失望，想向谁说句什么，却也罢了，毕竟，我也知道，节目有所筛选。

午后，我听到宿舍楼外面的操场上有吉他声，下午上课去的时候，看到大均在操着他的吉他，练习他的朗诵："我有一颗晴朗的心，我有……"

我从一旁经过，心想，大均还挺有"才"的。

后来的某一天，宿舍里水管漏水了，我到后勤处找人修，大家各司其事地忙着，几个师傅没人顾得抬头，都对着置换下的旧电脑翻牌、打连连看，唯有正打瞌睡的大均，一下来了精神："啥水管啊，哪儿的水管啊，走，我给你看看去。"他拿了工具跟我到了宿舍。

卫生间的水龙头经他一拧，哗一下喷涌而出，我哭笑不得，手足无措。大均说："对不起，秦老师，帮你治聋子哩，又治成哑巴了，不中，我也弄不成了，得叫他们！"

于是他一通电话，打这个打那个，我也对着电话央求后勤领导，恳请帮帮忙。

好不容易，大水被治理了。我拿了一堆饮料谢他们，人家都喝着走了，只有大均，歪歪地走出了门，又折回来：“秦老师，我不喝，我不渴，你省两块钱吧。”

冬日阳光明媚的午后，人们还是会听到，操场上有吉他声，有歌声，有诗朗诵——那是一个人的演唱会。

“我有一颗晴朗的心——噢！看得见远方——那远方——”冬阳正暖，操场大杨树下，有一串响亮的声音，轻轻飞扬。

岁月深深，有晴朗的心，就会有浮世的欢喜，相随以远。

别拿浪漫折腾生活

矿上灯房的女工小悦一早就在盼望情人节。

她给丈夫吩咐好了，到那天就别下井了，休一个工，两人要多安排俩节目，送花，买巧克力，吃情人套餐，喝千岛玫瑰茶，另外，小悦又给丈夫留了自由空间，要求自备“才艺表演”。

从听到作业的时候，大河就开始绞脑汁刮肠子，无奈，自己确实不具浪漫细胞，眼瞅着情人节又一步一摇晃地来到眼前了，大河的才艺表演还没有编排好。

下井去检修了队里的仪器，升了井，洗了澡，换上干净衣服的大河闷着头走在路上，心里说：“都怪自己当初看上小悦浪漫可人，现在倒好，成了浪漫烦人了。”

走到矿大门口，突然，他停了下来，一直闷头走路的他，发现脚下一大堆小蚂蚁，莫非蚂蚁也要过情人节了吗？大河弯腰观察，噢，原来是半拉贴着蜂蜜标签的玻璃瓶子。

大河好脾气地看了一会儿，带着微笑走过去。大河走了好远，回头望了一下，突然他的脑子里亮了一下。

大河猛地快跑起来，跑到那堆蚂蚁跟前，连玻璃碴子一起捧起来，兴冲冲地把它们秘藏到工具箱底层抽屉里，还新买了一瓶蜂蜜，挖出一疙瘩给蚂蚁们吞食。

迎着夕阳，大河脸色明明亮亮地走出队部，踱回家去。见小悦正在厨房做饭，大河气定神闲地说：“明天的节目排练好啦！”小悦小狐狸一样的眼光朝丈夫闪了闪，并不作声。

第二天下午，大河要开矿上的团支书会议，不用下井，也就不用专门请假休班了。他送儿子上幼儿园，订花，订午餐，取花，买巧克力，接小悦，献花，献巧克力，吃情人套餐。好在中午儿子在幼儿园不用接,餐后就是下午了,大河就又送老婆上班,当然,残花,剩巧克力也归他提溜着,嫌不好意思,送罢小悦他又赶紧转了弯,把这些东西运送回家里,然后再自己匆匆赶去矿上四楼会议厅开会。情人节是会前姑娘小伙的好谈资,大河不多言,他感到自己上半天折腾得挺累,可还是像上了发条一样开始计划晚上的事宜。

下班,接孩子,接小悦,一起去烛光晚宴,喝千岛玫瑰茶,小悦沉沉静静地,仿佛回到了清纯的小姑娘时代,以至儿子打翻了茶碗,她都是无声地拿纸巾轻轻擦拭就罢。

终于一家人静悄悄地走到街道上了,眼看快到家了,大河感到小悦的表情有点不是静悄悄的了。大河心知肚明,但是假装没看见,因为他中午回家的时候已经把才艺展现在墙壁上。

大河牵着儿子故意落在后面,小悦开门开灯,看到客厅那面干净的墙面上,有一行黑黑的字,歪歪扭扭的,仔细一看,居然还在动,啊,是蚂蚁!它们扭动着腰肢排成三个字:我爱你!

小悦眼睫一颤,是惊讶!心里也一颤,是惊吓!

当了一天小仙女的她终于又喜又怨地尖声叫起来:“谁教你用蚂蚁说‘我爱你’的!这么多蚂蚁可怎么弄出去啊?”小悦拿起了扫把,大河也跟着行动起来。

儿子眼睛没神已在打瞌睡了,可恼的是扫出去的蚂蚁又开始往回爬。小悦又急又无奈却不好抱怨,竟然憋出眼泪来。“把你的蜂蜜拿来!”

“你想干什么?”看着小悦用刷子淡淡地蘸蜂蜜往地上刷,往门外刷,大河倦倦地笑了。“悦啊,‘我爱你’不能写门外,外面只能写‘浪漫’,啊?”

小悦扑哧也笑,“往外面刷‘折腾’,把折腾关门外。”看着蚂蚁纷纷往外行,一家人累累地去睡。“悦啊,可别再拿浪漫折腾咱的生活啦。”

一树桂花静静开

美妮的妈妈很穷，穷得家里只有她和女儿美妮。

我们认识美妮的时候，她就没有爸爸。美妮说，她的爸爸是解放军，扛枪带兵不回家。一群小朋友里面，没有谁的爸爸是解放军，大家多么羡慕美妮呀，因为她的爸爸是解放军，在我们的小人书里，解放军都是英雄啊！玩着玩着，我们居然把美妮也当成了小英雄。

后来，我上学了。美妮也上学了，我们都长大了。长大了，我们才知道，美妮家里是多么穷。她买不起本子，没有漂亮的花裙子，也没有好看的书和水彩笔。有一次我的弟弟给了她一块泡泡糖，她连嚼也没嚼就咽下去了，吓得弟弟赶紧往家跑："妈妈，妈妈，美妮要死了，她把泡泡糖咽肚子里了。"紧跟在后面跑来的美妮听到了，哇地一下大哭起来。

读小学了，再没有谁羡慕美妮，也没有谁再羡慕她有一个解放军爸爸——因为，谁也没有见过她的解放军爸爸，她的解放军爸爸从来没有回来过。读初中的时候，我终于从大人们口里知道，美妮从来就没有过解放军爸爸，她还没有满月的时候，她的爸爸妈妈就离婚了，她爸爸不要美妮和她妈妈，也从来没看望过她们。那一晚，我在日记里记下这个秘密，睡在床上，还独自为美妮掉下眼泪——想着她多么可怜，是一个没有爸爸的孩子，她自己却还不知道；又想着美妮的妈妈，一个多么可怜的人。美妮的妈妈本来就是这里煤矿上的临时工，后来又被矿上裁掉了，只能去街道上打扫卫生。她总是一副不讲究的样子，头发常常乱蓬蓬。夏天的时候，我们不愿意走近她，因为她的身上有一股垃圾的味道。

美妮却不一样，美妮说，她妈妈的身上有花的味道。我试探地问美妮："你真的闻到你妈妈身上有花香？"美妮笑着点点头："我妈妈是桂花树，看不见的花最香，儿不嫌母丑，我当然知道我妈香！"她自豪地一仰脖，俨然小时候，她说她爸是解放军的神情！

有一天，我正午睡，迷迷糊糊地听到有人说话，原来是妈妈和美妮的妈妈在聊天。我听见美妮妈妈说："我有美妮，心里就幸福，美妮是我的宝贝，再穷我也不觉得苦……"她跟妈妈道再见，我起床问妈："妈，她是不是又来借钱呀？"妈妈说："是啊，顶不住了，说是美妮要参加演讲比赛，给她买一件衫……"

学习一向都是第一的我，这次演讲比赛却栽了——栽在美妮名下，她第一，我第二。美妮演讲的时候连评委老师都感动了。她讲的是她和妈妈的故事，讲妈妈如何倾其所有地爱她，讲她的解放军爸爸是妈妈心里编出的花，种在童年里，陪伴她长大，其实，她已知道自己没有那样一位解放军爸爸，只有一个一心一意爱着她的好妈妈，"一树桂花静静开，我的妈妈就是一棵拼命生长的桂花树，万千层的密叶是她为我在操劳，浓荫里裹着一蕊一蕊金黄色的芬芳，那是我的穷妈妈对我的疼爱……"

美妮的演讲同样打动了我，我深深明白美妮是在用"心"演讲，而我们更多的参赛选手只是用嘴巴演讲。这场演讲潜伏在我内心深处，久久不忘。

如今的美妮，她幸福依然——她是她妈妈心上开着的金桂花呢！

老男孩的春天

我所认识的老韩，是一个老男孩。

认识老韩好多年了，他是爸爸所在煤矿的一个通讯员，那时我管他叫叔叔。

多年后，我参加工作，回到小城，他终于结了婚，不过，过了不到一年，又离了。

我很奇怪地问他："你为什么要离婚。"这时，我什么也不叫他，因为已张不开口叫他叔叔，感觉他一张挂了霜的老脸，却是娃娃相，也许是职业病吧，总像个孩子似的表情，嘿嘿笑着，讨好人的样子，看来是给首长们当兵当习惯了，首长拿他当小孩子看，周围人也这么待他，有讨好，有爱怜，谁让他离首长那么近，谁又让他总那么乖巧——以至于，四十大几了，人们，跟首长一样，叫他小韩。他乐呵呵地。

记得小时候，听人话里说过他的几次失恋，我的妈妈还开导过他，被放学回家的我看到，他抹眼泪，妈妈给他递毛巾的景致。

感觉他，和周围的男人不一样，好哭，很"幼稚"。

工作后，我终于不想张口叫他叔叔，有一天，我半真半假，叫他大哥，他笑了："早知道我这叔叔当不成了，你要长辈份。"然后，两腿一剪，哼唱着他的主打歌"爱的春天不会有天黑"，溜溜烟跑走了。

于是这么定了，就叫大哥了。

大哥挺够份儿的，当年我失恋，他开了车，带我四处兜风去。附近的景点，都是他领路，我或者我和闺密同游。他还劝我，以他的自身经历。听他讲金经，也是可笑的，我却并不笑。只在心里琢磨他的故事，恋着一个相好的，被人利用，他说，他自愿的——替人家求自己的老领导,提了干,换了岗,人家却把他甩了。他说他不怨她。

再后来,他跟一个中意于他的女子结婚了,那个"利用"过他的"她",又从中"作梗",他居然天真地,不到一年,就离婚了。他说他要离的,心不甘。

再往后,他的"她",依然若即若离,依然并不嫁他。周围人发现他其实已经后悔离婚,却嘴硬。明眼人说,他是又让人给"捣"住了。

老韩那个时候,是落寞的,时常开车进山,再叫我,我已不跟他瞎逛,他笑嘻嘻地说我:"看看,你失恋我陪你,我失恋,你连问都不问一下,连司机都不叫我当哩,嫌我是灯泡了!"我不理他,对他的话,也从不认真听,总觉得,他真的还小呢。

终于又有一天,他给我们说,他和前妻复婚了。我笑他:"还离婚不?"他嘿嘿笑着说:"不敢了,琳说,再离就杀了我哩!"他自我解嘲,"爱的春天就天黑哩!"

"老实待着吧,可别让人家杀了你。"他还是笑,一脸职业的笑,通讯员的标准笑。

十几年过去,当年叫他叔叔,改口叫他大哥——这样的我等,已婚了,孩子都上学了。

他还是不打算要孩子,闲着心思去看他当年的老情人,回来后给人们讲述:"到了老地方,见了老情人,老情人的脸,那么黄……"

渐渐地,我已随着大家叫他老韩,已成中年妇女的我,感觉他更像是一个大孩子,有时,也叫他小韩。感觉他可爱的跟孩子差不多,纯净,温和。有时候,我对不住地给他说:"韩,我这么造次,你不恼呀?"他依旧嘿嘿笑:"这有啥。"

他好热闹,也好帮人忙。时不时地,有点小事,来扰我,干脆利落地给他办了,他高兴地什么似的,抿着嘴角,弯着腰地乐,满脸都是高兴,就是不说谢谢两个字。想想也是,他跟的那些领导们,恐怕嘴里难吐的就是这俩字,他全放心里存着呢。这么想着我倒笑了。想着,下次来办啥,让他先搁这。真这样了,他惶惶不安地,通讯员本色,又来了,对我,也像是冲着他的大领导。我不忍心再逗乐,忙为他打理,他那边,又开始充大瓣蒜!

一日,他竟然拿了错字连连的一堆纸一把字:“我写的稿子,你给我看看——”我看到他是写母亲的,“都赖我啥也不懂,还以为老人家在农村是营养不良,给她打一针 B12 却害死了她,高血压不能打营养针……”他说着泪涟涟了。

我不说话,默默给他改好,他拿走了,几天后,我看到他的字发表在煤炭行业报副刊上。

他来谢我,我说:“老韩,你就这回还出息,为自己的娘流多少泪,都是应该。可不要再因为姑娘流泪了,也不要给姑娘买狐皮了,给自己的娘连羊皮也没买……”看到他脸红了,我感觉自己揭短了,赶紧住口:“真的,老韩,希望你多为自己活,你自己生活安排好,老人会高兴。”

这之后,听说,他开始调理着要孩子,近五十的人了……

近日见他,依然嘿嘿笑着,依然哼着他的歌,歌词不知啥时变了,“我的春天不会有天黑……”

夏日的红太阳

小的时候，我家住的矿区家属院排房附近，有一个叫小米的小女孩。

小米家的房子有些特别——是很特别——她和爸爸妈妈，还有一个弟弟，住在一辆大篷车里。

小米的爸爸妈妈靠捡破烂维持一家人的生活，他们有时候会去矿上的职工食堂里讨一些食物，食堂的师傅也会存一些剩馒头给他们，有时候还有油榨的什么，他们一家人就欢天喜地地打牙祭。谁家的饭做得多了，吃不完的时候，也会端出去给他们吃。

那辆大篷车，是小米爸爸妈妈的工作车，捡来的破烂放在上面，拉来拉去，变卖成钱；那辆大篷车，是他们流动的家，白天的吃喝，晚上的睡眠，全在那车上；夏天的荫凉，冬日的温暖，也全在那辆车里。

我却喜欢那辆车，因为我看见，那辆车堆满"垃圾"，却很干净，而且，大篷上，还飘着一轮红太阳。

忍不住，我带着我的弟弟，总是想靠近它，探寻里面的故事，聆听小米和她的小弟弟的谈话。

夏日的黄昏里，我听到，小米的声音："小弟，你真的把太阳挂在我们的家门口了吗？"

小男孩细细的声音："真的，姐姐，不信我让你摸一摸吧。"

我看到，小米的小弟牵着她的手钻出大篷车，小米的眼睛大大的，长睫毛一晃一晃的。

我不禁拉着弟弟也走过去，赞叹："好大的太阳啊！"

"是谁？"小米警觉地缩着身体。"是住在这里的小姐姐和小弟弟，他们总来看我们的家。"小米的弟弟说。

我奇怪地看着小米的大眼睛，不敢作声。太阳一看就看到了，干嘛要用手摸太阳呢？我纳闷地想。

看着小米一点一点地抚摸那轮大大的太阳。我的弟弟终于忍不住，脆生生地问，“太阳是红艳艳的，你看不见吗？为什么还要摸一摸？”

小米一下子哭起来，她的小弟弟像一头发怒的小猪一样冲我们吼着扑过来：“不许说姐姐看不见！姐姐马上就会好，爸爸妈妈已经存了好多钱。”

我吓坏了，带着弟弟赶紧走，小跑着躲开小怪兽一样的小男孩。好久再不敢靠近他们的“家”。

直到有一天放学回家，看到妈妈在翻箱倒柜，弟弟也像调菜一样，在扒捡东西。“妈，你和弟弟在干什么，我都饿了，做饭吧？”原来妈妈在找我和弟弟穿过的旧衣服，包了一大包，说：“你和弟弟抬着送给他们吧，我去煮馄饨给你们吃。”

我和弟弟趔趄着，抬着小山包一样的衣服，小米的爸妈，正在支锅烧柴做饭，小米又在让她的小弟弟牵着手，一下一下地摸那轮红太阳。我看见，红红的太阳，摸得成了紫红色了。看到一堆衣服，小米的爸妈，谢了又谢，还硬塞给我们一人一把墨紫色的野山果，“叔叔在后山刚摘的，甜得很！”。

于是，我和弟弟，还有小米和她的弟弟，四个孩子围在一起，吃着山果，摸那轮红红的太阳，小米和她的弟弟不再生我们的气了。夕阳西下，我和弟弟拿出珍爱的彩笔，还有小米的弟弟，画一轮一轮的红太阳，送给小米，小米把一沓的红太阳抱在胸前，一脸认真，“我这里也有日出”，她点着自己的胸口，“我一定画更好看的太阳送给你们！”大家一起笑着，谈论太阳，谈论小米的眼睛马上就会好了，因为，他们的爸爸妈妈已经攒了一大把的钱，我和弟弟亲眼看见的，二十捆一角，十捆两角，六捆五角……还有三捆五元，一捆十元！一捆一捆，汗津津的，那是我们见过的最多的钱钱！“像海水一样多。”弟弟看过大海，他这样说。于是，我们坚信，小米的眼睛一定一定能治好的，这么多钱啊，比太阳光都多哩！小米也快乐地笑,大大的眼睛,眯成两只弯弯的小船。

不久以后,我们再见不到小米和她家的大篷车了,因为那天小米的爸妈说了:“停两天就去省城给小米治眼睛去,一定让她看见夏日最灿烂的红太阳!”我想,他们一家人一定是带着那轮明亮的太阳去省城了。

万木葳蕤的夏又到了,在煤矿蹲点写作,“六一”儿童节,我去矿区幼儿园采访,看到满园花朵一般的孩子在画天上的、心里的太阳。想起小米,她画了哪一幅太阳,天上的这轮,也是她画的吗?

倪　　裳

1

苹果花开了，那个跟苹果花一样鲜妍的女人，是小时候我住的苹果巷里，最俏丽的女人。

她是两个孩子的妈妈，常常一手牵一个孩子从小巷经过，一高一低两个挂着鼻涕虫的孩子，好像在为她的漂亮做陪衬，一个矮矮的胖乎乎那么黑，一个瘦弱，细小的像根葱——谁见了都要说："这哪像两个孩子的娘啊，分明还是大姑娘的样儿！"其时，她三十多岁，身材精致得好看，面孔白净，比涂脂抹粉都细腻，一样的布料，穿在她身上愣是不一样地好看，好看得不一样呢。长大了，我才知道，那身上裹挟着一种叫作风姿的东西，长在皮肉里，是一件天生的衣裳。

"倪裳——"只要她打巷子里经过，总有人叫她，那声音，就像看到了漂亮的花儿，无论如何要对着她吹一口气儿，于是，我也知道她叫泥衣裳，我不认得几个字，就是这样理解她的名字。

还是小孩子的我们亦会多看她两眼，看着她挎着菜篮去买菜，从巷口的苹果树下经过，树如伞，她如花。

她买菜时挎的那个小篮子，是用矿井下的放炮线编织的，红的绿的蓝的炮线，她编得也跟别人家编得不一样，更花哨，更好看，像她的人儿。

她有两个儿子，叫大平和小平，小平是大平的小尾巴，大平走哪儿，他跟哪儿。她妈妈的好看和她家这两个形影不离的儿子是她家的特色。

而她家那个老男人，总是不显眼，无声息地生活在巷子里，不被人注意，如果不是要问这两个孩子是谁家的，这个女人是谁家的，恐怕没有谁能想起来他。

巷子里的人都叫她倪裳，没有说她是老王家的或老王嫂子之类的，女人们叫她倪裳，男人们也会直呼她倪裳，也有人会含糊地称“那个娘们叫什么衣裳的”，也听到有人打趣“衣裳，还是泥裳？泥能当衣裳穿啊？”小孩子也会跟着大人们叫她倪裳。

倪裳嫁得这个老男人，是矿上掘进队一名三班倒的掘进工人，他比她大十几岁，知道的人都很纳闷——她，这么俊俏的一个可人儿，怎么会嫁了他，那么老。

哦，她是农村户口，是那老男人把她从农村老家娶进城来的。于是，大家明白了，为了商品粮，为了进城，为了……

这时候人们的表情，不再艳羡她的俏丽了，似乎此时她的漂亮也打了折扣，带了令人可揶揄嘲笑的理由——还会有女人刻薄地说，怪不得叫个衣裳呢，不就是个衣裳架子嘛！

不管怎么说，真的是，什么样的衣裳穿在她身上，总是那么有模有样，我去妈妈上班的图书室里看书，看到一个词——风姿绰约——查了词典之后，我想象的那副样子就是倪裳惯常表现出的那个样子。

出众的她，巷子里走过去，总能拴了男人们女人们的眼线，一根，一根，目光牵着她，还是她牵着这些个人们的眼睛，能走出好远。

2

我也常发现总会有这个叔叔，那个伯伯的喜欢凑到她家门前的空地上搭场子说话，其实，她家门前的空地是排房里面最小的一处了，因为另一面墙壁挨着公共的厕所，也只是在男人们在她家门前扎堆唠嗑的时候，她家的老王才显现出来，这时有人会高声喊：“老王，叫你家倪裳端板凳来”，也有人嚷：“老王，叫你家倪裳烧水喝,渴得不行——"

老王这个时候,会清着喉咙呜啦啦地说:"叫嫂子哩,咋叫名儿?"

有人又嬉笑:"嫂子的名儿多好听呀,叫倪裳不比叫嫂子听着得劲?"

然后,又会叫:"倪裳——倒水——""倪裳——板凳——"

老王也会说:"哥倒跟嫂子倒不一个味儿?哥拿的板凳你坐着扎屁股?"

这个时候的老王家一扫平时的寂静,热闹的声音传得小巷里哪都是,听起来有些扎人的耳朵。

我很奇怪地问妈妈,我以前怎么不知道还有个他们家呢?倪裳是什么时候降落到我们这个巷子的?妈妈笑了,傻丫头,人家一直都在呢,只是她以前不做缝纫活儿,只是在家煮饭,没有动静,你们又总是上学,现在她做了针线活儿了,生意好了呗!

我突然想起来,妈妈在批评我天天在外面跑着玩晒成黑泥鳅的时候,是比着他们吵我来着:"老王家倪裳跟他家那俩孩子白皙皙的多好看!"哥哥都反驳:"妈,人家那是天生的,哪是捂的?毛丫生来就是黑丫!"

哦,记起来了,我第一次知道她家,还是妈妈说:"毛丫,去给你爸的裤子取回来,在倪裳家,厕所边那一家——"我奇怪地问妈妈:"厕所边上是胖巧玲他们的家吗?"妈妈指示:"西边是胖巧玲家,厕所东边的那一家,倪裳家,她现在做缝纫活儿!"

那次取衣裳,我忍不住问她为什么叫衣裳的裳,她笑着跟我说:"跟你的毛丫名字是一样的,也是爹娘给取的,俺们家姓倪,家里穷,俺娘恐怕我长大没有吃穿,给我叫个衣裳的裳,俺爹说,有衣裳穿的人肯定不用操心吃饭问题。"然后她又说给一圈等着取衣裳的人听,"你们看我现在还是少吃没穿,却成一个缝衣裳的人啦!"她还自己取笑,"俺姓倪,'泥'做的衣裳能穿个啥哩,俺爹也真是——"她摇头。

我忍不住说:"你要想着你是'霓虹'的'霓'啊,不就是漂亮的衣裳穿不完了，还跟漂亮衣裳一样漂亮！”她笑了，大家也乐：“是啊，你就照着毛丫解释的去想好啦！”想起来才从妈妈上班的矿上图书室看到的《音乐爱好者》杂志，上面有乐曲介绍，我看过很多，就人来疯地接着说：“还有，‘霓裳羽衣’还是一首美丽的乐曲名呢！”倪裳这时似乎有些不好意思：“我可不懂什么‘红衣裳’‘羽毛曲’哦！”但是她很高兴，眼睛笑成一条亮闪闪的缝儿。她夸着我：“要是像毛丫就好了，好好学习，学习好，长大了靠自己，有本事吃饭穿衣！”

她说的好听话，把我臭美得不行，回来使劲给妈妈学舌。

从此，我好像天天都看见倪裳似的。

发现好看的她，我以前咋不知道呢！妈妈点着鼻子笑我：“那是她以前没夸你，她早夸你，你早知道她了！”妈妈说我的“特长”是“去买盐都能不知道菜站在哪！”是啊，我就是一个不操心的人，小菜站离我们家这么近，我都不识得，天天我跟珠儿、春花在它门前跳皮筋，我都看不见——那是菜站，不停地有人掂了菜和油盐酱醋从那个地方出来！

妈妈的话，一家人都笑了，笑我的“没脑子”“不长眼”！

3

可是，我要是对什么一长眼，就会总看见它们——后来，我的眼睛里，就总看见倪裳了，还有她家的人来人往——

张着耳朵写作业，我听得见隔了两户的他们家，谁去取衣裳了，谁去送衣裳了……

有一天下午，我在门前写作业，作业写完了，我禁不住说，哦，倪裳的生意真好呢，有十五个人去取衣裳！

爸爸在旁边坐着喝茶看报纸，他听见我这么说，拿了报纸敲一下我的头：“这样写作业？能写得对吗？拿来我看！”

其实呢，不怪我，所有的房子前，都无遮掩，全是空地，一览无余，谁去取衣裳或者送补衣料，在外面就会开口问："倪裳在家吗？"

"在，您进来吧！"我捏着鼻子学倪裳的声儿，正学呢，又有人问："倪裳在家吗？"——爸爸也被逗笑了。

是因了倪裳的缝纫活儿呢，还是她漂亮呢，反正，自从我去她家取为爸爸修补的裤子那天，我就发现她家是我们小巷子里最聚人头的地方，男的，女的，老的，少的，总是没断人呢，妈妈说了，跟经线子的一样——她的生意真的好！她做得活也细密！

刻薄她没有工作的人，也会说："改革开放就是好呢，一改革，倪裳也有工作了，一开放，倪裳的家也开放了——"然后是哈哈地笑。

倪裳的缝纫出了名了，渐渐的不只是住苹果巷的人，矿上其他地方住着的人，也会循着巷口的那一棵苹果树，把活儿送到倪裳这里来，连矿上小红楼里的矿领导家里人也把衣服送给倪裳来修补缝制，好几回，我看到从苹果巷搬走的老林伯伯、老林伯母他俩也来取过衣裳。这样，倪裳可忙得很了，忙碌得整天地出不了门，而她只要走一趟，就像太阳从西边出来了。她从西边走到东边去，可不就是太阳打西边出来了，门里门外的人，都目光烧着她。

她家的帘子是玻璃珠子串的，一晃就听得出响儿。

放学后，晚饭前，我和哥哥常常是端了高板凳、矮板凳在门前空地写作业，敞亮，开阔，也不用开电灯，巷子里的孩子们也多是这样，在门口玩或者写作业。我的眼睛用余光一旁扫，就能探照灯似的，扫到巷子口的苹果树，扫到排房的尽头，做着饭的妈妈若是瞧见了，就会轻声骂我："看哪呢，死丫头！"或者她狠狠地瞪眼，旁边哥哥看见了就会揪一下我的辫子。

写着作业，我的思想真会跑，像是孙悟空，人坐在那里，思想跑到九天云外——倪裳是一个纯粹的人吗？那时候，我们五年级的课本有一课是《纪念白求恩》："他是一个纯粹的人，他是一个脱离了低级趣味的人……"总是爱胡乱联想的我，就想，她——倪裳，脸也白净，衣裳也干净，总是齐齐整整的，是一个纯粹的脱离了低级趣味的人吗？

为什么女人们说起来她都撇嘴巴，看见她走过去都瞥眼呢？是胖嫂说的那样，她为了进城享福就嫁给一个老男人吗？

3

有时，珠帘一响，听得有人就进到她屋里去了。这时就会倪裳高腔喊得让街坊邻居都听见："我家老王还没回来，你出去吧！"咣——什么响，再看是她蹿出门外来了，开始在小巷里叫"大平，大平，小平，小平——"她开始出来四下里叫孩子的名字，有人影从她家里耷拉着脑袋出去。很奇怪，她家总发生这样怪怪的一幕。

有的夜晚，可能是大平、小平出去玩了，老王也上夜班或者是四点的班不在家，就常听到，倪裳跑在小巷里大声喊叫"大平""小平"，两兄弟若是近处听到了，就"唉！唉！"答应着回家去。

一天，倪裳又这样叫的时候，正巧胖巧玲的妈胖嫂路过，她说："倪裳又有野狗咬你咋地，你在这叫？"倪裳不接腔，只是说："您出去呢！"胖嫂给她说："你看着聪明不聪明呢，你家狗老了，你还不学着借借光，憨得很呢！我要有你那条件嘻嘻——"

有天夜里想要大解，我叫醒妈妈陪我去厕所的时候，碰见矿上的老林正敲倪裳家的门说："取衣服取衣服，开门！"，但我们大解从厕所回来，看见门也没开，老林悻悻地走了，望着他的背影，妈妈叹："老王今天又上夜班了吧？倪裳怪不容易的。"

听珠儿的妈妈到我们家借钱的时候，跟妈妈说过倪裳的闲话，我当时在里间里午睡。珠儿妈先说妈妈因病得福还是好事呢，可以去图书室上班，不用跟她一起抡锤子砸铆钉了，说着说着，她好像开始把嘴巴贴着妈妈说："有人说倪裳在老家名誉可不好哩，四里八方的她不好找婆家，才跟了老王的！"隐隐约约我还听见，"矿上有一个人跟她一个村的，知底儿，说他们当地风俗习惯不好，男女老少都兴到河里游泳洗澡……说是倪裳长得出众，十四岁的时候就被她村里的一个同门哥哥盯上了……在河里洗澡的时候……

把她破了……”珠儿妈妈像是在讲电影儿里的段子。听不懂到底在说什么，反正说的不是好事吧！

天热起来，巷子里喜事也多起来了，这不胖巧玲和她的弟弟国兴同时招了工，胖巧玲的妈胖嫂高兴地在巷子里放一挂鞭，搬来住老林伯伯那房子里的小兔子也招工了，除了上学的，当兵的当兵，招工的招工，只有倪裳家的大平高中毕业好几年了还在东游西荡地没有正经营生。老王在聊天的时候，给人家说，也想给大平招个工，他都找矿上好几十趟了。

看着大平东游西荡的样子，老王发愁，走路都听见他不自觉地叹息，我给妈妈说："老王真是伤心呢，我看见他一路上的'哼''咳''唉'都成一条河了！"妈妈笑着夸我："这句话写到作文里吧，老师会表扬你！"我有点生气了："妈，我在跟你说正经事呢，你怎么没有同情心？"妈妈不说话，抚一下我的头："小孩子懂什么，我们也帮不上人家，世界上，这样的事多呢，说说有什么用，同情又有什么用？"妈妈的话让我感觉世上的冰冷，我想我少年时候最早知道人世的冷，就是从大平招工的事情上知道的。

我的同学小慧的哥哥也没有工作，都招工了，连她在农村种地的表哥表弟也都招工进城来了——不过这事知道的时候，却是一件惨事。小慧在一天早读的时候趴在课桌上"呜呜"地哭，老师还没有来，我是课代表，在课堂上领读，看她在耸肩膀，就走过去用书碰碰她，她一抬头，一脸的鼻涕眼泪，我吓一跳，赶忙问她怎么了，同学们都在读书，她哇啦啦给我说，我贴上耳朵，大致听明白：她表哥表弟一家进城来，她外婆也一同来，结果路上出车祸了，"我没有外婆了！"她一说到这，又哇一下哭起来。

那几天巷子里也都在议论她家的事，矿上一有件事，大街小巷就都传开了，巷子口的苹果树下总是聚集三五成群的人，在说矿上的"新闻"，"那个罗锅子春江的女人，叫彩虹的，真是本事！把七大姑八大姨都招工的招工，签户口农转非的农转非……""真是个有本事的女人！""可是，天不照应啊，一车端窝了，这不全搁在半道上了……听说几个人都不行了……哦，那个惨……"说的人，叽叽咕咕的，有时几个脑袋扎一起低声说，有时又哈哈前俯后合地仰天笑。

我想走得慢再多听到一些信息，被妈妈看到，唤回家，身后却传来花奶奶那天不怕地不怕的声音："咋还有脸，谁不知道她是个破鞋，跟局里工资处的XXX好上了，要招多少工人招不来，要转多少户口转不来哦，啧啧，她家那春江也真有容性——""她家的那男人就吃那路食，全矿谁不知道，看她家那三儿跟那男人春江像不，一点都不像，那张脸活脱脱就是XXX，完全是一个模子里刻出来的……""哦——哈——呵——"人们的笑声里，苹果树的花落一地。

爸爸妈妈似乎也不避讳让我们知道这些东西，家里面有矿上的人或是跟爸爸关系好的同事，坐着聊天，我和哥哥就支着耳朵听，有时都忘记写作业，妈妈吵我们，不让听，爸爸却说过，"这就是社会，小孩子听一听，也没有什么不好，不用总让他们生活在真空里。"

我和哥哥喜欢听矿上人的事，就像听故事一样。有时候妈妈总是阻止我们，她给我们说的是："小孩子操心学习，不要了解这些乌七八糟的。"读中学的哥哥反驳妈妈，"国事家事天下事，事事关心！"妈妈说："这算哪门子国事天下事？都是人家的闲事！"

我笑着给妈妈说，我写倪裳的一篇作文被老师送去参加市里的作文比赛了，妈妈这才瞪大了眼睛："哦——你写她什么？"

"我写她漂亮，跟苹果树一样漂亮，还结果实——"我答。"结什么果实？"妈妈问。"你说的呀？她勤劳，善良，朴素，安分守己，兢兢业业缝纫衣服，每一件烂衣裳都是她的果实！"

妈妈"哦"了一声，没再说话。

因为门外有人敲门，妈妈去开门："找谁？"

我和哥哥往门口看，一个黑黑的老太太，瘦得皮包骨头，牵着一个脏得黑乎乎的小女孩儿："衣裳——衣裳——""在哪？在哪？"听了半天，才听懂，她要找倪裳家。

妈妈赶忙让我和哥哥给她们带路，哥哥在掏他的书包，妈妈说

“毛丫你给她们指路吧!”

我领着她们来到倪裳家门口,却听见,他们家在吵架,仔细看,是大人在打孩子——大平躲闪着老王的拖把棍,倪裳在拉架。边挥拖把棍,老王边喊叫:“老子养活你,就叫你天天上街跟人打架哩,是不是? 是不是?”老王青筋直暴,大平却不示弱:“你给我招工啊,没有工作,我就天天上街,就天天打架!”

好久,还是大平先看到了门前的我们,他停止了反抗,眼睛看着门外的我们,老王挥着的拖把又挥动两下,顺着大平的眼光看到门口,倪裳先一步迎出来,“母——”我听见她叫了一声。

我点一下头,转身离开了。“毛丫,谢谢你哦!”她喑哑的声音里,我想象不出身后她家里的景象。

4

第二天一早,倪裳挨户借钱,说是“俺母来了,家里急用钱!”

于是大家也都知道了,昨天来的那个是她的后娘,那个脏兮兮的小姑娘,是她后娘来她家后给她生的弟弟的女儿——她这个弟弟在老家跟人家打牌打麻将,连人也打了,还把人打伤了,被刑拘,现在这老妈带了孩子找到倪裳,让她出钱回去把弟弟保出来……

倪裳哪里有钱,老王一个人挖煤养活一家子,倪裳的缝纫活挣的钱极有限,况且老王有病,年纪越大,吃药用钱的时候就越多——倪裳就这样挨家打着门,问人借钱。谁人又有几多余钱呢,倪裳就这样像祥林嫂一样,借到谁家就跟人诉求一番,借了一些款子,赶紧地跟老王一起陪着后娘和侄女回老家。

几天后,倪裳和老王回来了,他们带来了老家的玉米面给借了钱的人家分,我却发现倪裳从回家到回来,都只穿了那一件小碎花的衣裳,汗湿了,那花蕊的白和嫩黄全变了颜色,灰灰的,看不出图案来。

从此看到,倪裳更卖力地做针线活,天没亮她的缝纫机就开始

“嗒嗒——”地响，夜晚也“嗒嗒——”不知响到何时，所以，就听见，晚上去她家送活的人们也多起来。

大平又跟人家打架了，被人追着撵到家里，索赔一笔医疗费；倪裳的后娘又来了，说是她爹病了，要俩钱；她弟弟又赌博了赔了家当，也要俩钱；老王的侄女来她家，住着不走，说是躲计划生育的，人家抓住人要罚款，老王没办法，也借钱，借了让她回去交计划生育的罚款。

倪裳只是争分夺秒地蹬她的缝纫机，对谁都笑脸相迎，精缝细补，只要有活儿，她就不歇。

有一天，胖嫂却站在倪裳家门口骂，原来却是骂她自己的老公——偏要晚上补裤子，什么时候补不好！骂着骂着，就连倪裳一块骂了，什么难听骂什么，什么肮脏骂什么，她的嘴巴里，倪裳原来是一个有着那么多故事的人：

在老家河道里庄稼地里，跟她同门的一个哥“怎么样”；嫁过山西煤矿的一个挖煤工人，把人家“克死”了；现在改嫁老王，还是荤腥不断的……

最后，胖嫂才骂到自己男人这一糟——“今儿个倒要勾引俺家男人，看老娘不扒你的皮，抽你的筋?!”

这时，就只听倪裳的缝纫踩得“嗒！嗒！嗒！嗒嗒嗒！”听声音要把缝纫机踩成烂泥。

那一个夏天，粉红色的烧汤花开得如火如荼。倪裳就在那红喷喷粉艳艳的绿叶红花里，把借人家的钱都还完了——她一分钱一分钱地攒，好几次看见她从街头巷尾掐回来一团团的灰灰菜，说是喂家里的小鸡仔，但发现小平端出来的面条碗里，是那一片一片那灰灰绿绿的野菜。

又一个烧汤花正红的傍晚，胖嫂又在倪裳门前乱七八糟地骂……

倪裳这边“哇——”一嗓子嚎着就冲出来了，她挥着剪刀：“再血口喷人！我捅死你！”她扑上去，两个女人扭在一处，剪刀并没有派上用场，它跌落在下水道边上，泛着冷光，哗啦啦震天响的，是那又臭又脏的水声。

不知道谁把谁打赢了没有，她们两个被院子里的人拉开，胖嫂大哭，不再骂，倪裳嘴角滴着血，当着众人数说："命不好命不好命不好——"她像念魔咒一样念着，轻轻地念，念得撕心裂肺——

从此，胖嫂再不来她家门前骂；倪裳却再也没有像以前一样慌张如小兔似的，从屋里蹦到当院，或者在巷子里喊叫她家大平小平，不管老王上白班，还是夜班，不管她家里，进什么人，她都风平浪静地踩她的缝纫机，有时候，风轻的时候，才突然发现，倪裳的缝纫机声呢，是不是没有响？

那个时候的夜和午后，都是静煞煞的，我的心上，如风一般，忽儿一蹿，想起来，那个女人的缝纫声怎么停下，没有活了，还是，她在休息。

巷子里的传言越来越多，关于倪裳的，跟保卫主任好了，跟房产科的好了，跟……

但真的是，她家大平去矿上的林场当临时护林员去了；她家的房子又邻着过道加盖了一间，虽然狭小，但毕竟是多了一间，两个孩子可以住进去，不用四口人挤在唯一的一间卧室里。

她家门前的指甲花从芽到荚到葱茏的一蓬，结了花骨朵，要开花了。老王的背越来越驼，老王的脸色越来越难看，又黑又暗，想是年迈，想是病更重了。

哪一天有谁说，老王上夜班的时候，倪裳门都不掩。还说看见是矿上老林的样子——影影绰绰——进去了。

我和哥哥早起背书，明明朗朗看见过老林从倪裳家里走出来，背着手，抽着香烟，沿小巷去，他吐的烟圈污染了那棵苹果树——

那一天，我写的关于倪裳的作文得了奖，当初曾想过得奖状就拿给她看看，看看奖状，看看我写的她，可是，那天早上看着脏了一地的苹果花，我悄悄把写她的作文撕得跟苹果花一样。

满地碎碎的，是什么呢？花非花——

5

其实，杂杂的巷子里各样的女人都有，各样的事也都有，就像烧汤花、苹果花，开成什么样，谁也不奇怪。

珠儿的妈妈跟爸爸离婚了——打小珠儿都不知道爸爸是谁，她问妈妈，妈妈说，爸爸是个解放军，扛枪带兵不回家！珠儿很自豪，我们也很羡慕，我们甚至私下里请求过，等她爸爸回来，让我们玩真的盒子枪。珠儿有时候慷慨，有时候小气，为了玩枪的承诺，她要走了我的好多块泡泡糖，还有二十张好看的糖纸。可是她的爸爸，从来都没有回来过，只有她的妈妈为了她，起早贪黑地在工厂钳工班里砸铆钉，抡铁锤挥得胳膊都肿了。我妈妈以前也在钳工班干过活，我也知道，大锤子很重很重，我去找妈妈的时候，摸过，使尽力气，它都纹丝不动，谁的妈妈，抡一天都会受不了呢！她妈妈胳膊肿得抬不起来，痛得呜呜哭，哭得嘤嘤唔唔，不停气地哭，好像是有天大的委屈，她要把它哭出来，花奶奶去劝她，我从花奶奶劝来劝去的碎嘴巴里听出了她家的"秘密"——珠儿她妈，要我说，别逮囊争气的了，别也一天到晚哄着珠儿了，再给她找个后爹吧，也好有个人帮帮你，他都不要你娘儿俩了，你这是争的哪门气，把自己苦成这个样儿?!

春祥婶喝毒药自杀了。她是一个要强的女人，只遇着个春祥叔，虽模样高大英俊，却打麻将瞎胡混，而且每每输了钱，就回来打老婆打孩子，纵春祥婶再努力地上班，也顾不住他的赌银，顾不住她和孩子，还有春祥叔的衣和食，她愈是要强要面子，家里愈是今天打闹明天啼哭，她遮掩着旧伤怕人笑话，却又有新伤暴露在额颊上——想是忍无可忍。她以前也犯过"糊涂"，所幸及时发现抢救回来，那个夏天晚霞如燃的傍晚，她口吐白沫，再也没回来。那可怜的闺女春花也不知道哭，拉住她妈妈的手一直在叫："起来——回家——妈，我饿了——做饭吧——别睡了——"

那天晚饭后，妈妈做了一锅饭，端去他们家，春花仰脸问妈妈："我妈咋了，很睡哩！"妈妈哭着回来了——"可怜的傻孩子！"妈妈捡拾一包我的旧衣裳给她家送过去。

小巷里，更多的人家都过得好——早晨这家摊煎饼了，那家炸馍干，中午这家蒸米饭哩，那家下面条，花奶奶总是好洗面筋做胡辣汤喝。

日子就像一树苹果花，纷乱而有序，这家的女人哭着寻上吊，只要没出事，也就不是事；那家的男人喝醉了酒在骂人，酒醒了也就过去了……小巷的烟囱，这家冒青烟，那家冒白烟，只要冒着烟儿，就是还正常着，只是春祥婶子再也不能正常地给她家闺女春花做饭了，她闺女似乎还不知道家里发生了不正常的事——她妈妈正常做饭的烟囱，冒烟冒到尽头了。

胖巧玲的妈那个越来越胖的胖嫂，隔三岔五她还是会骂骂街，骂骂她家男人、她家孩子，也会骂骂左邻右舍"招惹"了她的人，然后，她会好一阵子，她家的灯也亮晶晶地温柔几天，如是循环往复，她的日子，她家的生活。

日子就像一棵苹果树，这个巷子里的女人们就像一朵一朵苹果花，活色生香，各有各的样，日日看着苹果树，我却总也弄不明白，它有多少花，花开有多少种？只要一树花年年开，一树叶年年青，果子总是望天收，有也好，没也罢，绿着树，就是活着的生活，乐也活，苦也过，喜也发芽，愁也生长。

苹果树又像是每一个人，每一个人也都是一棵苹果树，一年一年，都有收获，都有成长，再不济的，也都活了一年了，承着雨露，承着阳光——

6

"遭天杀的，黑了心肝——告黑状的站出来，有种你站出来说话！"有一天，倪裳在巷子中间吼，一副"穷凶极恶"的模样。

爸爸在矿上办公室撰写公文材料，好多的事，有所耳闻："老王也打了报告，想给他老婆招个工，很多人在争呢。""倪裳这年纪，还能招工？"妈妈吃一惊。"改年龄的事不是多的是吗！"爸爸说，"这不也没弄成吗，被谁匿名揭发给告掉了！""到底谁告谁呀？"妈妈小声议论。"谁知道。"然后听见爸爸加一句"不过，老王家的大平这回招上工了。""那还吵闹个啥，巷子这不是都有了吗？""谁知道。"爸爸又说，然后，熄了灯，"睡觉吧！"爸给妈妈说，也给我和哥哥说："你俩谁几点起床，各人自己操心！"

我朦朦胧胧快要睡着的时候，听到怪异的嚎叫声，一声，停一会儿，又有声音，在嚎，像猪猡一样，我跟爸爸去过矿上的猎场买过猪肉，把大猪捆起来要宰的时候，猪都是这个声——恐怖，瘆人！

我吓得光脚丫往爸爸妈妈住的大屋里跑，钻进爸爸妈妈的蚊帐里，妈妈搂着我："大姑娘了，还这么胆小。"他们也惊得没有睡意，"咋个回事呢？"

仔细听，是从西边发出来的响："啊——"又一嗓子，这会儿听清楚了，是女人在吼。"啊——"又一声，断了气似的，半天回来了："你打死我吧——我也不想活——跟着你这没用的男人我有啥法子——你也给我做不了主——你自己不是照样受欺负——"

"啊！是倪裳，倪裳！"我结结巴巴地说。妈妈轻轻捂住我的嘴巴，示意我别大声喊出来。

倪裳的声音一直还在数落，哭着喊叫着说，没有再起那吓人的声音了。"你以为我愿意啊？我惹不起，也躲不掉，跟着你这些年，眼瞅着人家都招工了，一个，两个地招，连亲戚都能招来，我招不上不说，大平，大平都下学好几年了，你叫他咋生活？你不也嫌窝囊，我凭啥不能为了孩子……"

"啊——"又是一声，倪裳连连的惨叫起来，然后听见"咔——嚓——"

"呀，是热水瓶的声音。"我的声音都哆嗦着。"不行，得去劝劝！"爸爸要起来，妈妈说："深更半夜的，又是夏天，咋方便进去劝……"

“你也去！”爸爸说，妈妈穿着一件宽大的破睡衣，跟着爸爸出门去了，我又轻声叫“哥哥——”天，好睡性的哥哥居然睡着！

一会就听见爸爸在他家门前高声呼喊：“老王！老王！你做啥子？”“倪裳——倪裳——”是妈妈轻柔的声音，这时候听到人声嘈杂地，想是劝说的人去得多起来，叫喊的，议论的……

攘攘的声音里，我在爸爸妈妈的床上睡着了。不知道他们什么时候回来，叫我回到我自己的床上去，我迷迷糊糊地问：“妈妈，他们没事吧？”“没事。睡去吧。”妈妈帮我封闭好我的蚊帐，黑影里也去睡了。

第二天早起的时候，我在公共厕所里看见倪裳，她低着头，有人指指点点，有人交头接耳：“哪个恁有水平，把上夜班的老王半夜叫到井上来，说他家里着火了……”“那个——听说是个戴‘翎子帽’（乌纱帽）的——还跑了吗……”“可不着火了……”“看把倪裳烧得一脸泡……”

然后，人们的眼神，左一眼，右一眼，转着，转到一边去，转着，全都转到倪裳的脸上来——

我吃惊地看到，她一脸的大水泡，水泡像鱼尿脬的泡泡那么大。

我把看到的给妈妈说，妈妈这才说：“昨夜老王把一暖瓶子的滚烫开水，全浇她脸上了。”

倪裳的缝纫活儿停了，她不接活儿了，手上的活儿做完她再也不接活儿了，除了上厕所，哪儿也不出门。

她家大平很快就去上班了，人家都想分在离市区近的本矿工作，只有他，自己要求把他安排到离市区最偏远的高庄矿去上班了，一开始乘着班车回来，后来居然十天半月回一趟，再后来大半年也不回——有人说，他嫌他的工作来得砢碜。

有一天早晨我去上学的时候，听见倪裳撵着大平撵到门外：“大平，大平，孩子——妈求你了，你多回来看看妈妈，妈——”倪裳张着嘴巴，似乎张不出来她想要说的啥，可是，大平擦着我的自行车，硬挤着过去，沿了小巷，走过巷口那棵苹果树，远去了。

7

后来大平再不回来了，听说倪裳去他的矿上找他，他也躲着不见。

那是一个正午头，倪裳坐在门前的地上痛哭流涕，一张脸崩溃了，眼里满是泪，她不停地哭，不停地吐，嘴巴里唾沫和浓痰不停地往外涌，“为什么！别人能！我不能！为什么！别人！就没事！我！就活该！为什么！为什么！为什么！”她扔出来一句话，扇一下自己的脸，就那样一直“为什么为什么”地扇下去，扇到天黑——所有的夜都黑了，还听到她一下，一下，啪，啪，越来越钝的巴掌声——

天空安静地亮了，朝霞照耀着苹果树，倪裳不见了，再也不见了。有人说她疯了，有人说她跟人跑了，跑回南阳老家去了。

老王气病交加，不久故去。

小平也不知所终——是去找他哥哥大平了，还是去哪里了，没有人知道。

人们看到的是那所旧房子——空空荡荡——蛛丝飞扬——

倪裳身姿绰约地从蜘蛛网上走下来——舞起长袖——霓裳曼舞风姿长——

倪裳好听的笑声又响起来，还有，还有谁的笑声像鹅毛，一片一片飞翔起来——是春祥婶轻轻的笑声，很温婉也很压抑；胖嫂的笑声，硬邦邦带霸道；巧玲的笑声，永远是没心没肺地憨快；还有小女孩春花天真烂漫的笑声，零零散落；珠儿和她妈妈相亲相爱的笑声，黏黏稠稠的，蜜糖一般；花奶奶那笑声，像是施过化肥似地充满力量……

巷里女人们的笑声，歌曲儿一般响起，一缕一缕，极尽鲜妍，轻悠悠缠住岁月——

那片笑声让我想起那些苹果花儿
在每个生命枝头静静地开放
谁曾以为谁会永远在谁身旁
春天过去各自离离在人海茫茫
树都老了吧，花儿们在哪里呀
岁月的风里我曾看见她们绽放
如今已经被风吹走散落在天涯
有些故事还没讲完那就算了吧
有些心情在岁月中已经难辨真假
如今这里高楼大厦没有了苹果花
那些曾经拥有它的春秋和冬夏
树都老了吧，花儿们在哪里呀
岁月的风里我曾看见她们绽放
她们就像被风吹走播在了天涯
她们都老了吧，她们还在开吗
一朵一朵就这样各自奔天涯

第四辑　理想一直都在

理想一直都在

在煤矿蹲点写作，渐渐感到采煤工作的“乏味”。

日复一日，我的主人公们匆匆又忙忙，我对他们的采访一度“搁浅”，实现不了我想要的进度——他们下井下井，还是下井，而我，不能够。我的女性身份，我的外来人员身份，连我打印好分发给他们的“人物信息调查表”，他们都顾不上填写，他们是真的没时间。

——说是八小时工作制，连班前会、吃饭、换衣，到井下八小时，再到上来、洗澡、换衣、吃饭，十几个小时一个班。

我天天待在矿上，看到更多的是他们行色匆匆，开会，换衣，下井，升井，洗澡，吃饭，睡觉——周而复始，而我能看到能跟随的只会是“开会”，或者在他们值班的时候，见缝插针地聊几句，随时会有办公桌上的电话响起来，矿上的，井下的，班组的，多方协调与通讯，深入的谈话总是没揭开就停下来。我的工作流于形式，滞于表面。

就在这寻常的“形式”里，“表面”中，我拣选着，像狗，像小狐，抓拽着，搜寻着……

楼道里多是静默的，班前会也是不发声的，只有队长、值班干部和班长在重样或不重样地提着工作的要求或者注意事项。然后就各人拈了一个小塑料袋子，里面装了井下的一顿饭，或馒头咸菜或包子油饼之类，一阵稀稀落落，全都下楼，去更衣室更衣，去灯房取灯，然后乘坐皮带下井。了无生气的样子。

井上的女办事员，通常每个月算工的时候会来，井上还有一个文员和一个联络员。他们是我的“突破口”，还有随时碰见谁来队里开证明办事情之类的。我想我是一个“讨人嫌”，不合时宜，但，也要问;就算打扰,也要聊。

如同他们的井,如同他们的矿,他们掘进,我也掘进,他们找矿,我也找矿,他们挖煤,我也挖——挖“素材”。他们目标明确,我的目标也“简单明了”——我的矿,我的煤,我的素材,就是他们!煤是他们的矿,他们是我的矿。

虽然他们顾不上答理我,但我越来越被他们感动——他们辛苦,他们执着,他们坚忍,他们顽强,他们没空聊天,没空玩——他们的人生,是这样的,仅仅是所呈现的这个样的吗?我被吸引,被打动。就像煤,那么黑,那么暗,我想知道他们的力量,来自哪里?他们无趣又危险的工作,是在燃烧,跟煤一样,我追寻他们的灿烂之源——

有年轻的大学生采煤工给我讲,他刚来的时候,融不进这个集体,走不进同事的堆——工人们都是三五一小撮地交往,下井就是下井,劳动挖煤;升井后,由于劳累,很少来回乱跑,只三五个对脾气的,长年在一起打个小牌,吃饭喝个小酒——这是仅有的娱乐,吃与玩,输与赢,肥水从不流外人田似的,外人来了,是不会带你玩的。所以,这个年轻的大学生说,他一开始进不了任何一个小圈子,孤独地自己待了很久,后来,来的大学生多了,活跃起来,大家一起玩,开心多了。

大学毕业到煤矿,各有各的“理由”,是自己个人的主动选择,有的也是无奈,为稻粱谋,不想啃老,学的就是这个专业,那些年煤矿效益好等等,都可以是他们的人生支撑与理论落点。在我申报这个项目的时候,就有媒体的朋友劝我,你去那里干什么,枯燥无味,能写出什么有趣的?我想我是个有煤矿情结的人吧,因为我从小在矿区长大,这个小城,它的精华就是煤矿;而我生长在这里,却并不了解它。我有了解它的欲望,想知道,到底是怎么样的矿藏,在日复一日地支撑着这个新型的小城市。我也想知道煤矿工人的喜怒哀乐衣食住行,还有他们生命春秋里的日月星辰。

我来了,发现融入他们也有难度,倒不是他们不待见我,只是他们身影匆匆,下去是井下干活挖煤,上来是劳累吃饭睡觉,我的女性身份也局限了我，不能跟随他们下井——那是一件多么麻烦的事，矿上要专门安排，跟随一堆人陪同，还要事先通知井下的工人在高温下把衣服穿起来，而通常，井下的高温下，他们常常是连裤衩背心都挂不到身上的。我想我去下井，不是采访他们，是影响他们的生产，是给他们增添麻烦，太过打扰了。我犹豫着，不好意思跟有关部门要求。可我知道，我总得下去看看他们，总要体验一下他们的“体验”。

我不能下去的时候，就总是在地面上询问。我想象的是跟地铁一样的吧？他们说，有点像。但又说，怎么会一样呢？虽说现在井下条件好了，不至于像以前那样有的地段低得需要伏身爬过，但是也不是你在视频里看到的那样宽敞，凡是能拍摄的地方，都是相对宽敞的地方，不是真正的采面。真正的采面什么样？面前就是煤，黑压压的，头上戴的矿灯，照在哪里，哪里的一小片是亮的，照不到的，就是黑暗的。煤机开起来，面对面，谁也看不见谁。煤尘砸在脸上——像磨面房里一样吗？我见到过轧面条的，一脸白，眉毛上也是白蒙蒙的。他们说，有点像，但那不难受，面粉也是干净可食的。怎么难受？我不知道你最难受是什么体验，有个小伙子告诉我，比他生病时喘不出来气还难受好多倍，又高温，又不透气，憋闷得慌……

他们有人开玩笑地告诉我，下井上来的人都不用画眼线了，然后，他们让我看头一天下井，当时值班在地面的研究生杨军，看他的“眼线”。小伙子瘦削精干，眼睛炯炯有神，是呀，他合上眼皮，眼线隐约还在。下井，你首先得学会洗澡——煤灰油腻，不容易洗掉的。人到中年的副队长宋群涛说，有一次女儿上矿上来找他，刚升井，与闺女走对面，闺女都没认出他来；年近退休的采煤队赵新立书记下四点井去检查验收，一会儿一个电话，一会儿一个问题，值班的杨军不停地接电话，做记录。小杨说，这都是问题，他值班记下来，一会儿班前会都要给上夜班的人说，讲，安排。

赵书记说，下一辈子井，怕一辈子。三年学成个木匠，出不了一个好窑工。井，越下越小心，越下越谨慎。平日里，他慈祥有加，商量个啥，要求个啥，绞腻个啥，都有余地，他都会能让步就让步，能答应都答应，但是问题面前，立即变成黑包公，任凭是谁，训斥很凶，罚得不留情。安全最重要！对生命负责是最大的负责。说起来他当年当窑工，他一直瞒着母亲，一年以后，母亲来他这里小住，他还骗母亲说，他是开车的。母亲就纳闷，你开车咋就开一天一夜哩，夜里也不回来，还开车？自己当时已经是班长了，也知道瞒不住了，无奈告诉母亲，母亲当时就哭了。

副队长宋群涛说，直到现在，他回老家，一位八十岁的婶子，见到他还问，涛，你还下井哩？是啊，就是当班长、队长、矿长，不也还是下井吗，这辈子干的就是这个。宋队说，但是老婶子的问话，让自己心里有一种滋味说不出来。

在我请大学生们填写的人物信息调查表上，他们答得都极简单，但是我发现，在回答愿望和心中最骄傲的人和事的时候，他们填的都是家人，孩子、父母，给家人创造良好的生活。他们的心上，家人最重，家庭最重，他们的地下潜伏，就是为了家人生活得更好！

没有人提到自己的安危，提到时也是说，注意安全，让家人放心。归根，还是家人安心，舒心，他们就幸福，就无怨无悔。很多的人，没有更高远的理想，一己安，家人安，才能说得更多——才能说到国，说到理想与价值的实现。自己都安顿不了，小家都保障不了，哪可能说起为国家为理想？“孝贤”是矿上企业文化的主旨，做到孝贤，才能忠国家。而研究生采煤班长香瑞说，他当年从上海某研究院来这里的矿上，有一个考虑是父母年迈，离他们近点，方便照顾，而现在，天天下井，在地下 800 米处的矿井下，三班倒，人员紧，基本没有休息过，父母近在南阳，却无法陪伴照看。年已七旬的父母却反而在电话里开导他，好男儿忠孝不能两全，好好工作就是尽孝了！香瑞很内向，说这话的时候，动了感情，眼圈都红了。

有人说，矿上的工作是乏味，久而久之，也会感到精神的窒息，就像水泥，会慢慢地、一圈一圈地将自己凝固住，僵化，是很可怕的事。而研究生们不这样认为，尤其杨军，那双炯炯有神的眼睛，看着你，认真地说，不会凝固，不会僵化，不会液体变固体，液体是来回流动的，永远不会凝固。

年复一年的日子里，理想会不会淡入淡出，已经提拔到别的采煤队担当副队长的刘培说，生活在，理想就在。在跟一群中学生交流的时候，这些大学生们说："要想一想，你们最喜欢做什么，要有一生的目标，不要只考虑眼前——"这样的话耐人寻味……

挖煤——这些挖煤的本科生、研究生，他们目前驾驭着我们国产的第一套全自动采煤设备进行采煤，他们的豪迈舒展在眼角眉梢；老一代的采煤工，他们从事过种种原始的采煤方法，如赵书记、宋队长他们，一路走来，对煤矿工作的安全越来越有信心，对家人的爱对内心的承诺，一天也不曾改变，天天都下井去干活，心里踏实；人称"铁人"的李宏亮，从来不休一个工，下井前吃饱，不到升井不吃饭，是个非常精神的瘦子，筋骨铮铮的模样，真的如一块行走的铁板……为了家人的幸福，为了大地的丰收；煤矿要转型，需要有高素质的专业人才来奉献，能源行业的中国梦，要依赖能源行业人亲自缔造。

我采访了大学生采煤班的三任班长，他们目前都坚守在煤矿，一致表示，无论煤炭如何不景气，都不会离开煤矿；也仔细询问过在井下采煤一线坚守了三年的研究生，到如今他依然也还只是一位平平常常的采煤工人——他叫柴松峰，他说，能吃苦，不怕苦，对煤炭行业充满信心！说起工作的辛苦与乏味，他们却一起笑着，纷纷给我讲述：在井下看到千万年前的"三文鱼"，他们在采煤的间隙发现了岩层上的三文鱼图案，多么有趣；他们把恋人、妻小的照片带到井下去，贴在开阔的巷道橱窗，放进贴身的工装口袋，多么开心；下井、升井时候，家人和朋友问候叮嘱的电话和信息，多么温暖……

——梦，怀着希望；人，就闪闪发光。他们是怀着理想前行的人，眼里有光，身上有光，全是因为他们的心上有光。

他们是挖矿，家人的幸福，国家的忧患与繁荣，中国的能源梦想——都是他们的"矿"；而他们——是我的"矿"。

跟着感动走，把他们讲述成中国故事，把他们描摹为中国形象，是我的理想，理想一直都在——我的，他们的，大家的——理想一直都在！

矿上的工作“枯燥乏味”，有了一直都在的“心愿和理想”，是不是就在静默里绽着绚丽的花朵呢？如同那煤，无声里，含着暖，藏着热，蕴着能量……

向着梦中的地方去

在我来往上班的路上，总会看到一个歪着脖子坐在轮椅上奋力用手抹着车轮向前走的残疾人，夏天一脸汗水，冬天也是一脸汗水。

他的轮椅太落后了，落后得让人心疼——没有摇把，用两只手自己推着车往前挪，他带棉线手套，白的手套上全是泥灰。上坡的时候，我眼睁睁看着他的艰难，却无法让自己突破沉默，在路人的匆匆中我艰难地沉默，在沉默中我艰难地想起，他是在向着梦中的地方去。

隐约里我是认得他的，在我刚刚戴上红领巾的时候，我的父亲教训我要好好学习，曾指着擦肩而过的一个跛足的人，说过这样的话：看二矿那个开煤票的小洪，是个残疾人，还自学英语，他说英语是他的梦，多自强啊！人家爸爸还是老红军，人家都不让照顾，全凭自己本事！父亲的话，我印象深刻，虽然我全不晓得他是姓"洪"还是叫"洪"。

也是因了父亲的话吧，我对他有了"记忆"，在我快要小学毕业的时候，全国开始学习张海迪，海迪大姐姐的事迹报告会通过电视播放出来，看得我和同学们热泪盈眶。就是那时候吧，我发现"开煤票的小洪"，改在二矿门口看大门了，每天我上学放学回家经过大门差不多都可以看到他。一日，看到他站在大门口口若悬河地向周围的人讲述他的"热血沸腾"："我给海迪写信了……写了二十几页……我都梦见她给我写回信了，她肯定会回信的！"我恰巧路过，恰巧听见，我看见他的脸很红，表情很激动。

也许是我的心理作用吧，以后每次我从那里经过，没人的时候，我感觉他独坐的神情充满期待和等候，眼神里还有一些憧憬的光彩。也许还是我的心理作用吧，一日一日，我发现他的目光黯然下来。再后来，我还发现他有一些焦躁，偶尔呵斥一下过往的淘气男孩。一日，在餐桌上听父亲对着妈妈提起一句："小洪给张海迪写好长的信，也没收到回信……"

后来，我读了中学，学业的紧张，我淡忘了他的存在，踩着单车匆匆来去的时候，见过他烈日下跛足前行，一脸热汗的样子。那时候他是可以自己独立走路的，不借助任何代步工具，只是走得歪斜。

再次发现他，是我读大学的时候，假期回来，因要和同学联系，去我们这里的邮局寄信。发现一张歪着头的脸有些熟悉，原来是"小洪"，他坐在轮椅上，在邮局门前，挂个为人"代写书信"的小牌，我知道那也是他自食其力的旗帜。

我忙碌着我的青春，好多东西都记不起来，更不会细想什么小洪小青小蓝小绿。青春旋风一般过去，我这个人也又旋回我们这个小城。一次在菜市场买菜，一辆大货车司机歇斯底里地按喇叭："你他妈，咋回事，有本事就快点！""你有本事你就从这儿碾过去！"一个声顶破了嗓有气没音的人喊，手横在胸前冲那司机比画着。我回头看到的是已显苍老的"小洪"，他坐在这种用手抹着走的轮椅上，额上有了深的皱纹，脖子更显得歪斜。

现在的日子里，我在上下班的路上，时常看到这样的小洪，累的时候，沮丧地垂着手，在来来往往的车流人群中，背影苦涩得像块石头。有时，看到他猛烈地一甩手，因为怎么用力也抹不转车轮了；只有一次，看到他幸福的样子，犹如小孩子穿上了过新年的花衣裳，想要向全世界炫耀。那是一个年迈的老人在推车送他，老人身材高大，神采矍铄，气质俊朗，我猜测是他的老红军父亲吧。更多的时候，则是看到他一个人，风中雨中，用手艰难地抹着车轮，一点点地挪动。

我不知道他现在的梦是什么，也许只是要顺顺当当地走到邮局门口。而邮局早已变为电话缴费大厅，现在的邮局早搬了地方，那里有高高的台阶和高高的坡，他未曾去那里吧，也不曾去领略过什么呵，他只是天天去到老地方，那里早不见有什么人需要代写书信。每天去那里一趟，就是他现在的梦吧。

有一天，在晚报上看到有人写他的事，才知道，他帮助一个农民写状子，争到了该得的土地；他帮一个下岗女工写一封求职信，找到了工作；他还帮助了一个流浪儿享受孤儿福利……

每天，来来回回，他就这样奔赴他的梦——向着那梦中的地方去；其实，目的地就是家或者老邮局门口。

风里，雨里，春秋，冬夏，崭新又瞬息万变的互联网时代里，那顽强的身影，是小城街道上的一个图腾吗？

种一群干净的云朵

生活在尘世里，每个人都平凡，每个人也是独一无二的，生活是树，我们是叶，世上没完全相同的两片树叶。

晨起收到艳的信息："我今天在报上有幸看到《聆听花开的声音》的文章，从一位女性敏锐的视觉中，解读你对教育的热爱与感悟，非常欣赏！你细腻的笔触与博爱的情怀，特别是在文字道路上的孜孜追求，笔耕不辍，特别值得我学习。"

"亲爱的，我只是另一个小角落的你吧。你所在的坚守和努力，是我完全所不及的，更精彩！我们的纯真和纯粹是相通的，所以，彼此爱，深深爱。"我回复。

"其实，我也是在小角落里独舞，一抬头，看见你的精彩。彼此欣赏，永远支持！"读她信息，抬头微笑，我看见阳光——

从当年参加通讯员学习班相识相交，至近两年她工作调动去新城区任职，我们疏于联络，赴任前她曾经给我说过："离家远，老公在外地工作，管不了孩子，顾不住家——但是，能怎么样呢，跟领导要求吗，请求吗，去闹腾吗？没有必要，去就去吧，服从安排！"她去挑大梁，以她的业务能力和管理水平，她是新组建的单位最合适的领导人选。她忙着她的忙碌，新单位，一张白纸，事无巨细，都要精描细画，亲力亲为……

直到有一天，有朋友辗转来找我，你跟艳那么好，帮我一个忙——我才知道，她的新单位如此炙手可热——然后是在一次当评委的时候，她带领的团队，在竞赛中，毫无悬念获得冠军，她上台领奖杯。台上的她，依然明媚美丽……我知道她在她的角落里，活成小精灵，开出灿烂的花。

我是一个把学校当成桃花源的人，只自埋头在讲台，在文字堆，沉醉在自己的小快乐里，多年以来，我担着单位的通讯员，直到现在。当年的通讯员们，都是有职位有大担当的了，他们说："光低头干活，不抬头看路，你看书看傻了！"多的人这样说。我听听，也没懂。依然把手上的工作当成一种坚守，从没想着是块板，跳一跳，怎么样。艳也笑过我，温婉地提醒。我想起，当年第一次开通讯员会议的时候，一位老人，他是年事最高的，我是岁数最轻的——我给艳说，我就当成那谁谁谁呢，不挪窝！她笑，我也笑。

每一个人抱着一个角落，独享受，独乐乐——简单，纯真，艳也这样的人。是自己的选择，也是命运的安排。我们一起说过黄杨木——一百年就长碗口粗，一年长一寸，每逢闰年还要缩一寸。艳笑着说我，你不会也是长长缩缩的吧？我一愣，想一想，还真是，我就是长一长，缩一缩的——我的字，我的课，我的工作，从来都是这样，犹如小驴子拉磨，磨一磨，"长了"；轮一轮，转一圈，面粉没了，馒头吃完了，我就"缩了"。再磨新的一磨。不管我的写字和教书，都是这样的。一稿子出来，"长了"；过了，如风吹过，没了，我就重新开始；学生也一样，一波教着，长着，走了，我又"缩了"，再接新一波……

讨论我，也讨论她，她说她也这样——我说，还是你算是一直长，你的职务一直升着，不缩呢。可别缩。好好提升自己，谨慎自己。

我们也说另一位跟她玩得更好一些的女朋友，正常结婚生子，之后的生活里，却水浪滔天——老公外遇，她外遇，谁在先已分不清，作为朋友的我们相信她是出于报复才去外遇，两人的外遇毁了生活，夫妻反目，离婚，她再婚，她又离婚……起初只是关机，在QQ上签名，"此人已死，有事烧纸。"她恶毒地诅咒自己，随后她"失踪"了，亲的近的远的疏的谁也联系不上她，她再不跟任何人联系。有一天，我们知道，她回到了原点，跟父母一起过，如同小女孩的时候，如同少女时代，可是，完全不一样了呀！转了一圈回到原点。说起她，艳也唏嘘，她的角落里，是什么样子了？我们一起想去看望她，她躲远远的，我和艳说，算了，走吧，不打扰，她在养伤……回来的路上，我们俩忍不住掉眼泪，人生怎么会走成这样？情不能，何以堪？后来，看见她的QQ签名改成“勿念。一个人的风清月朗。”想她这是在告诉朋友，也是写给自己。

不堪的角落里，还有慧，她病了三年，所有的亲戚朋友都为她劳顿得让她没法张口再求助，在她又一次手术的时候，赶上公公脑溢血，婆婆也住院，孩子在上学，老公在她一出手术室就离开，留下她一个人度过术后的危险期。她说，在这样的角落里，生死都难料，哪来尊严，她的护士像丢垃圾一样把她裹被单里丢落床上，她无怨也无悔，自己跟生命要坚强，劫后余生，她说，好好地活在自己的角落里，吹吹风，看看蓝天，是多大的幸福啊！

一个人一个角落，好好打理，好好呵护，好好生活，不贪恋，不奢求，云卷云舒，照顾好一个人的角落，角落里的我们，想，望，相亲。

在角落里舞蹈，每一处昏暗，都会被阳光照亮。阳光是心灵的，阳光是情谊的，阳光是天空里飘洒的——抬头，微笑，看见阳光，照下来，岁月，河山，多美丽……

一个人的角落，种云朵，云朵是会唱歌会跳舞的精灵，是诗，是画，是安详，是淡然与宁静；一个人的角落，其实，有声也有响，有艳也有彩，洁白的五彩，斑斓的空旷。

有一位我敬重的老编辑，他不喜欢用我的稿子，他给我说：“你的文章里糖太多！生活这么多磨难，生命那么多不如意，你都忽略掉，只是写甜蜜，甜蜜蜜的，没意思，也不真实。”可是，亲爱的老师，我真的只想——在一个人的角落里，种一群干净的云朵。

学会跟自己讲和

春日午后，睡意浓浓未消，心事正缱绻，电话响起，“喂——”我知道是她，应了一声。“我还在老地方等你……”电话就没了。

我知道她把我设成SOS救命的人，我不再缱绻，爬将起来。

我不知道为什么那么多女人的命运如此多舛，虽然大多数姐妹过得好好的，可是，总有那么一两颗心，如在刀尖行走，我想到《海的女儿》里那小人鱼的脚，踩在爱情上，就踩在刀尖上，踩着向往的幸福，路是虚幻的，脚下的痛却真切。

童话只是童话，本就是俗语不俗的演绎，它讲的道理，明白浅显，如家家户户的烟囱，冒着烟。那烟，就是作家抽象出来的童话。

记得那时年纪小，整天谈天整天笑，外婆说，女儿都是菜籽命，全在父母送。我不懂得。后来上大学了，小姐妹们自由谈恋爱，我们寝室里最懂“命理”的那南阳姐姐说，女孩子的命是碰的。我依然不懂。跌跌撞撞走了好久之后，看到美女作家铁凝未嫁，历经沧海桑田的冰心给她说：“姑娘，你要等，不要去找。”我琢磨着，早于我结婚生子的妹妹，看我飞来飞去的懵懂样子，有一天忍下心斥责我：“小若，你不懂吗！女人的福气是等来的。”我懂了，却错过了。我茫然又无奈地答。

将要退休，婚姻一天也没有消停过的一位老同事感叹：“碰到什么人过什么日子”，她的一桩婚，整天都是昏天黑地着，她却并不离开。

学给妈妈听，妈妈却说，她要是这命，离了再找，还是这样，何必折腾。另一位同事说，她不离婚，孩子还是亲孩子，爹妈还是亲爹妈，离婚再找更复杂，麻烦省不了的，不生这气，又生那气，一个味儿。

怎么都看这么开？

我也开始看得开，婚了，生了，一切正常，日子天天过，天天过日子，在摸索中磨合，在磨合中摸索，我找到自己，和生活，和人生，和家，和他的平衡点，蜷下来，我成为一只岁月里的猫咪。静谧着，凡俗着，琐屑着，就也温馨起来。

我想我还是碰得比较好的，还是我总算找到了平衡点？

这样询问，是因为我一直不明白朋友果儿的婚姻伤住哪了，密码在哪？她不能忍受，在不停地摆脱，可真的摆脱了，还是在一起。我是知道点内幕的朋友，她的心还和他黏在一起，也许，离婚只是促他整改的手段和措施，虽然孩子是纽带，不得不在一起，房子是问题，没法不在一起。可是，我真的知道，我想当然地知道，她是爱他的，对他有心线牵着，所以离了还在一起。

那个老地方，是我们约会的地方，她总在那等我，我总在那等她，等两个女人诉说心事心情，有时月朗星稀，有时梨花带雨，也有浓云默默，也有太阳露脸的时候，那是在果儿说起孩子的时候……

情的事，是没有道理可以讲得，对于女人来讲，也少有太多理智，我是劝她不要离的，我阻拦不了，她离了；我是劝和的，他们又没合。果儿的伤又来了，她看到了“不该”看到的，知道了“不该”知道的，所以眼也烫伤，心也痛。我为她流泪，却也无奈。即使找对方理论，也没有底气，他们之间已把合二为一的那红本换成一分为二的那红本了，同是法定凭证啊。

果儿说，爱情天然与悲剧相联系。我说，果儿，不要总是悲观。她却说，鲁迅说了，悲剧就是把美丽的事物揉碎来给人看。爱情是美丽的，美丽的东西容易破碎，爱情当然也是易碎的。世上有绿橄榄、白橄榄、黑橄榄，也有橄榄果，爱情如同橄榄，是一枚红色橄榄，人称其“天堂之果”，也叫它“福果”，多数赞其芳醇，到底亦有人嫌其酸涩。

就这样一枚橄榄果，果儿含着，每个女人其实也都含了一颗，外婆说心甜的人，居何地都会日子甜甜。

橄榄果的滋味，也在于调剂吗？有的口甜一些，吃得甜；有的口香一些,吃得香;可是,有人就是嫌它酸涩,不吐就呕,忍也无奈,终是要呕出,在那躲藏不过的时节。可是,口味无争辩,如同趣味,各有一口喜欢的。

可是,还有另一句话,我怎么也没有勇气给善良贤惠的果儿说,男人有一句自找理由的话:“男人如橘,在南为橘,在北为枳”,也看遇到什么女人?其实这话,同样适用女人。

迷离中我恍然明白,果儿呵果儿,要么接受,要么改变,要么离开,你不能改变,又不能接受,你执意离开,可是离开只是形式,你的心你的身又和他黏一起,那么你的心呢,注定有折磨。

果儿啊,橄榄果的滋味,慢慢消受,人生苦短,给自己的幸福一个出口,越早越好。

自己的橄榄果,学会喜欢,常常习惯成自然,橄榄果,含着,就不必较劲,有时,跟自己讲和,向生活妥协,是一种胜利,也是一种幸福的智慧呢。不信,你试试。

送你一枚圣诞果

冬日的一天，一位老友来到矿上，寻找蹲点的我，说是老友，她说是对她的“抬爱”，她本是多年前，我带过的一个实习生。

那时我刚上班，在煤矿学校教书，与她年龄也相差不大，她叫我姐姐，不叫我老师，我也乐得宠她，想是她走向社会的第一步，她遇到我，我便是她的“社会”了，实习单位是她认识社会感受社会的第一个窗口，我给她信心和鼓励，也给她打拼社会的勇气。

实习成绩单上，我盛赞她“是一棵从教的好苗子”，拎如椽大笔，给她一个最高分“99 分”。恰逢单位发苹果，装给她一袋，她乐得直叫我苹果姐姐。

一直以来，她和我联系，恋爱，结婚，生女，又婚变，我全晓得。她的喜怒哀乐、酸甜苦辣，人生“感悟”，社会“传奇”，生活“柴米”，我这里，有她的一个记忆备份。

她的故事，我只是旁听，没有参与，即便连所谓指点也是难有的，她的识见不在我之下，她的经历和果敢也是我所没有的。我只是听，她说，姐姐，我说话，你听就好了，对我，是一种幸福；我说，对我，是一种丰富呢。她笑了，笑成红苹果的脸，偎着我，姐姐姐姐，叫得我欢心，有时，叫得我心痛，痛着她的痛，喜欢着她的喜欢。

她会常常给我发信息，发来她写的诗，是古体的形式，寓现代的意义；她会给我寄来她娟秀的小楷，书写她的感情和感悟，并且不停地索要我的回信。我只给她一通一通的电话，她抗议着不听，喊着，写信写信，我爱读你的信，像阳光像雪的信！我曾经纳闷，怎么信就像阳光像雪呢？

她的人生辗转着，也不断地辗转来给我讲她的辗转，我听得心辗转着，找言语安慰她，开导她，她总是笑着说，我送她的红苹果，真好吃。笑着,笑着,笑出一滴泪。

冷冬时节,她来访我,带了一袋红苹果,每次来见我,其实,她也都是给我一袋红苹果、黄苹果或者青苹果的,她说,人生里,她总记得,那一袋红苹果……

她走了,我却兀自望着,那一袋红苹果,发呆,想那红苹果的,前尘,今世,往时,眼下。

人生,奈一袋红苹果何?红苹果,也奈得人生几何?红苹果的暖,人世的酸甜,暖我,暖她,酸甜,有共,有不共;生命里的那些,可分担,也有不可分担。

红苹果的路程,也是独自前行,一同成长,一同涨红的脸,只独自去旅行,在人世间。相互间的音讯依恋,是一只果儿的红、黄、青,泛着相依偎的青、黄、红。

苹果的颜色,我喜欢,不只是这红,我只愿,香果飘,连成天涯芳菲。

手机里她的信息传来:姐,知道吗,红苹果是中国的圣诞果,把我的祝福留下,我已带着你的祝福在路上——原来,她已报名支教,去西藏,那个她梦中的地方。

咬一口红苹果,滋味在心上……

她说过,前半生为家人而活,嫁了父母喜欢的人,后半生要为自己活,去嫁自己所爱的人,我知道,她的心上,有一所哨卡,那里,有一位守卫雪域的士官,曾经等她一起过圣诞。

而今,她是去过圣诞,还是看望青春年少的梦?

怀着一颗童心行走

“我喜欢一个人的行走，因为生活的汁液太浓太浓，我要慢慢品味。”这是青春时期，我最喜欢的一张贺年卡上的话语。

爸爸是个当兵的，走南闯北，喜欢太阳石，转业转居太阳城。我的出生是一场旅行，还是一个新生婴儿的时候，是他和妈妈把我从湛江带回中原。生命原本也是一场旅行，我愿怀着一颗童心前行。

童年、少年、青年，南南北北的行走，只要有可能，我就要跟着爸妈同行，这样的游走，让我快乐开心，我喜欢行走的人们身上那种走南闯北的大气与随和的气质。

一个人的行走，有时是向往，有时是朝拜，有时是享受，有时还有可能是逃避——不至于是逃婚，但绝对可能是逃离一种反感或不悦——青春时候的郁闷或情结，谁知道呢，有时候，似乎也没有道理可讲，顺着长长铁路线，跟着天上的流云，每一次行走，对我来说，都是一次心灵的净化，都是一回灵魂的沐浴，我爱，我喜欢。

向往大海，我在海边出生，无数次去看望海的博大与深邃，我到过这一个那一个海边，同样的大海边，有不一样的沙滩；同样的沙滩，也会有不一样的色彩；同样的色彩，还是会蕴藏不一样的文化……海水清澈洗濯我的眼眉心睫，大海是一卷永远也读不尽的箴言书，它给看海的人无边的力量和启迪。在北大听讲座，程郁缀教授也是一个主张年轻人去看海的人，他给学生们说，谁没有看过大海，要去看！要是没有经费，我给你！

山在那里，我们去看山；海在那里，我们去看浪花；大自然的美丽和奥妙无穷，牵引我们探求和逐走的脚步……喜欢高大的椰子树，也喜欢挺拔的胡杨林，西湖的水温润，武夷茶山秀美，黄果树瀑布壮观，九曲江幽静，黄河壶口豪迈，珞珈山上樱花璀璨，天山牧场辽阔，内蒙草原肥美；春在桂林，夏日布达拉宫，秋高气爽的九寨沟，冬日哈尔滨的冰灯是一尊绝伦的雪……

一个人行走，与亲爱的人同游，全家人出游，带着孩子们行走，即使同一个风景，也是不完全一样的美味，家人们会说，我是一个"淘死窑子"的人，好玩的地方，总是不厌其烦，却了还会再去，近的有"小江南"的舞钢，那是"关关雎鸠"故事起源的地方；冬日的海南、昆明、瀛洲岛，夏日的威海、青岛、北戴河，去一遍再去一遍，总有不一样的发现和体味；看红树林，我和孩子们知道了红树林是绿色的，只因它们体内的红色素，我也心中默然知道了它就是诗人席慕蓉歌咏过的城市里少之又少的"水笔仔"；看跳跳鱼，知道它为什么在水中游，在陆上弹跳；认识一种蟹，它的保护和自卫，一如壁虎的断尾，它断臂，而且还会循环长出新臂来；天涯树，它是一树长在大石头上的神曲，天门山，它是一扇天地造化的门……真神啊，大自然的神奇多多的！

神奇美好的风景里，更有美妙的地域文化，和风景里赛过风景之美丽的人和事。在石林，我看到一对夫妻游石林，他们携带了支架和带着炮筒子的专业相机，拍景摄人，他们摄了我的心魄的是——他们是一对残疾人夫妻，丈夫眼盲，妻子架着双拐，我惊喜又震颤地看到，他们多么得相得益彰，他们共用丈夫健硕的双腿行走携带器械，他们共用妻子明亮的眼眸取景摄像拍出美景，我轻轻指示给我的孩子们看的是，这对叔叔阿姨，他们是风景区里最美丽的风景！如斯的美景，不行走，怎么会有这么多的发现；不行走，似乎也没有这么高涨的歌咏激情……

吃东坡肉，看木牛流马，了解辘轳湖畔的风俗，体验晨穿棉袄午穿纱的温度……孩子们说不必出国旅游了，中华大地精彩处处，地域如此广阔，世界上的地形地貌气候温差，在国内就能体验了——其实不然，中国的美妙是世界的一部分，你们要学好外语，带我去地球的各村子转一转……我给孩子们指示，把他们放在纯正外教那里学外语，不只是为学道地的外语，还为了熏陶地球一家人的感觉,免得如我们刚开放的时候,小城来了一个外国人,大家追随的目光如电,似乎能把人家烤化了,驱除新奇怪异感觉,多一份熟悉相知的意趣吧。外教带来的本国的小玩意,他们欧洲行的视频和图片在 QQ 群里直播——德国,瑞士,意大利,罗马……他们解说,“SMART”,“送冬节”,时时报上来他们的消费和食品,孩子们终于开口说,开口问“DO YOU HEAR ME?”……

是啊,“你听到了吗?听到我说吗?”——世界,这世界,那世界,一个太阳,一个月亮的世界,它的美丽,请我们怀着一颗童心去看,去行走……一如大海,那沙和水,琢出我们美丽的童心,濯亮你我心灵的童话。

世上的风景,在阳光下轻唱,如此美好——行走的美好,是生活的美好。

孩子，我是你的电光石火

那一天，小倩怀疑自己存在的意义和工作的价值。

在乡村小学教学，天不亮就从市区的租住屋里往山上赶。披星戴月地出门，披星戴月地归来。当时新结识的男友研究生刚毕业，他的家在市区。他跟小倩一起去过几次她执教的小学。

荒凉的大山，光秃秃的，他看到小倩所在那所深山矿区学校——那孤零零悬在半山腰的几间破旧校舍，屋里衣衫脏旧，脏手，脏脸，拖着鼻涕的山里孩子。小倩耐心地教给他们比较纯正的美式发音，小倩是该校第一个也是唯一一个英语专业本科生，校长说，终于能听到是这么回事的英语读音了。

山里的孩子，上学路途远，时间观念差，他们是真正放养的孩子，哪时走到学校，哪时开始上课，所以小倩上课的时候，时常会有一张脏脏的小脸出现在门口，张望着一双怯怯的眼睛……

"研究生"看不得这家长都不管束的孩子们，他对小倩说，你的工作没有意义。他说，你是在浪费青春。他说，他说，他说——慢慢地，小倩自己也怀疑自身的存在有什么意义，她自问，我的教学有什么价值？如同，"研究生"所说的，一年一年，在山里喊着，能喊出什么名堂？只会一年一年把自己喊着老去，喊来白发，喊来皱纹，喊来眼也花、耳朵背，喊着喊着弯腰又驼背……如他所说，他会一年一项发明，几年一个项目，造福社会，体现价值。当公务员的同学会实习期，干事，副科，科级，副县，县级……开公司的朋友，会一个月、一个季度、一年多少利润，几年下来，公司上几个台阶，财富积累到哪个数字……你呢？一眼望到底，从青春到白发，教师教师，就是教师一枚，能够桃李满天下也好，瞅瞅你教的那些学生，你教不教他们，他们都是那样生活在大山里，或者出山打个工……

和“研究生”在一起的日子，小倩越来越没有自信，没有自尊，动摇自己的理想和信念。她承认，她的存在就是电光石火，充其量也就是一缕光一点火，在这浩渺的世界里，一闪而过。

小倩陷入深思：我的工作没有意义，是我的工作对象没有意义，我的付出没有意义，我也就没有存在的意义？是哦，如多米诺的推理，一环一节无意义，我的电光石火理念就灰飞烟灭。我是小草一样普通的一个人，不是大树，不是高山，我所做的事情，是不能对社会对国家有大效能，对自身发展的空间是一目可以了然的。可是，它就没有意义吗？

和“研究生”分手的那一段时间，小倩的情绪低落到极点。不是分手令她难过，而是交往一年多以来的，来自他的否定和抨击让她的忙碌无地自容——早出晚归的工作无意义，一日一日是在浪费青春？是吗？小倩一遍遍问自己。

荒山的夕阳坠入山谷里，小倩的心理灰暗极了。她坐在空无一人的大山小学办公室里，有雁叫着从窗外的天空里飞过，一巴掌大的天空也是那么黯然，光线暗淡的，把她心上的光，也都收走了。

小倩颓废地往外走，去赶山脚下的末班车。百无聊赖的末班车晃着，晃向万家灯火的城市。她随便翻着一本杂志。那个睡在地板上的小女孩吸引了小倩的视线，她久久地看着那小女孩，那睡去的模样，紧抓着小倩的心，摇啊，摇啊——伊拉克，孤儿院里的小女孩，在水泥地面上画了一个妈妈，然后脱下鞋子，小心翼翼地贴在妈妈的胸口，睡着了。哦，世界上有这样的孩子！小倩感叹着，心被拽进小女孩梦里，摇着……车里的屏幕上在播放本省的新闻时事，小倩又被片子里那个矮小瘦弱的小男孩吸引着，六岁的孩子依靠乞讨养活爸爸，他的爸爸出了车祸做了开颅手术依然不能正常行走，房东说，他的头摸起来是软的。“妈妈跑了，不要我们了，我得养活爸爸……”他不知道“六一”儿童节是什么，他对靠近他的陌生人说：“你不要把我偷走，把我偷走就没人给爸爸讨钱买饭吃了……”小倩于是也想起她的学生，有一个孩子的书包裂着，露出一个大大的葡萄酒的木盒子，那么长地杵在外面，孩子却视若珍宝，第一次看到，小倩奇怪地问："这是什么？"他认真地告诉老师："老师，这是我的铅笔盒。"第一次给他们布置新年晚会，有个小女生追到办公室问："老师，什么是'新年晚会'？"……看着，想着，小倩的颓废，小倩的暗淡，小倩的黯然，小倩的神伤，小倩的心伤，晕晕地，晕开在车窗外的灯火通明里——是啊，宇宙万物间，历史长河里，人的存在犹如电光石火，闪电的光，燧石的火，如白驹过隙，平凡平淡如我，如我的工作——只要世上还有"睡在地板上妈妈怀抱里的女孩"，还有"以六岁之躯乞讨着养活父亲的男孩"，还有不知道"新年晚会是什么"、用不起像样的铅笔盒的孩子……我的工作就有意义，我的付出就具有价值。小倩想着，心如海苔，渐渐舒展。

城市的灯光那么多那么明亮，山上的电光那么弱那么微暗——只要驱走一点点黑，只要带来一点点光，照亮孩子的眼，照亮孩子的心！我想，我愿意，青春不悔。花有花的事业，大树有大树的事业，大海、高山也都有它们浩瀚、巍峨的事业，我的存在是电光石火，让我做这样的事吧，我愿意倾其一生去"浪费"。小倩终于想明白，她给自己的青春和生命这样定位——

孩子，我是你的电光石火——付出青春，付出岁月，有什么关系呢？多少年后，你，或许因此而燃，能够展翅飞翔；或许静默如云，脚步不曾改变——这又有什么关系呢！

半朵棉花糖

她坐在明媚的春山里仰望白云朵，披了一身春光，往事，静静，流淌……

小时候，她就是一个听话的好孩子。

长大了，她还是一个听话的好孩子，可是没有人再给她教导了，爸爸没了，妈妈没了，哥哥跟嫂子去城里打工了。

她很想再听听谁的教导，谁的话，可谁也不能给她什么教导了。

初中毕业那年，她不知道怎么办？

像哥哥那样去打工吗？她不想。

像好朋友娟娟那样早早地订婚，结婚吗？她也不想。

那你要做什么呢？她问自己。

读书，上学，考出去，离开这个没有人教导的地方，听中学的老师说，大学里有大师，他们是明灯，能照亮你的命运。

她不想在这黑暗的村庄里待着，她要寻找有明灯的地方去。

哥哥终于打电话回来了，问她："妹子，你想咋着？"

她说："哥，我想上高中，你供我吧，我报答你。"

电话那端，长长的沉默，终于，哥哥开口了："妹妹，不是哥不供你，你嫂子又生了，哥一个月只有七百块的收入……"

她不说话了，她安慰哥："哥，你管好嫂子和侄女吧，我自己想办法。"

她能想什么办法哩？

她想起来，妈妈活着的时候说，春天是美好的大仓库，它给世上的人吃的穿的——

她决定，上山，挖野菜，捡野鸡蛋……她不穿新衣裳，她把妈妈当年的旧衣裳穿起来，尽管又大又肥，能穿就行。

学校知道她的情况，帮助给她办了低保救助。三年的隐忍和拼搏，她感觉是爸爸妈妈离世后她过的最漫长的日子。

妈妈说，春天是个大仓库，她牢牢地记得，每到春天，她就进山，摘野果，挖野菜，捡野鸡蛋，还有雨后的地衣和蘑菇……凡所能吃，她都收存起来，她的低保款只用来买面、盐和笔芯本子的学习用品。

苦心人，天不负。她收到了通知书——是一所民办高校的通知书，她哭泣着，站在大山的怀抱里。天不负，苦心人，她决心再让春天养活她一年。

她重读了，复读的日子，她有时望着天上的流云发呆——她怀疑自己的决定，可是没有谁给自己教导，她想听谁的话，谁能给她说，谁能教导她何去何从？

她困惑，她迷茫，她不知道自己怎么办才好？要是再考不上呢？她心发怵，不敢想象。

也许太担心，也许太焦虑，一年下来，她居然，又落榜了——连个民办高校也没录上。

秋风萧瑟的时候，她望着同桌背着行囊去读大学，视线都木了，她在寒冬里，心也僵了。

她用仅有的一块钱给哥哥打电话："哥——"哥哥就如同她仅有的一块钱，在这世上，她一无所有。

电话那端是停机的告知，她收了线，拿着仅有的一块钱，路过村口的时候，她看到大路上有群孩子围着一个卖棉花糖的，欢颜笑语横飞而来，她想起小时候，爸爸妈妈带着她和哥哥吃棉花糖的情景。

她已经忘记甜是一种什么滋味。

此时的她，有一个不顾一切的决定——自己打电话找哥哥，不也是想尝到甜的滋味吗？哥哥的电话打不通，索性就真的吃一口甜吧。

她掏出仅有的一块钱，递上去，"两块钱一份。"小贩答。

她红了脸，固执起来：“就一块钱，半份！”她决绝的表情，让小贩很惊异，小贩嗫嚅着收了钱，“给你吧。”

她拿了棉花糖，并没有马上放嘴里，她的心上长出一朵棉花糖来。她举着这朵花，走进大山，有一只小鸟飞上来，啄了一下，她紧绷绷的心，弹了一下。她的泪水，哗啦啦落下来，满了山岗。漫山遍野，她的委屈，她的痛，迎风招展，飘满大树小树小草小花，枯黄的草木，成了她眼里的灰，那红艳艳的枫叶，碰痛她的心——天越冷，你越红！凭什么，天一下霜，我就蔫呢？

她看到一只孤雁飞过去，留下一缕凄凉的声音，但是，她从中听到地倔强——追赶雁群去，赶上去！

她若有所思，心有所悟，似乎看懂了大自然的秘密，她擦拭一下脸上心上的泪，看着大朵大朵的白云，开始舔食她的半朵棉花糖——久违了，糖与甜！丝丝甜蜜，入心入肺，入了她的神情，她微微笑着想着妈妈、爸爸，还有当年一家人，在春光里的情景，妈妈说，春天是个大仓库；妈妈说，深秋养出红叶；妈妈说，大自然是一本读不完的书……

那一晚她下山的时候，怀揣了半朵棉花糖的甜蜜，把大山的哲理也装满了衣兜……

春天来的时候，她依然进山去，她看到黄的草发芽，更绿更密了；枯的树长新枝，更粗更壮；小燕子又来了，比去年更高更美丽了——妈妈说的，春天是个大仓库。这一年，她不仅从春天的大山里储存果腹的吃食，分明，她还采摘了日月精华和轮回的力量。

春天是个大仓库，是物质的，还是精神的——这儿是大自然，大自然给我说——哦，终于有谁给我教导了！

春光照进她的日子，她吞吃野菜山果，同时咽下的还有漫山遍野的春光。

静静聆听大自然的教诲，她不再焦灼，不再无依，她稳稳地进山，采摘，读书，学习，一年下来，她不觉，心里的棉花糖，被大自然绿化成一棵竹子，长在胸间。进考场的时候，她想，即使考不取，自己也会好好生活在大山的春天里。

不再急着去学校看通知书,通知书却在夏日的第一缕凉风里吹到她手上——她终于如愿,要去她向往的校园里,见到那些中学老师讲过的明灯一样的大师,而她与大山告别的时候,分明感觉,大自然的山山水水里一片灯火通明。

坐在教室里,听大师们讲座,她知道,自己依然贫穷,但心上已经灿烂辉煌。她给哥哥的电话依然打不通,空无一物的家里,她给哥哥写了一张留条:哥哥,妈妈说的,春天是个大仓库……春光照亮了我的半朵棉花糖……

天 涯 树

天涯树，早已是一种“文化”，在传承；更是一种精神，在流芳。

在“天涯海角”景区里，看到它，我还是被震撼。

人们同往“天涯”“海角”景点方向，在辗转走过一段曲曲小径与潺潺流水后，就要到达天之涯海之角的时候，路边猛然出现一棵大树，矗立在巨石里，大石头是它生命家园，它“顽强不屈”“坚毅不凡”，芬芳地踞于巨石上，挺拔在天地间，每个人的心里，都有一双超然的眼睛，望着它，爱上它。

它是一匹白马，在奔往天涯的路上，跛足石上，愤然成为一株树，永把天涯凝望；它是一株春树，日日倾诉对海角的热爱，咫尺而不能达，思念成疾，痴诚不改，爱如强石，固在足下。

其实什么都不是，它只是一颗求生存的种子，不巧，也是正巧，落在大石上——它没有土地，便也要发芽；它没有水源，便也要生根；它没有能有的一切，可是它拥有生命的阳光。要么，它劈石而存而活；要么，它未生先灭先亡。

面对天地间的选择，小小的种子，哭了——对艰险害怕，对命运无奈，对生命渴求……

哭也是力量，那是因为心上有阳光。有阳光就有希望，就有向往。因为那阳光本身就是不屈的种子怀揣的向往。

小小的种子朝着梦想走去。

……走啊，走啊……

只有黑，只有暗，只有血，只有汗，只有伤，只有痛，只有悲凉，只有悲壮……

走啊，走啊……

小小的种子朝着梦想走去。

……走啊,走啊……

有了光,有了亮,有了声,有了响,有了青,有了芽,有了根深,有了叶茂……

走啊,走啊……

到了天尽头,到了海之角,绿满天涯绿满海角,在这里守望人间春色,在这里唱着生命之歌。

天涯树,是一首强者的天歌;天涯树,更是一首弱小者的神曲。

它告诉你,最强的曾经是最弱的;它告诉你,最弱的可以成为最强的。

也许,天涯树,你静默着,本不想昭示什么,你只是站着,在你心里,本没有拼搏,也没有放弃,你只是种子,就在风中雨中阳光下,长成一棵树,哪管是在哪里。

天涯树,你的形象在我心上流芳。

游在墙壁上的金鱼

中午时分,来往的行人,都驻足,纷纷仰头,看那两尾金鱼。

两尾漂亮的金鱼,在矿区小学校门口,墙壁上,游来游去。

行人,纷纷驻足,昂视着,两尾美丽金鱼。多么快乐的鱼儿啊,刚冲出教室的少年李小灿,望着它们,张开了嘴巴,露出两颗小虎牙,笑着,想着,想起了——

小的时候,那时候自己上幼儿园大班,家里就养着这样漂亮可爱的红色金鱼,不过,是三条,两条大的,一条小的。妈妈说,小的是小灿,爸爸说,细尾巴的是妈妈,妈妈总是苗条条的很漂亮,妈妈说,脑袋最大的粗尾巴的是爸爸,爸爸是高大健壮的模样。

那时候的家真漂亮啊,跟红色的金鱼似的,喜洋洋的,和金鱼一样漂亮。小灿不知道漂亮这个词有多少含义,反正,他就是觉得,那时候的家是漂亮的,爸爸妈妈也是漂亮的,自己也是漂亮的,真的啊,那时候的家看哪,哪美!就连家门口的垃圾箱都是漂亮的,家里飘着漂亮的味道——昨天,小灿用漂亮这样造了一个句子,语文老师还说用词不当,可是小灿就是这样的感受啊,远远地望着家门,都会看到漂亮的气息飘出来。

可是,现在——

自从,那一缸鱼打碎之后,那三条漂亮的红色金鱼死了,家里的喜洋洋也碎在地上,成了一摊水,瞬时就蒸发了,蒸发走的,还有家里漂亮的味道。

从此,家变味了。张大鼻孔,也嗅不出,以前那漂亮的味道了。远远的看家,飘出的是小灿伤心的叹息。

爸爸妈妈各拿了一个绿本子,分开住了。

三条鱼死了,爸爸妈妈小灿,三个人,也不在一个床上睡觉觉了。

小灿不知道,这是为了什么。小灿,只是伤心。幼儿园老师说的伤心,就是很难受,比如,你最喜欢的东西,没有了,你流眼泪了,这就是伤心。小灿想,他就是伤心了,因为,他喜欢金鱼,金鱼没有了,他喜欢爸爸妈妈和自己睡在一张大床上,也没有了,他喜欢家里看哪都是漂亮,漂亮也没有了,连门口那个漂亮的垃圾箱,都拆走了——记得,那时候,妈妈总哼着歌往里丢垃圾的,这些,也都没有了……没有了,流泪了,就是伤心了——小灿的老师说,小灿理解得真对。老师表扬着小灿,不知为什么,揉着她自己的眼睛,小灿看到,老师的眼睛都红红的了,小灿忙说,老师,你不是说不能总揉眼睛嘛,为啥你还揉呀？老师说,是啊是了。居然,嗓子也噎着哑起来。

想到这里,小灿忍不住,唉了一声,他也记得,第一次和爸爸一起,两个人睡一张大床的时候,爸爸也是这样唉唉唉的,直到他睡着了,又醒来,爸爸还是唉了一声。从此,他也学会了"唉"。妈妈总说自己聪明,学东西快,原来,"唉"自己学得也这么快,妈妈要是知道了,会不会还夸奖自己学啥都快呢。

明天,是自己的生日呢！妈妈打电话问小灿想要什么生日礼物。小灿说,要妈妈还回来,和小灿和爸爸还住一张大床上。妈妈说,小灿大了,不能三个人总住一张床上了。还说,这个不算,小灿要什么礼物？小灿说,要三条鱼,三条鱼住在一口缸里。

如今,看到院墙的塑料袋里,游来游去,两条漂亮的红色金鱼,小灿,忍不住地露出两颗小虎牙来。

——咯咯呵,小灿笑得可爱极了,他想起妈妈说过的话,要让牙齿天天晒太阳——就是天天开心,天天笑嘻嘻的意思,妈妈解释说。

如今,妈妈,在哪里呢？为什么不再给自己讲那露出大白牙的道理了呢？妈妈拿着她的绿本本,到哪里去了呢？

小灿望着墙上挂着的塑料袋里漂亮的金鱼,自信地想,明天妈妈就要回来给自己过生日了,到时候,一定求妈妈拿着她的绿本本，回来，跟小灿跟爸爸一起对着金鱼唱歌，一起在一张大床上笑着翻跟头，让家里漂亮得跟以前一样。

小灿想到这里，快乐地冲墙上的金鱼，挥手说："白白！"他好像已经看到妈妈捧着他要的生日礼物——一缸游着三条鱼的"幸福牌"鱼缸，向自己和爸爸走来。

小灿兴奋地转身，居然激动得来了一个趔趄。

"李小灿，叫一下李小灿——"小灿听到班主任林老师的声音。

走出两步远的小灿，在同学们的叫喊声中，转回老师身边。"李小灿，墙壁上挂的金鱼，是你妈妈送来的，她让我交给你，我没处放，只好挂在墙上了，你快取下来，拿走吧，看它们游得多欢啊！"

小灿的脑袋瓜子，一下子有点转不过来。

"不是，我妈妈说，明天给我一缸鱼，要三条的，这就两条……"小灿说："不是的，不是给我的！"

林老师说："是的，李小灿，是你妈妈在第三节课的时候送来的，她说你明天生日，她来不了……送你两条鱼，希望你快乐！"

林老师再说什么了，小灿已经听不到了。他只觉得天和地，都是麻麻的木木的。

林老师把盛满水的塑料袋摘下来，递到小灿手上，小灿的手居然像小鸡爪一样，抖啊抖的，不小心，袋子和水都洒落在地上。

看了半天，小灿才看到两条红色的金鱼，很漂亮，挣扎着，在地上。

地面上，挣扎着的，红色金鱼，两条，真漂亮啊，怎么那么好看。好看，漂亮！小灿看得晕晕乎乎地，他感觉眼睛疼，揉着眼睛，往家走去……

小灿的爸爸去下井采煤了，中午不回家来，小灿爱怎么揉眼睛，就怎么揉眼睛。少年李小灿的眼睛，揉得，像那两条红色的金鱼，一样红……

花儿开在春风里

1

春风拂着云朵，我走在小城的大街上，不经意间一抬头，目光扫过一张脸，仔细辨认，是她，当年同在矿一小上学。看得出她跟我一样，老了。

——记忆中的她还是小女孩儿，扎两个小刷子，走路快，很要强。记得一个午后放学的路队里，她跟在她的班主任身边，哭得满脸泪水，后来听说，是因为她没有被评上“三好学生”——很为她叹惜了一回。她高我一个年级，学校少先队小班干部们开会的时候，我们会聚在一起，家住的地方也只隔着一条马路。

但是，我们不说话，从来没有说过一句话，知道她学习挺好的，考上这座煤城的重点中学——矿一中，随后我也考进那所学校，不记得怎么见面，但的确是见过面的，在中学里，只比她低一个年级，我的升学压力让我无暇他顾，以至于她考上了哪个学校，我也并不确切地知道，只听谁说她上了哪里的中专还是大专。

我去读师范院校，从此再无交集。

四年师范大学读下来，我也回到小城。不知道从哪一天开始，我又可以看到她，也不知道她在哪里上班，只知道会遇见她，在小城的街头，看见她，骑着车，或者步行，走路依然快，从少女到少妇，到青年到中年——我的步伐跟她一样。

这一次，在秋日的午后，看到她，我却突然顿悟——我和她，就这样，在岁月的河，她在左岸吗，我在右岸？抑或者，她在右岸，我在左岸呢？有时候，此岸若彼岸，一如，她在我的眼里，如同我在她的眼里吧——我看到她的时候，她应该也是看到我了的。

近在咫尺，如同天涯。唯一不同的是，我知道她的人生轨迹，想她也能耳闻我的足迹。但我们，就这样，只这样，相望，不相干——过着，活着，直到看不见……

2

她是我的学生，早不遇见，晚不遇见，偏偏那一天，在一个秋雨，还是冬雨的天气里，我们那么切近地贴身而行，我略在前一些，她叫我："秦老师——"我一下子也认出她来，"小博——"我也叫她。

她告诉我，今天是她上班的第一天，刚刚量了服装尺码，正返回家里。

哦，可怜的、可爱的孩子——仿佛她昨天还坐在我讲课的课堂里，我在念她写的作文《雨沙沙，想爸爸》。她的爸爸是位矿山消防队员，在一次执行任务的时候，不幸遇难，她成了烈士的女儿……似乎刚刚还看见，她那瘦削苗条的妈妈探身在教室门前向我请假："秦老师，我带她去给她爸扫墓，让她先放学好吗?"那应该是清明节的时候，望着母女俩离去的背影，我总是转不回目光，瘦削的妈妈，矮小的女孩……

一晃，这个小女孩却这么快地长大了，她到她爸爸生前所在的矿山消防部队接了班——不早不晚，只在她第一天报到量服装的时候，让我遇见她，让我之前之后的思绪都澎湃……

3

去买早餐，我看见我当年在矿一中读书时候的英语老师，她只教了我一年还是一年半还是两年，我已然忘记，唯记得那一回——她在讲台上说着讲着什么，最后竟然哭了，从她的泪水里，我才明白，我们班英语成绩考差了!??

那时候,她那么年轻,梳着一个童花头,清雅美丽的样子。坐我后面的男同学说:“L 老师正跟我们单位的司机谈恋爱——”微弱的风一样的一句话,“司机”两个字,我听得分明,一丝念头掠过,“WRONG!”——“RIGHT OR WRONG?”她总这样提问,在选择对错的时候。

长大以后,想来那是我正读大学,还是大学毕业的那个冬天,我们在小城最好味道的一家拉面馆里相遇,我惊羡她的不老:“L 老师您怎么还是这样年轻,我感觉我都比您老相呢!”她穿一件极粉极嫩的娇艳的小棉袄,那么可爱的女孩子的模样。而我已经长过二十一岁了,她的外形真的好像还不到我的岁数。她的脸红了,说:“呀,说得我不好意思了!”

我们告别,好多年没见到,在牵着孩子的手在街头玩耍的时候,我看到一个美丽的身影从巷口飘过,直发,长裙,待她过马路,一侧身的时候,我认出了,她是我们那亲爱的 L 老师——此时,我已听说过她的故事,她深爱着学校里一个教政治的老师,而当时他已有家有孩子。也听他说她的好,“小 L 从没有要求过我离婚什么的——”但是深陷情劫中的她,在领导劝解的时候却痴情又莽撞地说:“我非他不嫁!”那领导恼了:“好,我看着她非他不嫁!”

不知怎么又怎么——如今,她应该是到了退休的年龄了吧,依然苗条的身材,依然姑娘的模样,她微笑着低下眼睛,挤上公交去。

我去买早餐,早餐的味道,吃着,吃进回忆里,那么耐琢磨……

晚餐后散步的时候,我的视线撞到了夜色里行走的一个老男人,定睛辨认,果然就是那个牵绊了 L 老师青春和生命的男子,他不风流,也不倜傥——他哪里长得跟树杈一样,挂了她的羽衣?

4

什么样的缘分,我们相遇;什么样的缘分,我们分离——我跟学生说,缘是一朵花,从结蒂到打苞,从打苞到绽放——我们需要多少耐心，多少等待，多少陪伴的美好？

曾经是初中生的我写过一首诗：“学校是条河，老师是座桥……过了桥，我们走向天涯海角……”桥的情意，桥的祝福自然无边，一如花落，而芬芳永远萦怀绕心萦绕在岁月深深的门楣与帘幕上——

岁月也是一条河，思念是座桥，“看见”也是座桥——我看见了你——

你的脸皱了，你的发稀了，你的腰身渐渐弯下来……

一如遥望着你的我，和遥望着我的你，能够在相伴以老的视线里，蹉跎最长最久最芬芳的淡的岁月——

5

遥望，不是一个人的，是两个人的，是更多人的，是所有人的。

你有遥望，谁又没有遥望呢？在人海，在星空，在心灵深处——况且，有些东西，放在心里，隔着时空遥望，便已足够。

6

在我们相逢的地方，有人分手；在我们分手的地方，有人相逢——相逢的人还会再相逢吗？依然人来人往。

望见你从门前过，展眉遥望里，花儿开在春风里，花儿落在春风里，有一些悲哀，于是，轻轻唱起来……

指尖上的芭蕾

1

她认识他，是偶然，也是必然。

她去做头发，他在她的大学附近开发屋当发型师。

出门左拐，有棵桂花树，还有一棵枇杷树，她喜欢秋日的芬芳，春天的黄果，对面就是那家指尖芭蕾的理发店。

他的手飞上飞下，像在云端，像在花丛，如蝶，如风，那么灵巧，那么轻柔，她让他做了一次发型，就喜欢上了人称“指尖芭蕾”的他的手艺，他的技法，于是，往后的日子里，她来，总点“指尖芭蕾”。

他若忙着，她便等待，看着他，看着对面的街树，她的鼻翼和眼眸里，一阵芬芳，一片金灿灿。

他偶一抬头，四目相对，她总转了脸看对面的树，或两眼苍碧，或双眸含香。他接着忙他的，直到，他说：“好了，您这边请。”

坐上他的发椅，她弯弯的眼眉轻轻微笑，心上同时飞舞他的指尖芭蕾。

一回，一回，一季，一季，寝室里的同学说，你得“理发控”了，才几天哪，就又去理？

她一愣怔，是这样吗？

有一天，连他都说了，还好呢，又打理？

她点头，使劲嘟着嘴巴抿起了嘴唇。

2

一连半学期，她居然再没出现过。这期间指尖芭蕾的他，居然有两次让回头客“求疵”——不是“吹毛”，是真的失误了，一恍惚，把人家的发屋捣得塌下去一块，一不当心，又一块……他心里明白的，直直对人道歉。

见到校园里的女生，他终于憋不住，问：“那个眼眉弯弯的女生怎么不来呢？”他只管问，终于有一个人知道他所说的那“眼眉弯弯”是哪个？“哦，她最近是不常理发呢，我们寝室还一起表扬她的‘理发控’痊愈了。”

这同寝室的女生回去就叨叨：“嗨，你的理发控痊愈了，那理发的小老板还失落呢，赚钱少了，很没魂的样子，呵呵！哈哈！”

同学笑，她却心痛一下，痛一下，若有若无；弯弯的眼眉，耸一下，耸一下，轻又轻。

3

枇杷果熟的时候，她要放暑假了。考试结束，她终于忍不下，要去看那棵枇杷树结了几只果子，她仰起脸，数啊数，怎么也数不过来，心里有一双眼睛早从绿绿的树叶间腾云驾雾地挪开去，对面的理发店里居然跑出来“指尖芭蕾”，“理发来了，快请进来！”他双手交叉干搓着，真个是手足无措的样子，两手不停地搓着，全没有发梢上舞芭蕾的潇洒飞逸。终于，他几乎是拉了她的手臂，过了马路。

她坐在座椅上，他竟然忘记他手上还有客人——她脸红了：“我不急，先给人家打理啊。”

他冲人解释：“老客户，好久不来了……所以……请您原谅……”他颠三倒四的话，让一发屋的人都笑起来。

有人打诨：“敢情是位美女呢，咱们‘指尖芭蕾’是个重色的呢。”大家笑，他也笑。

她没有笑。她已明白了什么。

他仔细地给她理发，一根一根头发地修，好久，好久，他还没修好她的发——其他理发师都去吃午饭。

碎碎的发，黑压压满地，他说："对不起。"

她没说话，她的泪，簌簌地，落下来。

4

他给她讲自己的故事。

他本是她的校友，读大二的时候，父亲病逝，妹妹考上了大学，无奈，他办理休学，担当起家庭。"那你什么时候再回学校呢？"她很期待地问他，心上却想，怪不得他与其他的理发师有点不一样，怪不得有那么一些校园里的同学跟他那么熟稔："师兄弟们也都在照顾我的收入，点我，点得多了，把我点成了这里的领班。"

"再做一年，就回去读书，妹妹的学费赚够了，妹妹自己也找到家教在挣自己的生活费。"他说，"马上我会回校园去了。"

这样的故事感动了她，打动了她。"你下学期就回学校吧，我的生活费给你一半。"她急切的样子同样感动他。"傻丫头，我怎么能让小姑娘供养我？这么大个老爷们儿！"他刮一下她翘翘的小鼻头，温和地笑，"不用担心，我会担起所有的心——爱我的心，我爱的心。"

"那我毕业先不出国读书，留下来陪着你。"她坚决地说，"我要坐在你的自行车后座上等着你毕业，给我买宝马。"

他认真地："你会吗？""当然会。"她坚定不移。"只有你给我盘发，我才出嫁。你要亲自为我盘起长发！"他点头又点头，指尖，心尖，他的芭蕾，悄悄凝眸，对着她弯弯的眼眉。

5

"眉眼弯弯"和"指尖芭蕾"恋爱的消息，被寝室的同学知道了，传播出去。

一个追求她的同乡把信儿捎给家乡的父母，母亲和父亲居然千里迢迢地赶过来，不允许她跟一个“剃头的”相好，不允许她暑假继续留在这个城市做“社会实践”。

她被爹妈押解回乡。面对多病的母亲，含辛茹苦的父亲，她答应出国留学——姑姑已经为她办好留学手续。

她终于还是有机会把信息发给他：“等我回来。”

她去了英国，那个格子裙和帽子的故乡，一年四季的各式各样的帽子，遮挡了她的发，她知道她的每根头发都需要护理。可是，她发给他的信息再也不能“发送成功”，所有的电话全是停机，所有同学校友也打听不到他的讯息，学生管理处的记录，他的休学期限已过，他已没有资格再回校园。

唯一的方法，就是集中精力结束课程，赶紧毕业，毕业才能回去，她渴盼着，格外用心地学习，她的发一分一秒地委屈着，期待那“指尖芭蕾”的盛宴。

她的眼眉弯弯，弯向故园，弯向家乡的他——他指尖旋舞的芭蕾，风的感觉，火的模样。

6

她回来了，联系了单位，安排了工作。

她来到桂花树旁，她站在枇杷果下。

“指尖芭蕾”成了一间水果铺子，她紧张到结巴，到失语，再没有她的“指尖芭蕾”。头重脚轻的她大病一场，妈妈细心地服侍她，爸爸端汤又送药。

她好了，妈妈说：“别那么幼稚，这世道男子不能轻易相信，况且你们什么盟约也没有。”爸爸很理性：“不要再想了，没可能了。”

生活是现实的，理想也要面对现实，她前思后想——自己和他，难道不是爱情，难道承诺了无痕，那什么样的感情才会是真的呢？

回到小城——世上最浪漫的“山无棱”的地方，家乡小城的山顶是平的，当年他俩开玩笑，不能一个人回家乡哦，要回就必须一起回！因为《诗经》云“山无棱乃敢与君绝”，原来家乡小城是个适合情侣分手的地方。脚踩到小城的地面，她的泪，落下来。

把爱情揣进衣兜，埋头工作。像是一节肠子断掉了，像是一块脑细胞切割下，她感觉自己哪里不太对，不像以前一样，成了“优质剩女”的她，自己嘲弄自己，就这样被爱情伤得七零八落了？弯弯的眼眉里染了淡淡忧伤。

7

在母亲父亲纷繁相亲大战轰炸下，她把自己交给父母做主的一桩婚姻。他们领了证，典礼的时候，先生重金请了当地最好的婚庆服务公司，抬起菱花镜里的双眸，她呆了又呆——她的发型师——指尖芭蕾，她失声唤他，他只是摇头。

世上有这么相像的人吗？他摇头，还是摇头，说，新娘子认错人了。

他的理发包上有米黄色的小花，有金灿灿的圆果，“又香又甜。”她很想说，没有说。心上的死结，又冷又硬。

新婚之夜，桂花飞，枇杷落，发型师入梦：“我是你的指尖芭蕾，你走之后，你父母跪地求我，放过你，他们要给我钱——换新的电话号码，换新的地盘……”

醒来天已大亮，先生放在客厅的音响里飘出一首歌：“风吹过一抹芬芳染上你弯弯眼眉，这指尖芭蕾，是情人无悔，不管是非也不问命运错对，这指尖芭蕾是情人的美，我旋舞在你心扉……”

8

楼下有人按门铃，是婚庆公司的服务生：“我们总公司董事长特送的花篮。”先生开了门，看花笺，她瞄一眼，熟悉的笔迹晕厥了新房里晨光——

从来没有离开，他在原地读书毕业开发廊注册婚庆公司，连锁经营，分部特意开到她的家乡，只为等到她。等到她，是在她为人妇的时候……他能做的似乎只能是为她把长发盘起。

——原来他只是遵照她父母的意愿更改了发廊名字，她托人查的学生处记录，是她父母做的伪据。

“你要亲自为我盘起长发”，花笺上印着这样一句话，这是当年她要的承诺；花笺上还印着另一句话：“我要亲自为你盘起长发”，这是当年他的承诺。今生，他这样兑现诺言——

他的签名笔迹那么熟悉，一如那青春的指尖旋舞过的芭蕾，她看着，似烟花，烫了，眼神。

瞬时，她明了，为她服务的婚庆公司就叫“眼眉弯弯”，他当年叫她——眼眉弯弯的女孩。

他的心上，最美丽的芭蕾，是她眼眉一笑。

第五辑　生命是一棵流芳的树

时光如白云飞

眨眼又是一春，想想啥也没做。

先生笑着回答，怎说啥也没做，明明天天坐着——在家，在单位，就连上班途中也是坐着，要么电车，要么公交，要么咱家大卡。

不禁跟他一起傻笑。笑完自己还是内疚，就连远方朋友的新春问讯，也回答得潦草，今年啥也没做，天天荒废时光。

朋友却很搞笑，发来一张张牙舞爪的自拍照片，说，既然这样，那就想想我。

笑也笑晕，今天又已过去，看看天边，云朵正在飘过——不禁自己相劝，云飞岂能留住，就让年华似水，流淌，流走，一去不回头……

去开工作总结会，领导宽慰地对大家说，不功利，我们能等，等着大家慢慢写出来——领导说大家的创作。

可是，还是感觉惭愧——除了跟工人一起吃面，实在是成绩荒凉。发表还是杂志小稿，积累一些创作素材，作了几个散文随笔，写的那碗面，在省报，在市台，受到编辑和众多工友的热捧；写的那“理想”那“绿萝”还在国报副刊排队……

这一本一本是什么，家里的小子眼睛犀利，翻腾着我的记录本，采访手记——不要谦虚了嘛，这不都是蛋嘛，春天好好在家待着，别来回跑，抱着电脑做成窝，把它们都孵出来，就会鸡鸭孔雀鹅不都有了嘛，没准还有一只是天鹅……小家伙说着，好像一只小松鼠，跳着去他的房间。

坐下来想一想，虽不无道理，可还是恍然自己的疏忽与故意——自己是一个不想较劲的懒家伙。云一晃，就过去了，我的时光，总是这样，好像年年都是这样。

所以我是一个普通的人，平凡又平淡——这不好吗，老妈妈对我开导，老人家七十多岁，她说，我的这几十年，也都是无所事事呢——我讶然，您有我们呀！您还有我们呀！我和孩子们都忙不迭地回答。

老太太说，你还以为人生是什么呢？收获再多，也还是交还给岁月。只要不闲着，只要心安，过得充实——“不要狠干，只要肯干。”这是她嘱咐我最多的话，“该怎样就怎样。”

人到中年，我也慨叹，时光荏苒，韶光好，留不住，如云，如花落。花又开，云再来，不一样的你我，不一样心情与热爱。

微信圈里，谁把当年的毕业照片翻拍了晒出来，定睛找自己，唉，那时还是年轻轻，脸圆圆，如一滴饱满的水珠，两个小揪揪——我的发辫，揪住的是青春与美好。如今，眼也花，发也白，脸上越来越多的双眼皮。突然明白当年一位老师说的，年轻就要多照相，老了咋看都好看。原来真是这样。

仔细看的时候，发现兰和华都没有在合影里。其实，我当年也是差一点没有去照。现在很庆幸自己到底是照了，幸亏照了，多好啊！你看看，跟同学们站在一起，生机勃勃，可亲可爱。

一样的时刻，不一样的感受。有的，是正在碎裂的时候，因为年轻，不懂面对，选择缺失。

庆幸，我终于去照了，才得以看到青春的我，是怎么样跟大家站在一起。真好。很美好。这感觉，还有那感觉。

是的，如今回首，就连当时内心世界里，什么东西的碎裂声，也是美好的。我庆幸，我照了，把它留在照片里，留在跟大家站在一起的青春的阳光和树林中。

同学冯说，当时有七个人没有去照合影。

七个人。七颗碎裂，七颗回避，七颗缺失——对青春，对岁月，对当时的自己。真的，是一种自我的不能认知，无从寻觅，不知道自己的心在哪里？是这样吗？自我的缺失，图片也缺失——反正不出现，不出现在自己和别人眼睛里，是对自己的不认同。把自己丢了——

我知道的兰和华，是情感碎裂。我的，也是，初恋碎了。我不知道还有谁，那几个亲爱的男同学，是什么，是哪一样心结，心有千千结，何以让他们放弃与青春合影，与一生只有一次的大学放弃合影……

时过多年，我真的数不出来，是哪几个我的同学，不在人群里——他们独自去了哪里？大家合影的时候。

记得那里蜻蜓飞，记得当时阳光好，记得树梢上有白云朵，好看的云，一朵一朵飘着——

云飞，不可留下——我们各自毕业了。带着四年的青春和学业，带着山风、碧水、绿树的呼吸，还有大森林一般的爱恋——各种爱，各人各个样的恋与情……

七个人，七颗心。北斗也是七颗。

经历了重拾方向，走进人群里，走在人群中。

我看到如今的微信群里，大家都到了。每个人，在青春的迷惘与困惑里，怎样求解，找到北斗的方向，找到自己的方向——

一切都是过往，而“那过去了的，都将成为美好的回忆”——诗人早就说了，我想，他们跟我一样，无论在不在合影里，心都在那里，在青春的队伍里——那里最美好！云飞不可留，留下我们的情，我们的爱，我们的青春，碎裂是一种绽放，如花朵，正是由于碎裂成瓣，才那样美丽，那样芬芳！

我怀念，怀念青春的各种美好，怀念——那种碎与裂，碎里开出成长的花朵，裂里长成力量的深根……

有老师问近来情况，有些惭愧地汇报，在煤矿蹲点，孵点小蛋蛋。老师给予鼓励，在煤矿咋会是小蛋蛋，八百米深处，说不定是恐龙蛋呢！老师充满期待的话语如春风，鼓舞着我的笔下春暖花开。

去个青草更青的地方——新的春天，心生欢喜，安然，安详——一春，一春，又一春。

五分钱的高贵

读初一的时候，班里有个女孩叫万平，细高的个子，总穿一件有些褪色的碎花布衣，头上扎着两个翘翘的小刷子，性格很爽朗的样子。

当时，我的座位靠前，她的位置很靠后，加之，我们都是从各个小学校刚刚“拔尖”拔进矿一中的，所以并不很相识。

我对她有印象，是因为她是班主任老师临时指定的学习委员，所以每当自习课上有人说话，就会有一个打雷一样的声音传出来，“不要说话了！”顺着声音飘来的地方望，有同学给我说，她是万平。

近一年过去了，我还是和她没有什么交道，我的家近，是走读的；她家在较远的哪个矿上，是住校的。只是在期中考试的成绩公布的时候，隐约感到她是学习委员，排名并不是太靠前。然后，也就依然没有印象，因为高矮个子的悬殊吧，即便是课间做广播操，队伍散开后，我俩也是离的八丈远。

好像还记得她请过几天假，因为一位副科老师上课，照着花名册认学生，点到她，有人说：“请假了，她妈病了。”

我甚至忘记了她是怎么向我借了五分钱买冰棍的，情形是一点也回忆不起来了。现在想想，也许是偶尔的一次我中午不回家，在学校食堂吃午饭，到她们寝室休息的时候吧。直到班里一位与她同宿舍的同学把五分钱递给我，说：“万平还给你的，她说她借了你五分钱买冰棍。”

为什么不是她本人还给我呢？同学说，万平转回他们矿上的中学读书了，她妈妈有病，家里经济困难，交不起住宿费和伙食费了。

我在心里不禁为她担忧：矿上的中学教学质量好吗，会不会耽误了她的学业呢，要知道我们正在读的可是“省重点中学”啊，她怎么能率然就回呢？更让我感动的是，她明明是因为贫困而转学，却偏偏还记得归还给我五分钱，而且是特意留给同学让转交给我。这份担忧和感动在我心中默默地存了好久，终被紧张的学习和考试冲得远去。

直到我读大学，参加工作，到如今，有的时候，我还是会不由地从快乐或忧伤的生活碎屑里仰出脸来，想起万平，想起她还给我的那五分钱。想着，她妈妈的病情后来好转了吗？她现在工作、生活得好吗？会不会下岗？居何处，随何人，有了一个怎样可爱的宝宝？还是那样爽爽朗朗地大着嗓门吗？也会想，她当时完全可以不还给我啊，就只是五分钱，况且我都忘了，她又是急匆匆走的，怎么匆忙中还要这么仔细地记得呢？如果她别还，想起她的时候，我会更轻松，或者我可能就不会想起她了。

畅然前行的时光里，我发现万平还回的这枚硬币，让我怎么花也花不尽，它悄立在岁月的壁上，被我一遍一遍地凝望和祝福。凝望里，我看到这枚硬币愈来愈明亮；祝福里，我发现自己也同时被照耀得很明很亮。

我本来是不了解万平的，可是因了这五分钱，让我在人生旅途中越来越认识她了：在她寒微和朴素的外表下面，是一尊高贵的灵魂啊。

因了这五分钱，万平，我亲爱的同学，你在我心中高贵一生；因了这五分钱，我相信我亲爱的同学万平，定然是一生都是高贵地活着。

也是这五分钱啊，它照亮我的心，也照亮我的路。谢谢你啊，万平！

他总是没有理

不知从哪一天起，她发现，他总是没有理。

他去幼儿园接孩子，忘记把被褥拿回来晾晒，她把他数落一下，他不吭声，答："喏，喏。"

他去买青菜，她怪他，菜都出苔了，像是柴火了，还能吃咋地?!他也是不反驳；他起来拿了这么老的老青菜，自己要炒了吃，她夺了下来，不能吃的，当柴火烧吧，直接给撂垃圾篓了。他好脾气地笑一笑。

他做的菜，她总要说不好吃，不是咸就是淡，反正没有正好的时候，挨吵的总是他，没理的总是他。

几十年也便这么过，孩子们长大了，说："老爸，你怎么这么窝囊呢，被老妈吵了一辈子，不得翻身啊！"他却笑了，你妈那是对我好。孩子们嘻嘻笑着说："老爸是奴才命。"她听到了："你爸是奴才命，他咋是矿长，我咋是清洁工?"是了，老爸是抓生产的矿长，老妈是矿上办公大楼里的保洁员。

一辈子也就这样过来了，他在外面当领导，她在家里当领导。他在外面还要多多地隐忍，她在家里，却从来都是张口就来，数落他，训斥他——反正，他总是没有理。他也说了，谁让咱没有理，他从来也就认为自己没有理。

事实上呢，有时候，他真的没有理，他做饭掌握不住火候，他买菜分不清哪个更新鲜，他洗得衣服也不够干净……可有的时候，明明他也可以解释一番，分辩几句，甚至理论个来回，可他从来不，他只说，她是辛苦的；他只说，她是为了他好，为了家好。

时光在摇摇椅里晃的时候，两人都离休了，儿孙都大了，空的屋子里只有老两口，她还会吼他两句，有一天，她发现，没有了乱蓬蓬一家子大人孩子们的“背景音乐”，她苍白地发现自己脾气要得那么苍白，没有道理的是谁呢？

她说，老伴啊，你一辈子都没理，我一辈子都有理是吗？

他依然答：“那是，那是，你有理，你是常有理。”

两个人看电视，他看新闻，她吵他，都离休的人了，看那做什么，她把台调到“婆婆妈妈”的频道，看着电视里老头老太太吵得热火朝天，她来了劲头，他也没事跟着瞄。

最终，电视里的老头把老太驳斥得哑口无言，老头占了理，胜利微笑。她瘪瘪嘴巴，瞅着他：“你是不是也想跟他一样，把我也给斗争败啊？”

他乐了，指着电视里那老头：“他有理了，可他无情啊，他就不想他老伴对他的好！”

唉，她叹了一口气：“敢情你不给我吵，是你有情义，那我呢，我总有理就是总无情了？”

他说：“你不吵才真是无情哩。”

她先他离世，临终给他说：“你留下清静清静耳根子吧。”他却摇了头：“老婆子，别这么无情——”

风中的雪莲花

冬日的午后，蜷在暖暖的阳台上，看仓央嘉措的那首诗："那一夜，我听了一宿梵唱，不为参悟，只为寻你的一丝气息。那一月，我转过所有经轮，不为超度，只为触摸你的指尖。那一年，我磕长头拥抱尘埃，不为朝佛，只为贴着你的温暖。那一世，我翻遍十万大山，不为修来世，只为路中能与你相遇。"

这时，电话来了，是我的一位文友，单位在新城区，一准又是饭后无聊至极，用电话来消食来了。"又不能回来，在单位？"她"哦"个不停。

我说我也烦呢，天天工作像根绳一样，把我拴得牢牢的。这也是她的感受，我在跟她共鸣呢！她曾说过，我跟条狗似的，被拴在一堆报表里，报表是一根拴狗绳。

暖阳打在吊床上，我缩缩身子坏坏地朗声说："早知道不上大学了，不考上大学就不会有这一份绳子一样的工作，卖烙馍，多自由！"

我的疯癫拉回来她的理性——算了吧。她开始给我讲她家门口那个卖热干面的女人。

我知道，朋友今天的"午后论坛"开讲了——

那个卖热干面的女人天天赚钱不少，比咱们的工资多得多，但是舍不得花。她羡慕有单位的人可以有周末休息。让她休一天，她又说，舍不得，耽误赚钱呢！

要孩子也晚，娇生惯养得很，孩子十岁了，生气起来，会抓着她晃，会踢她。

"这还了得，跟她说，收拾好他，不许不尊重不孝敬的！"我急声吩咐。

朋友说，我开讲，你别打岔——是了，她说管不了。

“怎么管不了，是她不舍得！”我又“打岔”。

朋友讲，我也这么说她。那孩子不住校，她两口子也没时间照顾他。一家人说话都是喊着说，我提醒，阿姨有心脏病，你嗓门大，我受不了。那孩子就好一会儿，一会儿又忘记，再提醒。问他为什么不上住宿学校去，爸妈也顾不上管他。他答，住宿学校吃不到好吃的饭。他的衣服也都是名牌，价格都高。他妈舍不得吃，舍不得穿，总是吃孩子的剩饭。看见一回，孩子把吃剩下的一点甘蔗给她，她有糖尿病，也接过来吃了。朋友说，看吧，她这样，等老了孩子也难孝敬她。他们已经有两套房子了，钱也不少，一家人从来没有一起出去玩过。我给她说，劝她出去玩。劝了好多回，孩子跟他爸总算是去了一趟北京，她自己到底没有舍得去，说是就这也耽误挣多少钱……一年到头也不容易哦！

——你还说要卖烙馍去，要是卖烙馍，照样纠结，又有不一样的纠结了！

听着朋友的“结论”，我笑了，我还比不上人家能干耐劳的！

朋友说，是啊，那是啥日子，除了赚些钱。

想想，还是就这样吧。朋友的手机响起来，她要撂电话，不给你说了，这个电话我得接——她“有聊”去了，我眯了眼打瞌睡。

女人在朋友的讲述里，仿佛一朵风中的雪莲花。雪莲花于我，总是美好的，却是远的；犹如，那个女人根本不知道，这个冬日午后，她被人讲述，听得人赋予她雪莲花的形象——因了她的邈远与辛苦。

我琢磨着什么是我的雪莲花——别样的工作，年轻时的爱情，还是从来没有胆量的尝试，抑或从来没有下过决心畅意抛洒的汗水？

花和月，影与尘，在风中，雪莲花一般，有白衣胜雪，绝美飘摇。

阳光下，冬日的暖总是不一样的暖，这样的澄澈和透明里，我总是醉。

醉着想——

想我刚刚读过的仓央嘉措的诗，想他这个情圣，他这个活佛，他这个大山上的雪莲花，放着好好的活佛不能适应，一心一意要一份红尘情事。

想他如果依然是父亲母亲那样农奴的身份，如果拥有一份农奴姑娘的爱情，他会不会，望着高山上的雪莲花，痴迷地想要做那一朵雪莲花呢？而事实是，他做了比高山雪莲还要稀罕的一个人、一个位置——他不稀罕，他只稀罕雪莲花一般美好的一份尘世情。

风中的雪莲花哦，是一种传奇，是一份遥不可及的美丽，不盈一握，握在手心里的，永远是一葩残瓣，那一缕芬芳，总是飞逸在天高处。

这世界里，谁不是，天亮与天黑，总不能够两全，才得一份庸碌与正常。

我想，我还是蜷在阳台的吊床里，遥望仓央嘉措和他的诗吧。今生，我想我没有勇气做一个爱情至上的人。

对待爱情的态度，有时候，就是生活，抑或是全部的生存态度。生命里，我不是一个能恣意的人。雪莲花啊，你在我的梦里，而我，只是苟且偷安地在阳台的暖阳里，想你怒放的容颜。

请允许我，在这样的一个冬日暖暖的午后，想念你，风中的雪莲花！

从今天起

海子说，从明天起，做一个幸福的人。

海子说，从明天起，喂马、劈柴、周游世界。

海子说，从明天起，关心粮食和蔬菜。

海子说，从明天起，拥有一所房子。

海子说，从明天起，面朝大海，春暖花开。

我想着海子说过的话，想着他的华美并不切实可行的话，想着他让自己到天堂去兑现诺言，更想着现实中我们百分之九十九点九九九的人都绝不可能做的跟他一样，我也不可能，所以我也不是“湿人”，更不是“干人”，是一个大俗人而已。

海子的话，毕竟是诗人的话，或者说，那是诗，不是话。

说做一个幸福的人，就能做一个幸福的人吗，手头心头的这一堆泛滥的糟事阻塞着我们幸福的管道：他家都连续被盗三次了——短时期内；他家三口大人全无职，救济金迟迟不来呢——这么久；怎么捅得开，下得去，从明天起，真的能吗？

海子说，从明天起，喂马、劈柴、周游世界。我哪有马可喂，又哪有那么多的钞票可以揣着去周游世界？你呢，你可以吗？

海子说，从明天起，关心粮食和蔬菜。这是我可以做到！但又怎么样呢？哪一样又可以是完全的绿色完全的自然呢？我也只是随声附和“吃了毒死，不吃饿死！”你呢？自耕自作，哪一样都有吗？

海子说，从明天起，拥有一所房子。房子这等百姓大事，也是说拥有就拥有的？房价飞涨，我现在是“罗锅腰”上树——钱紧着呢。你呢？可随意拥有？

海子说，从明天起，面朝大海，春暖花开。我在内陆，哪有什么海？看海得到有海的地方去，岂是一个去字就可了得的？你呢？

住在海边，就是春暖花开了吗？

我吟咏着诗人的诗，想那哪是我等俗人可实现的童话啊！吟着吟着，吟到花儿开，我看到所有的童话都实现——如同一首歌唱的"笑到泪水流下来，哭到微微笑容开"，我发现海子的诗是我的生活，是我生存的心灵天堂。

从明天起，做一个幸福的人。——我可以！不是都说"幸福是种感觉"吗？我可以调整心情和感觉啊，况且，我的感觉还可以。父母身体好，兄弟姐妹日子都不错，朋友们都挺好的，山河上下也国泰民安的，这不是幸福是什么？不是说流浪汉最幸福吗，他的感觉不就是我的感觉吗，何况，我拥有的快乐可比他还要多。你呢？

从明天起，喂马、劈柴、周游世界。——也可以做到！没马可以喂猫喂狗狗，或者，喂喂蚂蚁养只蝴蝶，没见街上还有人喂宠物小猪的吗，再不然，可以去动物园里喂骆驼啊。不劈柴可以买买菜，做做饭，煮煮粥，一定要劈劈柴也可以啊，找把斧头，买一把也行，捡根棍子，劈吧！世界就在眼前，就在生活的当下，随时随地可以开始心的游走，别忘带着快乐轻松的眼神！再有了，《世界地图》有吧，"正大综艺""环球 45 分钟"，一堆电视栏目，看呗！再不成，砸碎存储罐罐，还不能去个新马泰什么的，是吧？你说！

从明天起，关心粮食和蔬菜。——更可以啦！农民的税都免了，还能没我等吃的喝的吗！绿色食品自然菜蔬，不正提倡着呢嘛，不是已经星星之火，在展开燎原之势了吗？关心是你的用心呵，用心就是了嘛。是吧，啊，你？

从明天起，拥有一所房子。——我有房子住着呢！已经拥有了，比诗人超前了。不过，我还想再超前一下，奢侈点，拥有一所心灵的别墅！这全凭自己营造。正所谓"在陋巷，不改其乐"，不光是"回也"，还有你，我！对不？

从明天起，面朝大海，春暖花开。——心花已经开了，双眸已经朝向生活的大海！看海一定要到海边吗？心在海中，海在心中，随时俯首就是了！要看浪花也可以呀，网上什么样的浪花没有呢，据说还有专门制造浪花的公司呢！要让浪花打湿衣襟，也可以啊，你要是爱我，就坐着火车来，坐着火车去看海吧，飞也行啊，这还不须砸开存储罐罐吧。再说啦，不妨想想那两个要去南海的僧人，僧甲执一钵十年归，归来时发现僧乙还正造去南海的大船。今天我们何取何从，看每个人的心意啦！其实，在我做这一切，想这一些的时候，心中的世界已然是“在海边，花儿开，春风来了”。

亲爱的，让我们想着海子说过的话，想着他的华美的，也切实可行的话，想着他真没必要让自己到天堂去看海看花开，更想着现实中我们百分之九十九点九九九的人都是站立在现实生活的大海畔，一辈子都可以这样“面朝大海，”拥有“春暖花开”的心情和表情的。

真的，我们不是“湿人”，更不是“干人”，我们是大俗人，我们可以做到——因为祖祖辈辈的人都是这样过来了的。哪一世的春光不旖旎，哪一代的春色不迷人，哪一晨的春风不浩荡呢？

世世代代春花朵朵开，面朝大海呵，春暖花开！这是诗，但更是生活。亲爱的，你说呢？

聪明的，干嘛又要从明天起呢？“面朝大海，春暖花开”，从今天起，从此刻起！

君　子　菜

先生喜欢吃苦瓜，夏天来了，他去菜市场的时候，总要为自己谋私一把，菜篮里少不了他带回来的大的小的长的细的青青的苦瓜，不喜欢那份苦滋味的我，看一眼它，就知道夏来了——每年的夏天，我家的夏天就是这么来到我眼睛里的。

起初，我跟先生较劲，做饭的时候，就不给他往锅里做，除非他自己亲自主厨；每每如此，他也并不见怪，只是随口道一声："夏天吃点苦瓜好！"当然，他若主厨，总是慷慨地做完我爱吃的菜，再做他的苦瓜吃。对于我的小气，也从来没有微词，一副任劳任怨的样子；后来有了孩子，孩子也不喜欢他的苦瓜，任凭他怎么样给孩子说，吃点苦瓜好，孩子一样的不为所动。

只是多年的夫妻了，我不再像当初那样反对先生吃苦瓜，去菜市场的时候，我会主动给他带回来一些，有时候，也会主动炒给他吃；孩子很疼爱父亲，一到苦瓜上市，他会眼尖地吵吵："买苦瓜，买苦瓜！爸爸爱吃！"虽然孩子不爱吃，但他总是记得爱他的爸爸。

孩子不爱吃苦瓜，但是他爱吃青椒肉丝，见我总是把青椒和肉丝炒好，盛出来一些，再添加苦瓜一起炒，先生很奇怪："你一直这么炒吗，一份给儿子，没有苦瓜，一份给我'苦瓜炒青椒肉丝'？"我说："是啊，怕苦瓜的味道沾肉丝上孩子不吃。"他笑看我一眼："傻啊，苦瓜是从不把苦味传给其他食物的，它是君子菜，你不知道吗？"我讶然，看着先生接过菜铲把苦瓜青椒肉丝一起炒，端上桌，孩子捡爱吃的青椒肉丝夹，先生裹挟着往口里放他爱的苦瓜条。儿子点头："肉丝果然味道依然！"他冲爸爸竖大拇指，"爸，你的苦瓜真的是君子菜！"然后儿子又说，"爸，你也是君子啊！"

我奇怪："菜是君子，跟你爸也是君子，有什么关系？"儿子笑了:“你想啊,妈妈,爸爸什么时候也没有勉强过咱们俩呀,他还总是另外给咱们炒咱们爱吃的菜,不跟苦瓜一样嘛!”我笑了,想着自己那些不够君子的做法,有些面讪。先生笑了,给孩子说:“你妈妈也是君子哈,她是一直包容着我吃‘君子菜’的君子!”

“我骄傲!我爸我妈都是君子——”孩子冲我和先生竖大拇指,学着小品里搞笑的语调。

是谁说的,婚姻里没有大事,全是小事,吃喝拉撒,柴米油盐,锅碗瓢盆——锅铲锅沿天天挨着,总要相碰,多年以后,我挥舞着还是结婚时购买的锅铲,但看它的模样完好依然,锅沿也端正如昨,不禁感叹,嫁得这理工男的好处,想他的宽容和包容,想他的迁就与谦让,致使这锅铲锅沿友好相处,相处安然,以至中年之后的相处嫣然,相视莞尔。惭愧地想,如同吃苦瓜,先生的君子之风是主导哦!

再去菜市的时候,不待孩子和先生提醒,我的眼睛也明锐起来,总能一眼看到先生爱吃的苦瓜——那道君子菜,怎能不提升我的君子气度呢!

青春时听过的那首唱“苦瓜”歌曲,缥缈传来:“记得听过人说这叫半生瓜,那意味它的美丽年轻不会洞察,到大彻大悟将一切都升华,这一秒坐拥晚霞——”心上忽然明了,君子菜本是我醍醐姻缘里的半生瓜哦!

感恩的这一秒起,幸福是那晚霞,堆满生活的山冈。

爱是翅上的风

从辅导班下课的孩子给妈妈打来电话:“妈妈,你在哪?”

“不好意思,孩子,妈妈正在出发,你先等待一会儿吧。”妈妈答。

“好的,妈妈!”孩子脆响的声音,清亮亮地说。“妈妈,加油!妈妈加油!”

“好的。”妈妈挂了手机,开始出发。春光那么美丽,妈妈的心情有哪里不爽——有时候,妈妈想,自己就是小品里表演的那种“没事找抽型”——总有一些不快乐无从叙起。挺讨厌自己这种性情的。有事没事都会不快乐的样子,先生说她是小说读多了。她有些时候,也动动笔,写一些风花雪月和无病呻吟的文字,去投稿,去发表。有一阵子写得顺手,发表频繁,她开始给自己较劲,想写得更好一些。先生说,你何必呢,你就是一个家庭主妇,带带孩子,做点饭,就是一个优秀的人;你写写稿子又咋样,写写就不是你了?你不写那些稿子又咋样,不写就不是你了?有一天,先生开玩笑给她说,你可千万别写好,我发现作品写得好的,好多都是神经病,人大多不正常——她哈哈笑起来,先生也笑,你可别成个神经病。好,我宁愿写不好。

他们在开玩笑,不想孩子从一旁走过来,攀住妈妈的脖子,搂着妈妈说,妈妈加油!写得好,也不会是神经病,别听爸爸的,妈妈加油!

先生的话令她释然和懈怠,孩子的话给她温暖和光明,她也想起老妈妈的话,该怎样,就怎样,不要狠干,只要肯干,该成就,不用多努力就成就了。她听出,老人言语里的天地造化与乐天知命,妈妈希望凡事都要顺其自然——凡事顺其自然,老妈妈总是这样说,最不希望她累着，看见她半天坐电脑前，就拿起她捶背用的紫檀棍子去敲她，把她打起来为止。

很早的时候，一个女同事曾说过，她的不快乐跟柴米油盐无关，女同事还说了她自己要是有啥不快乐，找人，是个人就行，说说话，唠唠嗑，就会好了，而她不是的，她得去跟清风明月说去，那样的聊天才能化解她的问题。其实也不是吧。她心里琢磨着自己，不知道自己是个什么东西。反正自己是那种有些虚无的人，一个人的间歇性虚无——她定义着自己，有点好笑。虚无的时候，她喜欢听孩子给她说，妈妈加油！

一日，她发现家里的口头禅成了“妈妈加油”——小姑在跟孩子开玩笑，冲着娘儿俩，娘儿俩一举动，小姑就在一边窃笑着，捏着嗓子仿童音，一声一声地喊：“妈妈加油！”全家老少都笑作一团。先生趁机说她，学学小孩子的正能量，别整天无病呻吟的样子！

其实，放弃自己谁能不会。读书写字，于她本是快乐和消遣，不知什么时候，无形中渐渐成了负担吗？莫忘记初心——既然是消遣，何必当成责任。有些东西慢慢成长，成长为一种任务和担当。这也是无奈的事，只有面对和担当起来。

但是，放弃的疯狂还真是有一时快乐啊——

一日一个文友发来微信，说正在放弃自己，堕落令人快乐，幸福无比。她不写作，不上班，原本那么爱美丽，爱节食的她，正在狂吃垃圾食品，还是在夜晚的时候。

她看着女友发来的图片，笑喷了——这就是上次开创作会议，坚决劝让她不要吃晚饭，天天晚上拉着她出去遛弯轧马路的那个可人儿！她坚决地要求她，这次会议回去，你就不要吃晚饭了，每天都不要吃，把肚皮减下来，你就是有肚子，其他哪儿都挺好的。下回开会，你不减十斤，也得减五斤……她被好友鼓动的热血热魂，可是回来就忘记了，偶尔想起来，自己惭愧地笑，无奈地给她发一个图片“不要忘记减肥”——我完全地做到了后面的五个字！

那边也是笑翻！

有一阵子，她放弃写字，就像放弃减肥一样。如同小鸟放弃翅膀，静静地站立，谛听生活的美好，生命的真谛。

她对家人和朋友们说，我要把时光挥霍掉，挥霍着是一种美好——当然，挥霍是美好的一部分，妈妈加油！小小的孩子在一旁为她作注解，神话一样的注解，她于是相信了那一句话“儿童具有神性”。

放弃是快乐，坚守是另一样快乐。她想着。喜欢孩子不时给她说一句“妈妈加油”，喜欢听闺蜜一遍遍鼓动她减肥，似乎一鼓动，她就真的减了肥；一听见“加油”，她就真的加了油——

在路上，一声妈妈加油，一句你要减减肥，是孩子和伙伴常常鼓励和提醒她的话，听与不听，做与不做，她感觉春天在这些话语里，不由得，骑车的脚步更有力量了，看着小鸟，飞一样飞，在春风里……

穿行在春风里，她明白，风是小鸟翅膀下的虚无，也是快乐所在；翅上有风，是爱——各样爱，爱亲，爱友，爱文字；各样好，亲好，情好，文字的好，种在春风里……

大地的钥匙

周末，手拉手和小儿走在操场上晒太阳。

六岁的孩子道道在背诵他的新课文《悯农》，总是背成汗滴"淌"下土，纠正好几遍，还是改不了，问他为什么总是记不住，他说，"妈，就是汗滴淌下来，淌到土里了呀！"

我听得差点要笑出来，天，他已经自己加工创造了这句诗，并且没有理解原意。如不教母之惰，我说，你看呀，孩子，是这样子滴汗，在头上，脸上；禾，在身下；土，在禾下，在地面上。

我讲着，比画着，汗，从高落地上，经过禾，掉到禾下面的土地上。明白？是汗滴禾下土。

哦。儿子应一声。明白了。

不过呀，妈！他又来了——妈，汗滴淌下土，也对呀。你看，你看，是这样——儿子也比画着，"教"给我。

是呀，你说的也对。可是，现在是背诵，人家李绅就是这样写的，你照他的背，你说的那是你的道道版本，还没发行呢！

他又不懂了——妈，啥叫还没发行呢？

我晕。坐下，拉着他坐在草地上，来，咱慢慢说——

我说着，儿子漫不经心地听，听得漫不经心，却能问得叫我经心，精心地作答，嗨！

好一阵儿，他不问了，我看太阳边朵朵的白云，背上晒得暖烘烘，舒服！

正惬意，他举到我跟前一根草："妈，你看这是啥？"

草呗。我还看着满操场的太阳光。

妈，你看看，是我做的钥匙。

哦。我也漫不经心一下。

妈！他使劲摇晃我。

我看一眼，噫，是一把钥匙，挺像的啊。我淡然道。

妈，你看我在干嘛哩？

干嘛哩？

你看看我嘛！

我看他，他在拿着他那根破草根塞进地里。

噢，你干嘛呀。

咳，妈，我在用钥匙开锁哩。

啥锁呀？

大地的锁呗。

哇，你好有才呀！你造了一把开大地的钥匙！这回我来电了。

那你开锁能干嘛呀？我上竿子地贴近儿子的小膀子。

妈，你看是这样——儿子看到被重视，更热心肠地给我演示——这样，一开，一开，一开……

他在那使劲地一开，一开，再也开得没完没了。我耐着心呵，开好了没？

这么一开，哇！哇！哇！儿子陶醉起来了。什么呀，孩子，你高兴啥呢？

妈，用这钥匙开大地，一开，春天就来了，满地就绿起来了。

真是有创意啊！我高兴地附和他，大地的钥匙，就是神奇呵，一开，草发芽了，地绿了，天蓝了——

妈，那你就可以带我上月亮上去了？

天，哪跟哪啊。我心里叹。忙措辞，那你还得造一把上天的钥匙。

妈，中国已经有上天的钥匙了，不是都有好几个人都上天了吗？

噢，是的，你也好好学习，会有你想要的钥匙，开开月亮，开开大地——

真的呀，妈妈？那我再背一遍课文。

好！这一回，小儿记住了汗滴禾下土。我问，为什么这一回记住了，不背错？我逗他。妈，因为我用我的钥匙开大地，长出禾苗来了，我就记住汗淌到禾苗上，再淌到禾苗下面的土里头……小儿讲他自己记忆的逻辑，我听得可笑，又感叹。

儿子拎着自己的棉马夹和伙伴们疯起来，抽着旋转着在草地上奔跑，一闪一亮的身影和阳光辉映着，操场上，一群一群孩子，还有操场外，更多蹦蹦跳跳的孩子们，俨然一把把龙腾虎啸的小钥匙，开启大地，开启中国未来，开启人类历史和宇宙……

在草地上晒太阳，暖暖的，乐融融……

做个有趣的人

给学生讲写作文，讲应试作文，讲来讲去，讲到最后的最高境界居然是——有趣，要写得有趣。既能得高分，还读来有趣。

如同做人，先做好人，做有意义的人，做有趣的人。

饶毅——那个北大教授，生命科学院的院长，研究生命科学，却是一个颠覆了传统教授形象的教授，他是一个有趣的人。

四分钟的演讲被一次又一次的热烈掌声打断，他会在《开讲啦》被年轻人要求分享挤公交车的秘诀——因为他的学生起底他最会挤公交，他因为没有苦难的经历和分享而被质疑。

生命是千锤百炼呢，还是自然而然的呢？它的本质，它的过程，想来应该是自然的，而什么时候开始，一定得注入苦难，才算成功，才算生命有体验了。把有趣作为生命的体验和过程不好吗？有趣的饶毅正色道，做一个有趣的人。

还原生命的本真，让它的过程快乐开心有趣，不好吗？

科学家的实验室里做的实验，养的动物，都是有趣，工作是有趣的；与学生，与同事，与朋友家人的交往，是有趣的；天天挤公交上课也是有趣的，开会也是有趣的……什么都是有趣，敬业、爱岗、爱学生家人朋友——分明他是这样的人，充满了热爱，于是什么都是有趣。

我的笔名谐音是“没趣”，那是我在最没趣的时候取的，但是，我喜欢有趣的东西，有趣的人和事。

那个画画的老头，他说，他看文章，喜欢看它的妙处。因了这一句，于是，我喜欢读他的画和文。

他养着一只猴子，猴子死了，他怀念它，画它的种种有趣和好玩，我看着看着，分明那些画里的那只猴，就是老头的化身嘛。

开纪念派对，他打上粉色的领带，核桃皮一样的脸蛋，圆圆的，很可爱，因了粉色，像一个孩子，可爱的老顽童。

记者问“你最喜欢吃的菜?”他答“青辣椒炒红辣椒”——类似诸多这样的回答,机智又幽默,诙谐又好玩,可爱而率真。是呀,文字游戏而已,挺无聊的。有这样说的吧。

其实九十岁的老人了,他的这种有趣,是洞穿世事的天真,是历过苦难的宽厚和从容——他这样有趣,是对生命之歌颂,带了岁月源头的清澈纯粹,是天地大美。

阳光下面什么不是虚空?有趣是有香味的。它的香,是笑容,是会意。

活着的人,总能够这样,还不足以与神圣的生命相匹配吗?

哇哇哭着来世上,就这样笑盈盈,走一遭,握着一抹有趣的喜悦,离开这尘世——我咏赞路过这样人世间——

妈妈七十多岁了,她会躲藏在门后面,在我从山上采下来一大箱石榴的时候,拦在门口,对我说:“不许动!”回身一看,老太太举一把玩具手枪;去顺丰邮快递,服务的小伙子对我笑,姐,你是在咱这小区住的吧?我点头。他又笑,姐,你是不是在老城的那学校里还有住房?我应声,哦,是的,这你也调查研究。他手上忙着包裹,还是笑,我去给你送过邮件,是你让老人接的,老人家还给我一根棒棒糖,我不要,她一定要给,还说,这大冷的天,吃个糖吧!

我笑了,我家老太太就是这样的,她还会给送鲜奶的小伙子发两只石榴,家在郊区的小伙子,居然又选两个自己种的葫芦,系上红丝带回送给她,祝她健康长寿。她还会给收垃圾的人送上月饼和苹果,让人家在我家屋后过中秋节,唠叨叨给人家说,过节了,要对着月亮许个愿望……我的老妈妈就是这样,有爱,有趣!

妈妈说,人要会活。她不喜欢我们板着脸的样子,谁一板脸,她就管谁叫姐,叫哥,叫大叔——她叫过我“若姐”,叫过弟弟“涛哥”,还叫过哭闹的小外孙“易大叔”,惊讶的小外孙立马止住了眼泪,奇怪地看着白发的姥姥,老太太乐了,说:“别哭了,一哭脸一枯萎,比姥姥都老哩!”街道上来访问,问高寿,她不笑,认真作答,十八了,永远十八!

画画的那老头,北大的那教授,我家的老太太是阳光下的花朵,天真、纯粹、宽厚、从容、有爱、有趣。

人生只有一回,做一个有趣的人!

秋日里的微感动

秋日里，在矿区蹲点体验生活。

乘坐班车去矿上，没有座，站着；车满了，好多工人都站着，我上车最晚，就挤在车前门旁站定，出了市区，路况变得糟糕，一转弯，司机师傅的方向盘还没打圆，我已经被甩得滑向一侧，一个趔趄人差点落在前门的脚踏板上，赶紧用两只手握住扶手。

再转弯的时候，发现一次又一次，我再没有被甩脱的感觉，虽然是两只手，从紧握换作轻轻扶住就好。司机师傅不说话，但是一个明察秋毫的人，他不动声色地，手放轻了，动作缓慢柔和地打方向，一路下来，走过城区外的灰尘路，刚落过雨水的泥巴路，被重型车轧坏的外环线煤车路，火车一般穿越秋野，荒漠的天空和天色，阴阴地发暗——我的心里微微感动，明白工人师傅都是沉默的情怀，如这位司机师傅，用心关照着每一个乘车人。

进了矿区，我开始四处溜达，站在涵洞边指挥车辆的值勤警员，天天都是一个样，不管风里，雨里，炎热或冰雪，进矿区，过涵洞第一眼看到的就是“他”，日复一日，也许枯燥，似乎乏味，更是单调，这样的工作，这样的岗位，小伙子们兢兢业业，我为他们的坚守和认真所感动。

矿区里人来人往，下夜晚班的，上白天班的，匆忙而又安静，有的头发湿着，一看就知道是刚升井，才洗了澡出来；有的步履矫健快步走着，是去赶着上班去；有手里提溜着塑料袋的，里面装了饭汤馍菜，是下班吃饭，或是上班吃饭，反正是够简陋的；也有拉了垃圾车在矿区里走着的一些女工，清扫卫生；还有挥锹在旁边的绿化带里刨土铲坑的，松土剪枝种树栽花……矿区里是一色的蓝工装在行走，蓝莹莹的身影，带给我一种蓦然的感动，为着他们的辛劳与忙碌,敬业与人生!

在西门外,我看到一个戴眼镜的青年男工,认真地捡树叶,有所选择地捡,我很好奇,停下脚步不走了,看着他,不明白他在干什么,那么多的叶子,他不管,他只这抓一片,那捡一叶,装在他的鱼皮袋子里,手上戴着白白的手套——见我看他,他也看我,望着他厚厚眼镜框盖着的那张青春稚气的脸,我开口问他:"你在干什么呢?"他端正的眉眼面向我,笑了:"我在捡这些叶子,我是这个皮带扣厂的工人——"他瓮声瓮气地说,声音模糊断续,我知道他正常的外貌下,是哪里卡着的——不待问,他自己底朝天地向我介绍:"我出生的时候脑缺氧……"我这时想起之前了解到的,这个皮带扣厂是福利企业,工人都是老弱病残智障人员。转身告别的时候,这个年轻的孩子对我说:"阿姨,我中午帮你带饭吧!"口齿不清的他,说了几遍我才听懂,于是对上了号,他就是有人向我讲起过的那个给多少个工人带饭都不会算错账的智障小吴,热情又快乐,他甚至直白地问我:"阿姨,你有钱没有?"——这也是为什么,我在矿区转来转去,没人跟我交流,只有他,把父母叫什么名字都告诉我的原因,所有的人都有所顾忌,只有他才无遮拦,无面具,直白地表达他自己,直白地询问和提要求,这是真心的诉求,正常人不说不问,心里只是想,多少双眼睛望着我在区队里逛悠,探询地想问:"你是谁?你在干什么?"可是谁也没有问我,只有这个孩子,他问了,还要留下我的电话——这样的直接和智障,让我在这个秋叶飘着的晨,感动着,什么穿过我的眼和心——是落叶的本真,还是捡拾落叶的那张手。

在矿区里行走,闻着锯木与刨花的香,那种木头的香;工人剪草裁枝裁剪出的青草与绿枝的香,匆匆忙忙的人影,湛蓝的工装穿梭,橱窗里的安全标语,偶然有戴着金黄色安全帽和黑黑的脸上沾了煤灰的人经过,他们洁白的牙齿与光闪闪的眼眸,带给我一种别样的感觉——朴实的煤矿,朴实的光与暖,感动我,还有天上的白云朵。

孝亲比赚钱更重要

春光淌了满地，煤炭人在发愁。

这是闻名全国的大煤矿，依煤兴，依煤存，如今的日子不好过，要轮岗，要转岗，要分流，工资在降——降——降，如同日子里来了倒春寒……

可不是倒春寒咋地，大霖家的日子就像树叶子在风里开始晃荡起来，房贷没还了，车贷也才开始还，又遇降工资，作为业务小主管，大霖暂且可以上班。上班，曾经是多么熟悉的字眼，年复一年，上班成为人到中年的倦怠，突然，一夜之间，周围的同事轮岗了，分流了，转岗了，空气也变得空空的，大霖真正又切实地感受到继续在岗位上的几个员工对工作的珍惜，他们在微信朋友圈里发言，表示如今才认识到能上班是多大的幸福，他们不再抱怨周末的加班，说有班可以加也是天大的好事……待岗的同志每月只发 410 人民币大元，想想自己，虽然降薪，但好在保个岗位，就知足吧。

煤炭行业如此，也是社会发展进步的趋势所致，这个春天让大霖心上落了一层叹息，毕竟是人到中年，上有老，下有小，正用钱的时候，钱袋子却收支不能平衡了。

日子往前过着，春光照样是一泻千里万里，铺洒在大地上。这个春天里也有老父亲的九十岁大寿呢！父母都是近九十岁的人了，基本都能自理生活，是儿女的福。

父亲寿诞在初春的一个周六，虽说春节才回过家，也给两位老人留足了花销，大霖和媳妇还是决定到时候回家去祝寿。

经济不好就不好吧，拮据就拮据一点吧，但是不能亏老人，也不想亏孩子，孩子的学习班应该报的还得报，老人能再过多少个生日哩，两口子觉悟不高，格局也不大，但这个账就这么安排了，大大方方给老人做寿去——回老家。

天空飘着一朵一朵白云，谁家的孩子会不孝爹娘。周末，带着孩子一起数云朵的时候，大霖接到一个业务电话，去当专家参与一项评估检查，共六天，每天千元——一边是回家贺寿，一边是这份顶几个月工资的可观收入，大霖说明不能前往的情况，对方劝他，现在单位效益不好，能去还是尽量一起去吧！说得大霖忍不住心里有点动摇，他跟媳妇商量，媳妇没表态，说，那你看吧。

对方又打电话商量有关事宜，大霖还是没有吐口，说，要不然这一回你们几个去吧，我下回再去。大霖的业务很受合作者认可，他们坚持，你晚去两天也行。大霖答，也好。

准备好要给老人留在家里的钱款，装置好购买的衣物食品，大霖给媳妇说如此，说我中午给父亲过了生日，下午就回，直接去，进入专家组，赚二两银子。

媳妇说，你何苦这么辛苦，没钱少花，既然回去给老人过生日，就不要半途返回，让大家心理有负担，吃着午饭就要打算你下午回去，钱多少算多，妥妥地就放弃这一回机会吧。

大霖嗫嚅，咱毕竟还有车贷房贷呢，双方老人年纪都这么大，养护身体也都要用钱，孩子还上学也少不了花销，我还是尽量兼顾吧。

媳妇看着他，不再说什么。

晚饭后，媳妇陪伴孩子做功课，大霖天不亮要赶车，就先休息去，他听得孩子纯净的童音清脆地念着——

老人受尊敬，是人类精神最美好的一种特权。（司汤达）

事，孰为大？事亲为大。事亲，事之本也。（孟子）

惟孝顺父母，可以解忧。（孟子）

夫孝，天之经也，地之义也。（孝经）

千万经典，孝义为先。（增广贤文）

亲善产生幸福，文明带来和谐。（雨果）

——好了，妈妈，这些就够了，够我明天在“孝敬长辈”的专题班会上跟大家分享了！

清早起来，拎起包裹，大霖给媳妇说，按你说的，给爹把生日做完整，这次机会咱放弃了。

媳妇说，对呀，孝敬老人比赚钱重要。

初春的晨，天边的春光正流向大地，淌满大霖回家的路。

善良是一朵美丽的花

我骑着电动车从那条熟悉的小巷经过，正在吃午饭的修车老人，赶紧放下热腾腾的饭菜，我忍不住停下电动车——我突然想起，我的车应该充气了。

下午妹妹用我的电动车，她奇怪："你怎么把车胎打那么饱的气？"我笑笑："因为老人放下正吃着的饭碗，迎着我的车站起来，我不忍心让他'失望'哦！"

妹妹笑我："你是杞人忧天，还是太过'多情'？"

我说："我也不知道。"妹妹嗔我："难道你也想成为文尼西斯不成？"她在说我们一起看过的那个电影《中央车站》，那里面有一个小男孩儿，他也是一个"多情"的小男孩——

导演沃尔特要为电影《中央车站》选一位男孩当主角，一天在车站，他看到一个擦皮鞋的小男孩，他告诉他，明天来找他，有饭吃，还可以挣钱。第二天，导演惊呆了，男孩带来了所有在车站擦鞋的孩子！他当即决定让这个孩子来演。后来电影获得了40多项大奖，这个男孩成了巴西家喻户晓的明星——文尼西斯。文尼西斯以自己的"多情"，为伙伴们带来了收益，也为自己打开了成功的大门。

这个"多情"的孩子，他的"多情"是一朵善良的花朵，让我念念不忘。

不由想起我经历过的"多情"：在杭州乘坐公交，问了路线，拖着行李走，指路的阿姨又撵了上来，"你还是坐X路车吧，那样你就不用过马路了，我刚才给你说的那路车一样的车程，但是需要穿越马路，对你不够方便，我才看到你带个箱子呢！"

妹妹也曾经讲她经历的"多情"，她把孩子的水杯忘记在游乐园，半年之后，又去游玩，老板娘居然定了眼睛问她："你有什么东西落我们这里了，还记得吗？"妹妹疑惑地说："好像是个水杯吧，好久了！"老板娘乐了："还'好像'，根本'就是'！"说着，她变戏法一样："喏，是这个吧！"妹妹和孩子乐得："谢谢谢谢谢谢！"好长时间，妹妹把这一堆"谢"字挂在QQ签名上，以显示世风人心多的是善意美好。

邻居大婶总是在下雨天凉的时候，一麻袋一麻袋地购买西瓜，为的是让售瓜的人少受风吹雨淋；冬日的夜晚，寒冷的街头，单位里一群聚餐的人，围了烤白薯的老人，把他的热的冷的白薯，一块一块全买下，"您早点收摊子回家吧，这么大冷的天！"家属院里大妈大爷们，总是把"破烂"卖给一个独臂的小伙子，"年纪轻轻的，多不容易！"老大妈们老大爷们深深同情那善良的小伙子，他收"破烂"价格偏高，斤两实诚，打包之后，总是要把门前窗后，清扫得一尘不染。谁不是"多情"的人呢？时常大家彼此互为"多情"的人！

门卫的大爷总是为我收放稿费单和样刊样报，不厌其烦，却并不能因了这额外的工作量而有什么收益，我的笔名我的真名，他们都要一一记着，还会一任一任地往下传，新来的师傅把"三根毛"的稿费单交给我，我吃惊："您怎么知道是我呢，我还没告诉您啊！"他慈祥地笑："交接工作的时候，樊师傅说过了的。"我的感动感激换成"不二家"的棒棒糖递上去，师傅们笑了。第二天，家住郊区的他们带了家里种的花草给我："看看，这个喜欢不？"我欢喜的样子，让他们颇为得意："看，我们就知道你喜欢这个，写文章的都待见这些花草！"

春来一捧迎春花，夏来一朵月季红，秋来一瓣清清菊，冬来一枝蜡梅香，我快乐着门卫师傅绽放在门卫桌案的善意之花，也愿意更多的美好与善良，一朵一朵，行走在街头，行走在心头……

你的善良，也是一朵花，为陌生人绽放，为熟识的人吐蕊，"人海中，善乃慈航"，航行在善的川途，花香飘满人生。

那一缕炊烟

阅读一篇描写乡村生活的文章，我的心上立即有一缕炊烟袅袅升起。

谁的心上没有一片田园呢？

童年我跟着姥姥住在乡下，清晨的露珠，夜晚的圆月，簌簌的枣花，晚霞里翩翩飞翔的红蜻蜓，是我的伙伴；一片蛙鸣，一串蝉叫，一支支蛐蛐的歌唱，云朵一般游走在乡村的白天和夜晚里，是苍天写在大地上的诗，是我的快乐；那清泉，那小河，那大树，那蓝天，紫红的桑葚，碧绿的马泡，咩咩的白羊，是视觉的盛宴，青翠了我的双眸，是听觉的交响，晶莹了我的心情；唉，那瓜，那花，那青青的炊烟，淡淡的彩虹，蒙络了我的记忆，随风披拂岁月的华彩。

如清水洗尘埃，姥姥风箱里那一缕炊烟，汩汩流淌在我关于乡村，关于童年的记忆里，尘埃飞，过往走远，姥姥和那一缕炊烟，矗立在通往乡村的小路上，花香两旁，炊烟飘飘。

我是那一只蹦跳的小松鼠，穿梭走过岁月丛林，挎着小篮来到清澈流淌的小河旁，采到桑果，放进小篮，那可是梦影？

小果甜蜜，小篮花艳，梦影如此飘摇——多年之后，我忆起当年，恍如隔世，真如歌里唱的，是梦影。

童年的风，静谧、安详；童年的水，清澈、亮丽；童年的姥姥，是我今天心头不诉说的隐痛；童年的炊烟，是姥姥对我的疼爱和娇纵。

金子一般的童年时光，是姥姥赋予的，姥姥躺进那一包土的坟茔里，我无力呼唤她回来——回来再跟我一起拉起风箱。

风箱里，有姥姥的勤劳和善良，生在大户，嫁在大户，在那个年月的农村，那风雨，瓢泼一样，浇在她和家人的身上，任凭打理，总也有理不净——可是，姥姥不怒不怨，清风明月一样淡然，清净净的神情，没有一丝哀伤，她明亮如月的目光给我和蔼，给我安逸——有她的世界里，我是她的大小姐——没有人的时候，关上房门的深夜，白发的姥姥居然会给我说："笑不露齿，坐有坐相，才是大小姐的样儿！"

她对我的宽纵是，什么时候想吃什么，一声言语，她立即去拉风箱引火，半晌想吃半晌做，半夜里想吃半夜里起来做——摊煎饼，芝麻糕，菊花粥，葱花卷，鸡蛋羹，茴香饺，豌豆包，八宝饭……那个物质贫乏的时代，姥姥拉着她的风箱，在那一缕炊烟里，变戏法一样，给我变出甜、香、酥、脆，好吃、好喝——好想，好念！

关于乡村我最强烈的记住了炊烟，记住了想尽办法让我吃好喝好的姥姥手上拉出的那缕炊烟。姥姥走远了，我的痛在于我没有回报她，哪怕是能给予她所给予我的千万分之一丝一缕——那浓的汤，香的爱；而如今，我心上如有一只风箱，一拉起想念，记忆就冒出那一缕炊烟——烹饪我的鸟语花香的乡村，流着口水，我想念，姥姥给我的一口口美味。那美味，是现代丛林里寻不到的罕有，清淡，纯酽。

居住在钢筋水泥浇铸的高楼大厦里，谁的心上没有一片田园呢？

今生再也见不到那样的一缕炊烟了。

在你所在的地方生根开花

如果你能改变，那么请在你所在的地方生根；如果你哪也去不了，那么请你就在你所在的位置上开花吧。

成文读高三的那一年，做挖煤工人的父亲去世了，心肌梗死死在矿井下，作为长子的他忍痛回家务农，帮助母亲抚养弟弟妹妹，运转整个家庭。

作为县城中学实验班的尖子生，多少人为之扼腕，甚至有人说，愿意出资供他上学。成文是想上学啊，他太想上学了啊，可是小他一岁，与他同级，同在实验班的弟弟同样优秀。他决定自己退学，担当家庭，神情坚似铁的他，对弟弟说："就这么定了。"

在家务农的成文原打算等到弟弟妹妹都考上学，他再重拾自己考学的梦，可错过了花季，重返校园变得不合时宜。他望着大山发呆的时候，发现即便石头上也能长出一棵松树，那棵松树点亮了他的心——就在所在的地方生根吧！近处有丛花茂盛鲜艳如同他顿悟的心灵——它的根生长在两块巨石的缝隙里，而它绽放的姿态那般恣意，远比那些远处花房苗圃里的花儿们，还热烈浓郁，芬芳四溢——哦，就站在所在的地方打苞开出红硕的花朵，天地谁也不阻拦呢！

成文甩下苦闷的烟蒂，决计拿出供养弟弟妹妹的心力和精神来，发展自己。

韶华匆匆，他要在自己所在的地方生根开花。他包下一座荒山，在高校教书的弟弟帮他请专家取样、化验、鉴定，种上各种适宜的果林，山楂、苹果、梨、杏……粉的、白的、淡绿的、鹅黄的……一如他的梦想，开了花，结满果。

一箱箱甜美的鲜果装了火车，上了汽车，载满轮船，运往各地，还漂洋过海去了阿联酋、日本、新加坡……他成了县里的果林专家、市里的有为青年、省里的劳动模范，还被林业部授予育林标兵——看着胸前佩戴的大红花，那鲜妍的美好，当年石头缝里那丛芳香，淌了他一脸，湿湿的，那么温润，温润如岩石上张开的那株万年松的绿荫……

他给青少年学子们做报告，也给各行各业的人们讲述自己的故事，他的题目是《就在你所在的地方生根开花》。

听成文报告的人，有一位青年学生，他的父母一厢情愿地修改了他的高考志愿，如今他读大二，两年过去了，父母深以为美味的法律专业他念得味同嚼蜡，听了成文的故事，他说更改专业难于上青天，他决定改变自己，热爱自己的专业，毕业后，他居然办了律师事务所，事业做得渐入佳境。

一位有十年教龄的男教师跟成文交流，他一直认为自己入错了行，总是“魂不附体”地上课、当班主任，同时上班的同事都挑大梁了，成了业务或管理的骨干，而自己带班带散了，教学效果也差得远，听了报告，他决心改变自己，既然自己像一棵树一样已经长在这里，拔不走了，他决定咬住青山不放松，“根深才能叶茂”——他说他深深体味到报告里这句话的真谛……这位教师后来成了他所在的省重点高中的业务校长，时不时地，还有知根底的同事提起：“这位林校长啊，当年可是这学校里最不安心的人哪，看如今，人家做得风生水起，有几个人能抵？”他会脸红，也更欣慰，他的媳妇数说他：“多亏当年当机立断，就地扎根才有今天的模样！”然后，同为教师的他的媳妇还会给不安心工作的同事说：“学学我家老林吧，生活不在别处，这就在我们当下的这一刻。”她还会说她当年的一位同样埋怨自己入错行的同学，一直没能调整自己，总感觉爱的岗位在别处，这山望着那山高，枉了青春，无所事事，如今悔之晚矣……

梭罗说：“你必须活在当下，乘着每一个波浪前行，在每一刻找到你的永恒。”这个世界对于每个人来说，都是不如意事十之八九，这不如意，或关乎职业，或关乎婚姻……其实，所遇皆如一粒树种、一颗草籽，如果不能改变，那真的不妨，全然接受你的此地此刻，就在你所在的地方生根开花——这本是天地之美意，请你努力绽放出自己的光彩！

每个人都是一朵雪花

1

周末的清晨，我在厨房洗碗，抬眼看到楼上有一星飞屑飘下，以为是空中落物，再抬眼，哦，又一片，还有一片——好像是雪？哇，就是雪！下雪了！我大声对着客厅叫。

“哪呢？”“真的吗？”老帅和小帅都凑了来。“没有哇。”“瞪大眼睛看哪！”“就是下雪了。”先生慢悠悠地下结论。“哇，真的是！”儿子高兴地跳起来：“我要堆雪人！”

于是，儿子自觉地去写作业：“我要快点写完，我要快点玩雪去！”

2

我去小区的菜园子里转悠，看着雪花飞成片，舞成花朵，心上翩翩起舞少年的记忆。

童年，在乡下，在田间，那是真正的雪天，满天飞舞的是雪，奔来呼去的是小朋友们的脚步，喊雪的，跳雪的，欢天喜地，在大雪纷飞里，是农家孩子的一份无与伦比的快乐，天赐的欢娱，比城市的布娃娃更爽快，更率性。我至今怀念，那份雪中飞跑的欢畅与淋漓，那齐声的叫引吭高喊，直入云霄，通透的嗓音，我当时以为嫦娥和吴刚也听得到，我甚至想象过，那棵桂花树也在月亮里冲我们招手，它也想下到凡间来，跟我们一起玩。我说给外婆听，外婆笑了，她说，你是听七仙女下凡的故事听迷了，以为什么都要下到凡间来！

于是，堆雪人的时候，舅妈就照着我的想象，堆出一棵桂花树来。

多少年过去，我会想起来它的模样，感觉到有淡淡的花香，伴着经年后的雪花飞。

3

大学的校园里，有一个梅园，里面满满的梅树，雪天的时候，同学们三三两两，或成群结队地去听雪闻香，喳喳的笑语是女生的心声，嘭嘭的脚步是男生的快乐，青春的雪，是那样洁白无瑕，有摄影师捧了相机立在那，为女生拍下一份“纯”，为男生留下一张“梅花欢喜漫天雪”，也为合影的男生女生的“雪中情”立此存照。离开青春的站台，我翻看那些“老照片”，总能看到上面深深的雪痕，还有青春眸中雪的洁白与纯净。

总也记得，正是睡懒觉的周日早上，有人推开窗户，霹雳一般地喊：“哇！”恼得梦中人一个个怒火中烧，紧接着三个字：“下雪了！”所有的恼怒烟消云散不说，一屋子的懒虫全都在被窝里雀跃起来，纷纷跳起来穿衣吃饭出门去——

这样的细节，我在英迪拉·甘地的传记里发现，它是同样的美妙，所谓青春的可爱与曼妙，都是一样的，亦是雪的神奇与可爱，一如满宿舍楼睡懒觉的姑娘们。

4

下雪了，我读的那些雪花诗句，给学生讲析过的雪的故事，雪的境界，如冰山，如海潮，也如雪花飞来飘去，露一点点峥嵘，那些雪的岁月啊，稠呢，密哦，蜜一般，亦秘籍似的，待后来人，去阅去读，去感悟，去领略——各人独领略各人的一份去吧。

有称雪如盐的，有称雪如梨花的，有称雪花大如席的，有飞入芦花都不见的，有夜深人静偏要湖心亭看雪去的，小船只一痕，舟子唯两三点，水墨画一般。而毳衣炉火的那点暖，执着照耀，闪烁着一点红，亮在岁月里。还有那蓑衣下的一钓，钓了千年万年长，钓得雪的神韵风采，流淌在后人眼里心上。更有钓者的身影，不雕不琢，塑像一般，屹立在有雪无雪的天地之间……

5

掌心的雪，化无痕，却有掌心化雪的意与神，流淌不尽——

我想起，道可道的天地，不可道，如雪；名可名的人们，不可名，如掌。多少岁月蹉跎，多少世态炎凉，自有一份雪化的铁律，在掌，在心，在浩然的空气里。

空气从来不空，天空从来是满满的空白与虚无。如雪吗，有雪的白，雪的有形与无形，成花飞舞，蹈满天空；遁形洁白，装载天空，满的天空，原是雪无形。不着痕迹里，空也不空；无声无息里，天地腾挪干净。洁白的故乡，是雪花吧，雪花其实沾染了尘，藏污化秽，雪之能量大到无，无穷的东西，都是空气一般空无，如雪。

雪，下着下着，就没了；没了的时候，它就开花了。雪开满天飞，雪开满天白，漫天的洁白，纯净了人心与世界。

6

孩子写好作业，拎起他的轮滑，他要到外面跟着雪花去飞舞——

他在雪里，仰脸，张口，舔一舔，我想起来上幼儿园的时候，他指着满天的雪花给我说："妈，下糖了！"此时，我听见他说的是："妈妈，雪花是没有味道的，没有味道就是好味道啊！"他顽皮地笑，我制止："雪里有灰尘，不能吃的。"小小的少年，踩着他的轮滑，飞一般飞着:“妈妈,我跟雪花一样,也有过滤功能哦!”

我笑了,想一想,真的呢,人如雪,雪如花,雪花飞飞,每一个人都是一朵洁白的雪花,行走在天地间,天地广袤,人生微渺,一年一年,一代一代,人类读雪,雪又何尝不在读人呢?

赏雪,在天地间行走的人,是雪的魂;读雪,每一个人都是书写在天地间的一朵雪花。

7

“一片一片又一片,两片三片四五片,六片七片八九片,飞入芦花都不见”——这是清乾隆帝与纪晓岚合作的咏雪诗,小城的文友一起赏雪,文学院的安老师念着念着却迷惘,他问大家:“是咏雪的吗,怎么像是在说人呢?”他接着发散他的思考:“何是雪花,哪是芦花?”

“人是一株会思考的芦苇。”这一句帕斯卡尔的名言,安老师提起来,让大家剖析:“我们是芦花呢,还是雪花?”他陷入深思。

大家跟着他凝神,多思快语的诗人艳却说,她这时想起了上帝的微笑——“人类一思考,上帝就发笑。”这是一句犹太谚语。

静观,天地间,雪在下。

生命是一棵流芳的树

1

听了述说，我才明白，她真的一直在关注——

《车过信阳》写得那么纯洁干净，我再也忘不了。永远地记住了你。

之后你却失踪了，几年后，又看到你写的《甲天下的微笑》，我惊喜，却发现，你再一次杳无音讯。

我试图在网上找到你，可是怎么搜也搜不到，不知道你是不是作家，是哪里的作家？

后来发现有人把你在我看到的小城晚报上的稿子抄袭到意林原创和青年文摘上了，很奇怪，也很困惑——

直到今年初，小城晚报上报道了你出的新书，介绍了你的本名和笔名——

我才真正明白，原来，你一直在写着，只不过不在小城的报纸上发表了，或者很少占小城报纸副刊的版面了。

你说你的写字，是“纯玩”团的，写得少，走得慢，可是我一直在追着你的影子找，找啊找，真正是蓦然回首，你在灯火阑珊处……

她的叙述在电脑上一行行排开，映入眼帘——我是你的粉丝——她说。我信了，我居然是这样让她牵挂，这么多年——

她还说，她从《车过信阳》的文章里看出来我是信阳师范学院毕业的，居然专门去了谭山包上那所学校，走遍校园，寻找我文字里的感觉……

2

不经意的时候，我居然有了“粉丝”？

想我是一个多么不靠谱的人，在写作上——我甚至一直羞于说我是“写作”，总是心虚又忐忑地嗫嚅我是“写字”，写字而已，而且真的只是“纯玩”，有一搭没一搭地写，如同我的跑步，刮风不跑，下雨不跑，不能早起不跑，早起了有时候也不跑……家人说，我的写字是“癫痫”式的，也说是火山喷发式的，还是“自燃”型——总之吧，我的确是一个不怎么指望得住的写主。

居然，还有人伸长脖子寻找我，我的字！寻找了这些年！

我只觉得对不住人家——好惭愧！

她说她的仰慕，我回复，我们一起仰慕文字和文字的美好！

一起就着文字取暖的还有一位保定妹妹，把那本出版社拼的一本书，一篇一篇读给孩子听，读完了一本书。同为教师，也都写字的人——我真担心，误了孩子，阿姨的糟字，坏了孩子的鉴赏水准可咋整哩?！妹妹说她要从一个教师的视角写一篇不一样的书评。让我感动不已。

越多的感动和感恩，让我知道，我不是一个人在写着玩，有人陪我一起看，他们不光是玩，亲爱的他们，可能是认真的——

写字不再是一己的事了？我只怕辜负流年里那些喜欢；曾经只是一个玩文字讨欢喜的，如今，只为文字而忐忑——我的老师是个诗人，他说，做你自己，你的读者喜欢的是你。

一起就着文字取暖——

3

那个农民郭大哥一遍一遍地电话，一回回地催问、讨要我的书。不出书，不赠书，我似乎就对不起他，可是我出书的底线真的是“不自费”，可以少付酬给我，或者不付也会答应——一直等着书出来，他的电话又来，于是赶紧奉上。

这样的还有广西壮族自治区的一个小姑娘，她给我写信，用了激将法：“我妈妈说您不会给我回信的！”唉，孩子，怎么说好呢？

有人报喜，有人寄报，有人加了联系方式，天南海北都有，也有召集开笔会，还有通知领奖，羞惭得很——我真的是纯玩团，写得少，走得慢——自己懒散，造化也有限——以至于有位编辑老师怒我的不进取：“哪里是造化有限，分明是你自己没有努力！”我知道她对我的爱太厚了，以至于要崩坍地责怪——

可是我真的不是一个“认真”“努力”的人，一个文友说，我总记得你说的话：“开笔会的时候，你说的‘不想逼自己’！”是的，让自己太随性，像野草一样，顺其自然。

厚爱如星，如月亮，光芒那么多，照耀着我而来，有文友，有编辑老师，文字路上的漫步者们——每期都邮样报给我，上版就传来文档与插图给我先睹为快，特意去申请高标准的稿酬，给我……

文字的海，是情谊的海，深沉，深情，令我感动！同时，感恩！

4

想还有谁，是不是也在惦念我的字——我却把他们眼里的作者弄丢了，秦海——秦海霞——秦湄毳——从此再也不换署名了！

那时，我写字，不希望别人看到是我在写，所以“抹去那个绯红的字眼”用了“秦海”的笔名，直到有一天，发现单位的一个可爱女孩在碎碎念“秦海”，我发现了，脸红地发现了；再后来，听到一个熟悉的人讲“笑话”，“那谁谁谁说‘秦海我认识，又高又帅，他和他女朋友……’”我要为我的读者难过死了！这“嘲笑”的“笑话”段子还在某个小圈子里传开来，我的心痛得，从此写稿，全部真名贴上，不能让那单纯善良的年轻人，因为想当然而出洋相。

有一天，他们发现那个叫作“霞”的人，也找不见了——那就是我无意中用了一个谐音去参赛，为了给单位多获奖，我没趣地违规多投一篇稿子，结果出来“秦湄毳”得了一等奖，那个“霞”是个二等奖。这个没趣的名字就一直与霞并用起来，渐渐地发现，三根毛的名字搜索方便，搜索起来，它只属于我。于是，它就主打了，沿用至今，一朵一朵花开。

这些转换背后，我从来没意识到会有谁跟着看，看得找不到，看得眼酸也找不到他们想找的——其实是自己心上的，眼里的光与亮。

在我知道的时候，明亮如一束美丽的月光，打在我的心上，把文字带给我的安详、寂静与清凉，幻化成一片鸟语花香，不言不语竟变得繁花似锦起来——好奇妙的感觉，感谢文字感谢你，亲爱的！

就着文字取暖，你我的心，你我的手。可是真正的我要说，您的惦记是一份文字给予你我的爱，这爱如同一束明月光，照亮了我，我的键盘——

谢谢你，您的爱，是文字撒落在我心上的种子，关于爱，关于文字美好，关于红尘万丈——

5

你的爱，是一束明月光——

何德何能，何其有幸！感恩天地造化！

在你的心上，在我的文字山坡上，如同犁铧划出来光与热，温暖了我的心窝我的十指，你是否想到，如同，我从来没有想到写字跟远远的近近的那灵魂有这样那样的关联，那么紧密茂盛，那么热烈黏稠，虽然不关吃不当喝，系着心门，通着灵魂的经络——

“这个家伙很懒很懒”一度是我博客的头像，因为懒散跟文友们几无交流，以至有位同城的文友半开玩笑地给我说：“小秦，有一天，我要写一写‘老秦的江湖’”。他一再好奇地追问闭门造车的我，到底有着怎样的江湖，四顾茫然，无奈的我无奈地对他说，我的江湖是您的臆想。那份热情让我感动；有网友热切而深挚地留言："懒人，你不要云深不知处了。"云游的心，明媚地敞开，辽阔地绽放花朵，迎接您的爱，皎洁的月光，照耀了我的键盘，心灵的键盘……

亲，为了你，从今不再改名，尽量努力一点，你说了"一点点也可以"——如星，如月，文字的暖，你的情，我的爱——直到永远。

文字的美好让生命流香；而让生命流香，是我们活着最愿意最应该做的事。

长长的路，慢慢地走

小城的天，湛蓝，小鸟飞。好久不走路，走长长的路——

那天决定步行回妈妈的家，从新居的家，到妈妈住的地方，有几公里。在小城，这是长长的一段路。

沿街走着，渐渐走到我读初中和高中的学校，那时候它是省重点中学，如今它是一所滥校。我想，如果我不在小城多好，我就不会知道它后来变化成这样的一所乱七八糟的学校，那份美好，那份属于小小少年的小小的自豪，会一直是一份美好的记忆和回忆。

走过校门口的时候，我还是忍不住往里探望，能变的都变了，不能变的似乎是那条直冲大门口的路，宽敞笔直，还是老样子——那条路，路上，路畔，路尽头的一间间教室、活动室、实验室、报告厅……种种记忆，样样回味，花团锦簇，斑斓多彩，有些也会斑驳——那像一个口袋的收口吧，我移开视线，往前面走。

校园外面的一段坡路，是一段有特色的记忆，来学校的时候，快到了，也累了，感觉它的坡度挺大的，尤其是在刮大风的时候，顶着风走，用力走才走得快；也因为快到校了吧，虽然是个坡，但感觉快到校了，那份累也不当回事了，倒是走起来更有力气，也有趣味了。一直走着平地，它是一个坡，自然有它的趣味。继续走着，也想起来，那时候是个害羞的小女孩，有一天吃过午饭，一位师兄冲自己微笑着打招呼，我知道他已确定了保送去南方上大学，他只是想要告别，我却生硬地把脑袋转向一边去。唉，那时几乎所有的男生女生都不说话，我是一个循规蹈矩的人，心上自有一份拘谨与胆怯，也因为，当时手上拎了一支冰棒，羞涩的不得了。其实呢，我们彼此熟知，并不陌生，他是高我两年级的师兄，担任校学生会主席，年年运动会的长跑冠军，也曾经一起参加过市里的中学生夏令营；

入团的那一年，五四篝火晚会之后，长长的夜路上，他和他的伙伴一直跟在我们的后面；得了那次征文比赛的一等奖也远远笑着点头向我祝贺……和他的结缘只是因为上体育课的时候，他把足球踢到我的脸上，我站在那里哭，他手足无措，直到我的好朋友，揽着我把我带走；冬季我的手会生很重的冻疮，父母用猪油和蜂蜜涂满之后为我裹上耀眼的纱布，课间，好朋友说，瞧，他一直在看着你……我此时很想跟师兄和众多校友那样，把小城当故乡，偶尔回来，走过这初中和高中的校园，该是一所多么美丽的寻梦园，天天相见，回味青葱，便少了一份清新感觉。

在小城，不曾远走，大学毕业回来，第一次走记忆中的街道，街景熟悉得令我心惊。接下来的日复一日，我竟然忘记了，忘记了熟悉与不熟悉的一切风景，时光飞驰着，街道和楼房在变化多端地变化，变化得我已想不起来它在变化。

今天路过，我依然错开当年走过的脚印，不踩它，不叫醒它，轻轻路过，如同蜻蜓飞过，它是它，我是我，俨然如此，岁月的，交给岁月封存。心上的芬芳，缭绕着是师生的情意，是青春的成长。

我低头走着，若有所思，又抬头的时候，对面几步远的一张面孔，那样熟悉，我定睛看的时候，他已从我身边走过，他没有看到我在看他，我转回头，依然看着——是他，我的历史老师！老人家胖了，想他教着我们的时候，那样清瘦，如今胖了，戴着一顶八角棉线帽，他当年也喜欢戴帽子，戴那种“前进帽”，胖一些的老人，更显得风度与气质温润美好。我望着，像是望着那段旧时光，有一种冲动，想猛转回身，撵上去，给老人一个大大的充满惊喜的拥抱。可是，我没有。

老人走，我也走，各自前行，越走越远了，心上慨叹，好想，好想，给老人一个拥抱，我的老师！同在小城教育圈，我也听说，他的生活经历沧桑变故，心灵遭受种种磨砺，唉，亲爱的老师！

心绪不能平，缓缓往前走，前面是妈妈的方向，有妈妈在的地方，就有温暖，就有永远的安心与安然。

我慢慢地走着，这是我当年上中学走过无数遍的一段路，那时年少，那时我的爸爸妈妈都年青，那时候我还有我的爸爸——怎么走着走着，我的爸爸就被时光召唤走了呢。我的心灵小屋塌了一角，那一角，永远漆黑着，我也从来没有去打量过，今天，我也到了当年我读中学时候爸爸的年纪，今天的步行中，我才恍然有了看一眼没有爸爸的那块心灵一角是什么样的，才发现，它是暗的，暗箱一样的一块，坍塌着，从来没有碰触，从来没有扶立起来，今生那一角都将是这样的了，我不能勇敢面对。爸爸是一个经常出公差的人，永远都当爸爸是出差去了，而那时候，每当他外出回来，总会带来各样外面的东西，给我，给我们，给家庭——是精神的，也是物质的——那些东西，有的长在我们的精神里，有的长在我们成长的身体里。如今，出公差的爸爸，依然无处不在，无处不在——爱。

这样的一条街道，在小城，是长长的，因为小城小，道路就显得长；因为时光慢，日子也就过得长远，那么长远——是有爸爸的日子，也是没有爸爸的日子……

好久没有走路了，走这么长的路，阳光升腾着，飞起来，上了树梢——

我走进了我们的家属区，远远看见，那个徐师傅，又在做“好事”。他正在把几块砖头码整齐，遮挡在正对处在路中央的下水道的口上，免得过往的车陷进去或者把它辗轧得更深了。当年，我刚上班的时候，徐师傅是这里的门卫，如今他早已退休了，可还是在操心，这院里家家户户的心，他都操，能伸把手，伸把手，总是看见他挥一把扫帚，东扫扫，西清清，不闲着。“徐师傅，就是有您这样的人，世界才总这么阳光灿烂的吧！”我笑着，走着，徐师傅，也笑着，往前走。

下午继续步行，走着走着，依然这条小城的老街，在当年多少次路过的小城最漂亮的小楼面前，看见一张年轻又苍老的脸，“年轻”是因为我还能认出他，是因为这张行走在岁月里的脸上，还留着另一个人年轻时候的印痕——我认出他是我的一位同学的弱智弟弟。他像极他的哥哥，如今他也老了，看着他的样子，我才知道，原来弱智的人也是要老的，他老了，而他的哥哥——我的同学，小学和初中的同学，早已逝去，像孔乙己一样，是高考的牺牲品，他没有考上重点高中，又连续没有考上大学，辗转无果，他从一个正在建筑的新楼上跃下，只是二楼，以头戗地终不治而亡。那积极进取的去了，有许多年了吧；这安然闲淡的生命，依然鲜活，这个弟弟，他昂首挺着胸脯走过，走过人来人往的街——大街呀，是否记得呢，有一个少年，当年背着书包从你的身边过，他是这个中年人的哥哥。

这个小城“最漂亮的楼”不是我封的，是我的一个邻居姐姐，她在这里面工作，一次在街头相遇我的妈妈，她兴奋地给妈妈说：“婶呀，我上班了，在咱这个城市最漂亮的那个办公楼里当会计！”这是一个苦孩子，父亲在东北部队上，母亲早逝，她的青春心事都放在我妈妈这里，她曾经带着我，其实是让当时读小学的我陪伴着她，去找她父亲的战友为她安排工作。记得很清楚，那是一个睡了午觉起来的夏日，征得妈妈同意，她带走我去陪伴她，还把她的蝴蝶花系在我的发梢——如今她，这个凤艳姐姐还在这里上班，美丽的她已经变得很胖，姐夫能干，孩子可爱。同样在这个最漂亮的办公楼里，有我朋友的哥哥，也在这，当这里的“老一”，名校毕业，一表人才，妻是小城名媛，他是快婿，“乘龙”升迁很快，不料妻早丧，才貌双全仕途正盛的他，自然抢手，抢来抢去——有说情劫，有说政斗，他遭举报，跌落触法，被双规，被判刑。他的妹妹我的女友悲凄地说：“真不知道他在里面怎么活？他从来没有受过一点打击。”一样的漂亮的楼宇呀，它的门前门后，它的门里门外，走着，走过的，是不一样的人生，不一样的命运，不一样的……一样的，多少年又多少年后，在阳光下，都是一样的了——空气一样的空白，谁还见到那些一样与不一样，那痛与甜，那苦与甘，那辱与荣，那败与成，那争与不争……

因为久居小城，自然遇见，也会看见，虽然看得见，未必看得懂——这样的老街，谁在这里亡，谁在这里哭，这里或那里曾经出现过什么，曾经上演过什么……甚至，看到不平事的时候，也曾经为当事人打过 110 报过警，也曾经倾我口袋里当时的所有去接济街头乞丐，也曾经让那丑的美的街景掠过我的心头笔端……

这样的老街上，也走过我自己的苦辣酸甜，那里，是我少年时看过的鹅黄嫩柳；那里，是我青年赏过的绿树红花；那里，有我初恋踏过的一径白雪；那里，有我痛失父亲时候碎落的满地月光；那里，有我出嫁时婚车碾过的辙痕与霞光……

一路走着，走着，树叶和阳光落了一地，洒了满怀——燃烧的风景，成了灰烬，灰烬的尽头，是心上的痛与各种甘甜。白云是一座山，往事是一棵无花的果树，有安详的花朵，无形，无影，无色，无嗅，无味……

空气里，空空的，没有味道，耳朵却听见了空气里的味，各种样儿。天地之间，熙熙攘攘，匆匆忙忙，来来往往，小城的老街头，记忆的花，安详如云，心里的天空不空，有小鸟飞过的痕迹——